長編超《スーパー》伝奇小説

枕《まくら》 獏《ばく》

魔《ま》獣《じゅう》狩《が》り序曲《じょきょく》

新装版

魍魎《もうりょう》の女王《じょおう》

NON NOVEL

祥伝社

目次

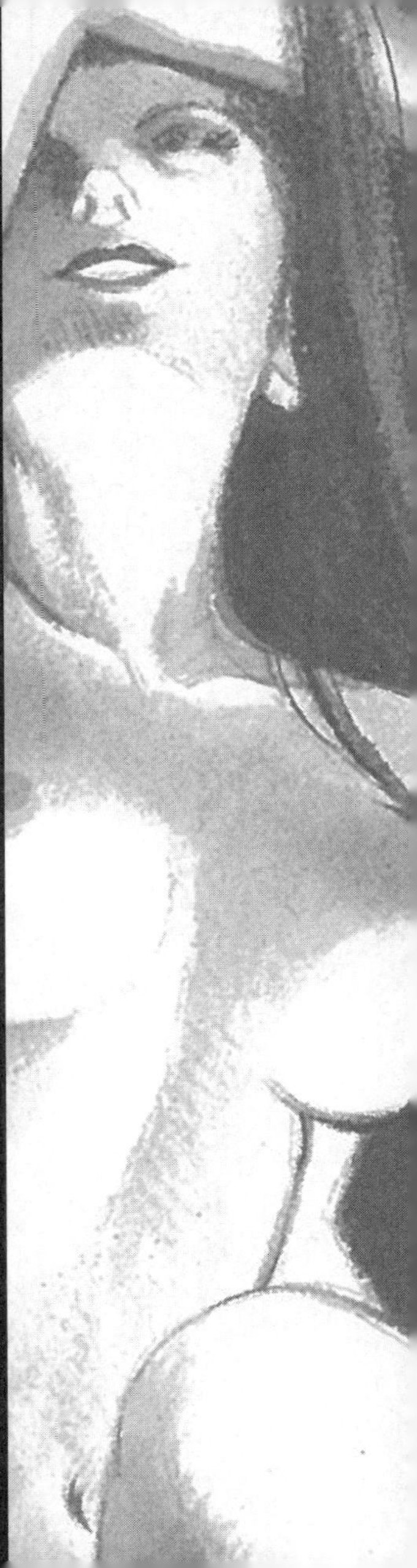

上巻　獅子《しし》の眼覚め

下巻　巨獣咆哮《ほうこう》

カバー&扉イラスト　伊藤　勢
カバー装幀　かとう　みつひこ

上巻　獅子《しし》の眼覚め

序章　獅子《しし》、眼覚める

1

　桜は、まだ咲いていなかった。

　蕾《つぼみ》のようやく膨《ふく》らみかけた枝を、夜の風が、しきりと揺すっている。闇のどこかで咲き残った梅の香《か》を微《かす》かに含んだ冷たい風だ。

　小さな石に似た桜の蕾が、ゆるみ、ほどけて花びらを広げるには、まだ十日はかかりそうであった。

　例年であれば、ほどなく蕾が綻《ほころ》びかける頃だ。

　雪の多い年であった。

　この冬、日本列島は、記録的な大雪に見舞われた。

　被害の大きかったのは、東京である。

　東京という都市《まち》が、ある一定量を超《こ》えて降る雪に耐性がないのだ。

　前の雪がまだ溶けきらぬうちに、雪が降り、その雪がまだ残っているうちに、さらに雪が降った。

　雪の事故により、病院の厄介《やっかい》になった者の数は四桁《けた》を超えた。逆に、減ったのは、交通事故による死者の数くらいである。雪のため、車が動けず、また、動いてもスピードを出せないため、大きな事故につながらなかっただけのことである。

　雪は、三月に入ってからも、さらに降った。

　ようやく、都心から雪が消えたのは、三月も半ばを過ぎてからのことである。

　上野《うえの》公園──

　桜の季節にはまだ早く、夜ともなれば、人影はない。堅《かた》く押し黙った森の静けさが、そのままそこにある。

　桜並木の下にトンネルのように伸びた闇を貫《つらぬ》いて、ヘッドライトの光芒《こうぼう》が走った。

　一台の乗用車が、公園内に入り込んで来たのだ。

静寂を破って、車のエンジン音が闇にひびく。

濃い赤《レッド》に車体《ボディ》を塗ったBMW《ベーエムベー》であった。

夜半に近い時間である。

一般車の通行は禁じられており、入口には鎖が掛けられている。

その鎖をはずし、赤いBMWは、無断でこの道に進入して来たものらしい。

その道の半《なか》ほどで、車は停《と》まった。

道は、そこで大きくカーブしている。立木や植込みの陰に隠れ、死角となって他の場所からは、その車を見ることはできない。

車は、迷わずにこの道に進入し、迷わずにそこに停まった。

その車――運転手にとって、そこへ車を乗り入れるのは初めてのことではないらしい。

ヘッドライトの灯《あか》りが消えた。

続いて、ゆるく唸《うな》りを上げていた車のエンジン音が消える。


ふいの静寂と闇が車を押し包んだ。

ドアが開いて、五人の人間が出て来た。

男が四人と、女がひとりである。

近くにある街路燈の明かりが、ぼうっと五人の人間を、闇に浮かび上がらせている。

男たちは、いずれも若い。

せいぜいが二十歳《はたち》そこそこといった貌立《かおだ》ちである。

「ドアを閉めておけよ、浩二《こうじ》――」

四人の中で、一番長身の男が言った。

他の三人が、ジーンズを穿《は》いているのに、この男だけが、違っていた。穿いているのは外国ブランドのウールのスラックスである。

四人の中で、ただひとり、年齢不相応の高級品を身につけていた。

男の名前は、三島実《みしまみのる》――赤いBMWの持ち主がこの男である。

最後に車から出て来た三島に浩二と呼ばれた男

が、軽く手で突いてドアを閉める。

「信夫《ノブ》、猛《たけし》、待ってくれよ」

薄い口髭《くちひげ》を載《の》せた唇を尖《とが》らせて、浩二が仲間の後に続く。肩に、毛布をかついでいる。

女は、両側からふたりの男に抱かれるようにして、歩いていた。いや、歩いているといっても、白い素足が枯れ葉の残る地面をときおり掻《か》くだけで、その足には体重が半分もかかってはいなかった。

女の体重のほとんどは、両側の男——信夫と猛が支《ささ》えているのである。

女の右側にいるごつい身体の猛が、左腕で女を抱えながら、右手で女の口を塞《ふさ》いでいた。

女の下半身は、裸であった。

上半身には、白いブラウスを着ているだけである。むりに引きちぎられたのか、ブラウスのボタンはひとつも残っていない。

薄いブラウスの布地の下に、すぐ女の素肌がある。

女の左側から、右腕で女の腰を抱えている信夫は、四人の中では一番背が低い。信夫は、左手で、ブラウスからこぼれ出た女の乳房を盛んにこねていた。

抜けるように白い肌をした女であった。

年齢は四人の男たちとあまり変わらないように見える。

女は、その白い裸身をよじり、しきりともがいていた。

猛の手に塞がれた口からは、くぐもった呻《うめ》き声が上がっている。

剝《む》いたばかりの卵のようなその肌の白さが、闇の中に浮き上がって見える。

痛々しい白であった。

遠目には、男たちの姿は闇に溶け、女の白い肉体だけが、夜の桜の樹の根元で、ひとり奇妙なダンスを踊っているように見える。

浩二が、肩に掛けてきた毛布を、桜の樹の根元に広げた。

女の身体が、毛布の上に、仰向《あおむ》けに寝かされた。

三人の男が、女を押さえつけた。

女の頭の方に回った浩二が、両手で女の両腕を押さえつけている。

猛が女の右脚を、信夫が左脚を押さえていた。

三島が、女の左横に膝をつき、右手で女の口を押さえていた。

女の鼻孔から出る荒い呼気が、口を押さえた三島の手の甲《こう》に当たり、せわしい音を立てている。

その呼吸に合わせ、女の白い腹が、大きく膨らんだりへこんだりしていた。

脚の合わせ目の黒い翳《かげ》りが、女が腰をよじるたびに形を変える。

女の脚は、まだ完全には開ききっていなかった。開いているのは、女の膝から下である。

三島が、左手を女の右の乳房にかぶせ、強くそれを握った。男の手の中で、乳房がねじれて形を変える。親指と人差し指の間から、手に余った乳房の白い肉が、ぷっくり盛り上がった。

その盛り上がりの先端に、奇妙な角度で乳首が尖っている。薄いピンク色の綺麗な乳首であった。

三島が左手に力を込めた。

三島の右手の指の隙間《すきま》から、女の押し殺された呻き声が上がる。眉が寄り、小さな縦皺《たてじわ》がその間に浮いた。

その表情を、三島が、真上から眺めている。

「声を立てるなよ。立てれば殺す」

三島が、眼をぎらつかせながら低く言った。

「わかったか」

さらに顔を近づけ、答えをうながすように女の顔を覗《のぞ》き込む。まだ少年の面影《おもかげ》の残るその顔に、残虐な愉悦の笑《え》みが浮いている。濡れて、欲望にうるんだようになっている白眼《しろめ》の部分が、淫蕩《いんとう》な赤い色に染まっていた。

他の三人の男たちの眼にも、毛細血管が赤く浮き出ている。

女が小さく顎を揺すってうなずいた。

にっ、と笑って、三島が女の口から手を離した。

その途端、女の喉から高い悲鳴がほとばしった。

肉が肉を叩く鋭い音が上がり、すぐに女は静かになった。

三島が、女の頬をおもいきり叩いたのである。

「嘘をついたな」

三島の顔が赤く膨れ上がっている。

さらに数度、女の頬が音を立てた。

女の唇の端に、小さく血が滲《にじ》んだ。

「騒ぐとその顔をめちゃくちゃにするぞ」

興奮のため、三島の声が高くなっている。

また叩いた。

「いいか、おれたちはイヤなことをしようってわけじゃない。あんたもそのつもりで車に乗ったんだろう。今さらいやだなんて、初心《うぶ》なことを言うなよな。男の経験くらいはあるんだろう」

三島が言い終えると、三人の男たちの間に、下卑《げび》た笑い声が湧いた。声の大きさを抑《おさ》えてはいるが、その笑い声の中には、隠しようのないあからさまな欲望がこもっていた。男たちの股の間の肉塊は、もう、痛いほどズボンの布地を下から押し上げているのだろう。

いきり立っているその熱い肉の有様が、眼に浮かぶような笑い声であった。

どこか、異様な興奮であった。男たちの眼球に、毛細血管が浮き上がっている。四人の男を包む空間が、じわじわと膨れ上がってくる何かの力で、歪《ゆが》みかけているようであった。

女が静かになった。

猛と信夫が押さえていた女の両脚を左右に引いた。

わずかに抵抗があったが、あらがおうとするその力が、ふいにあっけなく消えた。

女の両脚が、ゆっくりと、左右に大きく広げられた。

太股《ふともも》の内側にあるものが、夜気の中に露《あら》わになった。

男たちが唾《つば》を呑み込む音が、闇に響く。限界近くまで膨れ上がった亀頭《ペニス》の肉をはじけさせ、中の血液が外へ噴《ふ》き出てきそうになっているに違いない。

最初は、三島であった。

女の秘肉は、むろん濡れてはいなかった。

三島は、己《おの》れのそこと女のそれとに、何度も自分の唾液を塗りつけ、そして、ガクガクする膝で前へにじり出るようにして女を貫いた。

三島は、すぐに果てた。

次は、口髭の浩二の番であった。

浩二はていねいにズボンとブリーフを脱ぎ、何度も女の乳首を唇でねぶってから、女の中に入っていった。

入った途端に、浩二は小さく呻いた。

三島よりも早かった。


次は、ごつい身体をした猛の番であった。

女は、男たちのされるままであった。もう、浩二が、猛に代わって女の脚を押さえるまでもなかった。

猛は、女を俯伏《うつぶ》せにし、尻を上げさせた。

ブリーフごと膝までジーンズを下げ、猛は、後方から女の果肉を貫いた。

逞《たくま》しい尻であった。

動くたびに、浅黒い肌の下で、太い筋肉の束《たば》が凝固《ぎょうこ》する。何かのスポーツでみっちり鍛《きた》えたのであろう。尻の肉が高く盛り上がっている。

しばらくそれを見ていた浩二は、女の脚を押さえるのをやめ、ジーンズを肩に掛け、下半身裸のまま、少し離れた植込みの繁みへ向かって歩き出した。

「何だ?」

三島が声を掛ける。

「小便さ」

浩二が、振り返らずに答える。

ツツジの植込みの奥に、蹲《うずくま》った獣の背のように、黒々と岩が転がっていた。

浩二は、まだ半立ちの自分のそれに手を添えて、その岩に向かって放尿を始めた。

たっぷりした液体が、ツツジの繁みを越えて、その岩に向かって弧を描いた。

湯気が上がり、酒の混じった尿の匂いが、夜気に溶けた。

ふいに、その黒い岩が、もぞり、と動いた。

繁みの向こうに、ゆっくりとその岩が立ち上がった。巨大な岩が、地面の中から闇の中に迫《せ》り上がってくるようであった。

岩ではなかった。

それは人間であった。

しかもおそろしくでかい。

後肢《あとあし》で立ち上がった羆《ひぐま》のような巨漢であった。

桁違いの量の肉の圧力が、むうっと漂《ただよ》って来るようであった。

身長は、二メートルはありそうだった。

繁みの向こうから、巨漢の異様な眼が、浩二を見下ろしていた。

浩二の小便が、途中で止まっていた。

2

「臭《くせ》え小便だな――」

ぼそりと、低い声で巨漢がつぶやいた。

髯面《ひげづら》であった。数カ月近く、男は髯を剃《そ》ってはいないらしい。

剃っていないのは髯ばかりではない。髪も伸びっ放しであった。

ベルトのないジーンズに、ぼろぼろの半袖《はんそで》シャツを着ていた。

だらりと身体の両脇に垂《た》らした手に、黒い手袋をしている。

巨漢が身にまとっているのはそれだけである。

三月の下旬とはいえ、夜は冷える。特に今年はそうだ。それが、この男は、素肌に直接、薄っぺらな半袖シャツをつけているだけなのだ。

そのシャツもジーンズも、汚れきっていた。汗や垢《あか》が、布地の芯《しん》まで染《し》み込んで、重さが本来の倍近くになっているように見える。

生地の元の色がどうであったかわからないのは、夜のためばかりではない。

どれほど前に洗濯をしたのか。夏から、風呂にも入らないまま、ずっとその格好であったとしても不思議はなかった。

今年の冬も、その格好のまま過ごしたのかもしれなかった。

夜気に溶けた男の体臭が、浩二の鼻孔にとどいて来る。

異様な匂いであった。

男の左肩から、太い腕にかけてが、何かの液体で濡れ、街路燈の明かりを鈍く反射していた。

浩二にかけられた小便である。

男の眼は、浩二の顔を見ているようでもあり、まるで見ていないようでもあった。

老いて死にかけた獣のような、うつろな視線であった。

ツツジの枝を鳴らして、植込みの中から男が出て来た。

浩二が、巨漢を包む肉の圧力に押されたように、後退《あとず》さった。

男たち全員の視線が、ふいに出現したこの巨漢に集まっていた。

猛は、膝立ちのまま、ジーンズを上へずり上げた。

自由になった女の尻が、毛布の上に崩れた。

巨漢は、不思議なものでも見るように、ゆっくりと、女と、男たちとに視線を走らせた。

「輪姦《まわし》か」

ぼそりと男はつぶやいた。

非難するような口調でもなく、驚いたような口調でもなかった。

状況が呑み込めたというそれだけを、そのまま口にしたようであった。

「見たのかい、あんた」

三島が唸るように言った。

眼が吊り上がっている。

「見たよ」

平然と巨漢が言った。

男たちが沈黙した。

風が、頭上の桜の梢《こずえ》を鳴らした。

巨漢は、遠い眼つきをしたまま、その音に耳を傾けているようであった。

ふいに、男の巨体が動いた。

男たちに背を向けて、歩き出そうとしたのである。

「待てよ」

長身の三島が言った。

三島は一メートル八〇センチくらいはありそうであったが、それでも巨漢のほうが頭ひとつ高い。

巨漢が歩き出そうとした足を止めた。

「このまま行かせるわけにはいかないな」

押し殺した声で三島がつぶやいた。

瞳のどこかに、凶暴な色の光が宿りはじめていた。

まだ少年のあどけなさを残した三島の顔に、いっぱしの凄《すご》みが浮かんでいた。若いなりに、充分にはすっぱな面《つら》つきであった。

髯の中で、巨漢の太い唇に、微かな笑みがこぼれた。

「可愛いな、坊や……」

つぶやいて、男は再び背を向けようとした。

「待てよ!」

三島が、鋭い声を上げる。

巨漢は、口許に浮いた微かな笑みをそこに残したまま、三島を見た。

「おれは、突っ込みがいけねえなどと、野暮《やぼ》は言わねえよ」

巨漢の口調は変わらなかった。

三島は、巨漢を睨《にら》みながら、上着《ジャケット》の内ポケットに手を突っ込み、革のサイフを取り出した。サイフの中から数枚の一万円札を抜き取ると、それを折って巨漢の足元に投げてよこした。

「それをくれてやる」

巨漢は答えずに、黙ったまま背を向けた。

「行くんならそれを拾っていけ」

三島が言った。

声が、甲高《かんだか》く異様に上擦《うわず》り始めている。

「金なら、突っ込ませてもらった礼に、その女にくれてやるんだな」

背を向けたまま、巨漢が言った。

「無理をするな。金が欲しいんだろう」

「金ならばあるんだよ」

「乞食《こじき》のくせに。その金があれば、うまいものを食って、いい服を着て、一流のホテルで風呂にも入ることができるんだぞ」

その言葉に、巨漢はゆっくりともう一度男たちに向きなおった。

瞳は、相変わらず遠くを見ていた。

「昔はそんな夢を見たこともあったがね、今はそういうことに興味がねえのさ」

淡々と巨漢が言った。

男の口調に、初めて微かな自嘲めいた響きが混じった。

「拾えよ!」

三島が言った。

「男はよ、人からほどこしは受けねえんだ。その代わりに、欲しいものは身体をはって人をぶち殺してでも手に入れる――」

巨漢の肉体の中に、一瞬、ふっと強い炎のようなものが生じ、それは、すぐにまた消えた。

逆に四人の男たちの中に、不気味な気配が、急速に育ちつつあった。

彼らの肉の奥に潜《ひそ》んでいた凶暴な獣が、目を覚ましたようであった。

「ほう」

男の唇が、二度目の笑みを含んだ。

男たちの体内に燃え上がった炎を、奇妙なものでも見るように見つめ、その燃え具合を計《はか》っている眼であった。

女は、今は毛布の上に上半身を起こし、ブラウスの前を両手で合わせ、何が起こったのかわからない眼つきで、成行《なりゆ》きを見守っている。

女の唇は、寒さのため、紫色になっている。

「三島さん」

三島に声を掛け、猛が立ち上がった。

何か格闘技の心得があるらしい身のこなしであった。

「猛、こいつをぶちのめせるか」

三島が立ち上がった猛に向かって言った。

「やるんですか」

猛が答える。

分厚い、ごつい体軀《たいく》が、思いがけない素早さですっと動いた。

四人の男たちが、巨漢を包むようにして四方に移動した。

巨漢は、同じ格好のまま、そこに突っ立っている。

「ほんとうにやるつもりなのかい」

巨漢には、まだ彼らの行動が理解できないらしかった。

尻《けつ》の青い、まだ親の脛《すね》かじりのガキが、少しばかり何か格闘技をやるにしても、何でこの自分に向かってこようとするのか——

そんなことを考えている眼つきであった。

どこか普通でない雰囲気が、彼ら四人を包んでいた。

四人の眼が、鋭く吊り上がっていた。

浩二と信夫が、同時に左右から突っかけてきた。

「野郎!」

「この!」

拳《こぶし》が肉を打つ鈍い音が響いた。

巨漢は、ほとんど身体を動かさなかった。

ふたりの拳が自分の肉を打つのにまかせたのである。急所に当たる拳だけを、わずかに身体を揺らめかせてよけ、当たる位置をずらせただけであった。

他に巨漢がしたことは、彼らの拳が当たる瞬間、軽く全身の筋肉に力を込めただけである。

声を上げて呻いたのは、巨漢を殴ったはずのふたりのほうであった。

ふたりは、自分の右手首を左手で抱え込み、化物《ばけもの》を見る眼つきで巨漢を見た。

浩二の右手首は、異常な方向に折れ曲がっていた。手首が折れたのだ。

鍛えてない拳で、人の殴り方も知らない者が、おもいきり堅いものを殴りつけるとそうなるのである。

しかしふたりはひるまなかった。

今度は足で男に蹴りつけてきた。

素人《しろうと》の蹴りである。むろん、足は高くは上がらない。

浩二の足の爪先《つまさき》が男の股間を、信夫の足が後方から男の尻を襲った。

ふたりの足は、みごとに空《くう》を蹴っていた。

男の重い巨体が、信じられないほど軽々と宙に舞い上がっていた。

音もなく夜の宙空に浮いた巨大な鷲《わし》であった。

体重を感じさせずに、男の両足が地面に着地した。

そのまま、数歩、男は後方に退《さ》がった。

猫科の大型肉食獣に似た身のこなしであった。

動きに少しもよどみがない。

一四五キロはあろうかと思われる体重が、流れるように移動する。

男の顔に、とまどいの色が浮いていた。

肉体を鍛えていない、人も満足に殴れないような人間が、自分の拳が折れたにもかかわらず次の攻撃を仕掛けてきたからである。

退がった巨漢を追って、ふたりの若者の身体が動いた。

しかし、男の体勢は充分であった。

左足を後方に下げ、正面に開いた身体を横に引いて、ふたりの攻撃をかわした。

同時に、男の右手が、軽く、二度だけ動いた。

その最初の動きで、浩二のこめかみを叩き、次の動きで信夫の後頭部を叩いたのだ。

一見では、巨漢の手が、無造作にふたりの男の頭部を撫《な》でたようにしか見えなかった。

ふたりの男は、頭部に打撃を受ける前の身体の勢いを残したまま、棒のように前方にぶっ倒れた。

そのままぴくりとも動かない。

巨漢は、残ったふたりの方に向きなおった。

ふたりに、ひるんだ様子は見られなかった。

いくらかは格闘技の心得があるらしい猛が、腰を落として構えていた。

空手をやっているらしかった。

「けいいいっ！」

猛が叫んだ。

悲鳴を上げたのではなかった。

雄叫《おたけ》びを上げたのである。

〃い〃の声が、高く夜の大気に伸び上がり、細い金属音に似た絶叫に変化していった。

叫んでいる猛の眼つきが、さらに、はっきりそれとわかるほど吊り上がった。異様な光を帯びていた。

黄色い歯を剝いていた。

相貌そのものが、別人に変化したようであった。

怯《おび》えたように、巨漢の横手にいた女が、毛布の上に立ち上がった。

巨漢は女に視線を走らせた。初めて、近くから女の顔を見た。

巨漢の顔つきが変わった。

「久美子《くみこ》……」

思わず、巨漢の唇から、かつて知っていた女の名前が洩《も》れた。（『魔獣狩り』に登場するヒロイン）

女の黒い瞳が、巨漢の眼を見つめていた。

巨漢がなぜ驚いているのか、わからない顔つきであった。

突然の小波《さざなみ》のように巨漢の双眸《そうぼう》に走った動揺は、すぐに去った。

――久美子ではない。

と、巨漢は思った。

そのことは〝久美子〟という名前が自分の唇から洩れる前に、瞬時にして悟っていた。

だが、女の面立《おもだ》ちが、驚くほどあの久美子に似ていたのもまた事実である。

久美子にあるあの芯の強さが、女の顔にはなかった。代わりに、まだ少女のようなあどけなさが、その女にはあった。

巨漢の内部に生じた一瞬の動揺を、猛は見逃さなかった。

獣の声を上げて襲いかかって来た。

蛇のように、猛の右手の指が、巨漢の両眼を突いてきた。

自分の蹴りや拳を、どうこの巨漢に叩き込んでも、分厚い筋肉にはじかれてしまうとふんだのであろう。猛は、もっとも実戦的な方法に出てきたのである。

猛の右手の人差し指と中指が、その間に巨漢の鼻をはさんで眼球へと迫《せ》り上がって来る寸前で、巨漢は、Vサインをした猛の二本の指を右掌につかんでいた。

その二本の指を、巨漢は、甲の方へ無造作に折り曲げた。

巨漢の右掌の中で、枯れ枝の折れるような音がふたつ、ほとんど同時に響いた。

巨漢の右膝が、猛の腹を、下から上へおもいきり跳《は》ね上げていた。

猛の身体が、宙に浮き上がった。

宙に浮いた猛の唇から、ぶっ、と赤い血がしぶいた。

巨漢のシャツが、赤黒い血の点々で染まった。

猛の身体がどっと地面に転がって動かなくなった。

土にこすりつけるようにした猛の顔面の下に、じわじわと黒い血の輪が広がった。

長身の男――三島は、猛が地に転がる前に、走り出していた。

車を停めてある方向である。

女の顔を眺め、数瞬ためらった後《のち》、巨漢は三島の後を追って地を蹴った。

3

巨漢が三島に追いついたのは、三島が運転席のドアに手を掛けた時であった。

「ふんっ」

鋭い呼気が、巨漢の唇からほとばしり、運転席のドアの腹を、巨漢の右足が蹴りつけていた。

凄《すさ》まじいパワーであった。

蹴られた部分が大きくへこみ、ドア全体が大きく内側にたわんでいた。

砕け散ったガラスが車内と車のまわりに散乱していた。

巨漢が足をどけると、へこんだ場所から剝《は》げ落ちた赤い塗料の細片が、地面にこぼれた。

巨漢が、思いがけない近距離から、三島の顔を覗き込んだ。

「坊や、自分だけ逃げるたあ、少しばかり虫がよすぎるんじゃねえのかい」

髯の中で唇を吊り上げて、巨漢が言った。

三島は、先ほどまでとは別人のように、怯えきっていた。身体が小刻《こきざ》みに震えているのがわかるほどである。

「ゆ、許してください――」

言いかけた三島の顎の下に、巨漢はそろりと肉厚の右掌を差し込んだ。

三島の膝が、がくがくと震えていた。

その膝が折れないように、巨漢は、三島の顎の下に差し込んだ右掌を、上へ持ち上げた。

先ほどまで、三島の肉の内に満ちていた凶暴なものが、跡形《あとかた》もなく消え去っていた。

「謝ることあねえんだぜ、坊や――」

巨漢が、ことさら優しい声で言った。

「なあ、教えてくれよ。あの女とはどうしてこういうことになったんだい？」

巨漢は、さらに右掌を上に持ち上げた。

三島が爪先立ちになって、顎にかかる自分の体重を少しでも軽いものにしようとする。両手で巨漢の右腕を叩き、それをふりほどこうとした。

だが、巨漢の腕はびくともしなかった。

信じられない腕力であった。

一八〇センチに近い三島の体重のほとんどを、右腕一本で支えているのである。

みしり、と、三島の顎の骨が音を立てた。

その音は、本人の耳に一番よく聴《き》こえたことであろう。

「し、新宿《しんじゅく》で拾ったんだよ」

三島が、ひしゃげた声で言った。

喉が伸びきっているため、そんな声になってしまうのだ。

「ほう」

「おれの車のドアを開けて、向こうから乗り込んで来たんだ」

「それで――」

「とにかく、すぐに車を発進させろと言うんで、おれは言われたとおりにしたんだよ。いい女だったしね——」

「それで？」

「あの女が、金を出すから青山《あおやま》まで行ってくれって——」

「——」

「冗談じゃないって、おれたちは言ったよ。おれたちは、あそこまで女を軟派《なんぱ》しに行ったんだ、あんたを送ってやるためじゃないってね——」

「そこで、いやがる女をここまで連れて来たってわけだな」

「そうだよ」

三島が答えた途端に、巨漢は、三島の身体をぐっとさらに上に吊り上げた。

片手のネック・ハンギング・ツリーである。

喉の奥で言葉にならない声を上げ、三島がもがいた。

その三島の股間に、軽く巨漢の右膝が跳ね上がった。

声も立てずに、三島は眼を開けたまま白眼を剝いた。眼球が完全に裏返っていた。

唇の端に、石鹼《せっけん》のような泡がぶくぶくと膨れ上がった。

三島の身体をそこに放り出し、巨漢は女のいる方へもどって行った。

だが、その場所から女の姿が消えていた。

猛と浩二、そして信夫が眼を開けたまま、だらしなくそこに伸びているだけであった。

小男の信夫のジーンズと上着が、脱がされていた。

「そうか」

巨漢はつぶやいた。

女が、信夫の服を剝ぎ取り、それを身につけて逃げたのである。

四人の男のうち、一度も女とやっていなかったのがその信夫であった。
女とやれなかっただけではなく、信夫は巨漢に伸《の》され、衣服まで女に盗まれた。
仰向けにされ、桜の梢を見上げている信夫の表情が、どこか哀れであった。
「久美子か……」
その巨漢——文成仙吉《ふみなりせんきち》は、己れにその名前を聴かせるように、小さくつぶやいた。
冷たい風が、文成の頭上の闇の中で、しきりと桜の梢を揺すっていた。

1章　狂乱の野獣

1

伊崎《いざき》は、渋い顔をして、ウイスキーのグラスを口に運んでいた。

金縁《きんぶち》眼鏡のガラスの内側で、細い眼が、神経質そうにしかめられている。

半分ほど残っていたウイスキーを、いっきに喉《のど》の奥に流し込んだ。音を立てて、グラスをテーブルに置く。

「ちっ」

と、舌を鳴らして、右手の肘を、椅子《いす》の背もたれの上に載《の》せる。

数秒もしないうちに、その手が動き出して、今置いたばかりのグラスを持ち上げる。

グラスが空《から》になっているのに気づいて、伊崎は再びグラスをテーブルにもどす。テーブルの中央に置いてあったウイスキーのボトルに手を伸ばした。

「あら、ごめんなさい——」

横にすわっていた女が、慌《あわ》てて伊崎の手からボトルをかすめ取った。伊崎の空になったグラスに、ウイスキーを注《つ》ぐ。

ボトルを握った女の白い指先に、マニキュアの赤が毒々しい。

その赤が眼に染《し》みたように、伊崎は、細い眼をさらに細くした。テーブルの縁に載った指が、テーブルを小刻《こきざ》みに叩いている。

自分の苛立《いらだ》ちを隠そうとしない。

いや、隠そうとはしているのだろうが、その効果が現われているとは思えなかった。

伊崎の横にすわっている女は、大きく胸の開いたドレスを身につけていた。横から見下ろすと、白い胸の隆起の半分以上が見えてしまう。

伊崎の向かい側には、前島《まえじま》と須田《すだ》がすわってい
る。ふたりの横に、やはり、それぞれ肌を大きく露
出したドレスを身につけた女がすわっていた。
賑《にぎ》やかな嬌声《きょうせい》が、奥のボックス席から届いて来
る。
しかし、伊崎のボックスは一向に盛り上がってこ
ない。
男三人が、むっつりと黙り込んでいるので、男に
ついている女たちの愛想笑いも乾いていた。
女たちにも落着きがない。奥の席が気になってい
るらしかった。
できれば早くそちらの席へ移りたがっているの
が、男たちにもわかるほどだ。
男たち三人は、いずれも、その顔に、隠しようの
ない険《けん》を持っていた。その筋の人間が放つ、こわい
暴力的な体臭が、そうやってすわっていても、自然
に外へ流れ出しているのである。
三人の中では、伊崎が一番肉が厚い。
一見は肥満しているようにも見えるが、そうでは
ない。肩を包んだ青いブレザーの布地が、四角く盛
り上がっている。布の下に、かなり使い込んだ筋肉
が包まれているのだ。他のふたりに比べても、貫禄
が違う。
年齢は三十代の半ばくらいであろう。
この三人を見れば、誰がこの店の勘定《かんじょう》を払うの
かは、すぐにわかる。
肉の量はともかく、もっとも癖のありそうなのが
前島であった。
貫禄こそは伊崎より劣るが、暴力的な体臭は、こ
の前島が一番強い。整った貌立《かおだ》ちをしているが、鼻
と耳が潰《つぶ》れている。負けん気の強い、インファイト
型のボクサーにありがちな特徴であった。まだ三十
代になってはいまい。
貌《かお》が整っているだけに、潰れた鼻と耳、そして険
のある双眸《そうぼう》が目立っていた。
須田は、すぐにそれとわかるチンピラであった。

歳《とし》も一番若そうである。まだ、二十歳《はたち》をいくらも出てはいまい。

不機嫌な伊崎に遠慮して、前島と須田が、はしゃぐのを控えている――そんなふうであった。

伊崎は、ウイスキーの注がれたグラスを口に運び、ひと口飲んでから、顔をねじって奥のボックスに視線を走らせた。

奥のボックスの一角が、ひときわ賑やかなのである。

十人近い女が、そのボックスに集まっていた。

「おい」

横を歩いて来たボーイを、伊崎が呼び止めた。

立ち止まったボーイに向かって声を掛けたのは、須田である。

「葵《あおい》はどうしたんだ」

「まだこちらには来ませんか?」

ボーイが、伊崎のボックスを見渡しながら言った。


「とぼけるなよ。もう二度も声をかけてるんだ。すぐに来るすぐに来るって、いつになったら来るんだ」

「すぐこちらに回るように言ったんですが――」

ボーイは、奥のボックスの方に眼をやった。

「後ろで騒いでるのがそうかい」

伊崎が、低い声で言った。

「はい」

「あんなに女を集めやがって、どこかの羽振《はぶ》りのいいのが、経費で商談にでも来てるのか――」

「商談? いえ、あちらのお客様はおひとりでございます」

言いにくそうにボーイが言った。

「ひとりだと?」

伊崎が低くドスの利《き》いた声を上げた。

顔が赤くなっており、眼が吊り上がった。

顔を後方へねじり、射《い》るような視線を放って立ち上がった。

「どうなさったんですか」

厄介事《やっかいごと》が起こりそうな気配を敏感に感じ取ったボーイが、慌てた声を上げる。

伊崎は、右手の甲《こう》をボーイの脇腹に当て、無言のまま太い腕でボーイを押しのけた。

前島と須田が、続いて立ち上がった。

「何を――」

そう言いかけたボーイの頰《ほお》を、伊崎の右手の甲が、下から上へそろりと撫《な》で上げた。

ボーイの顔のすぐ前に、伊崎の顔があった。

唇が笑《え》み形《がた》にめくれて歯が覗《のぞ》いていたが、伊崎の眼は暗く尖《とが》っていた。

ボーイの顔に怯《おび》えの色が浮いた。

「トレードの交渉だよ、女のな――」

伊崎が歩き出した。

前島と須田がその後に続く。

「お客さん……」

ボーイが情けない声を上げて、三人を追った。


奥の席へ向かう通路に群《む》らがっている女たちを掻《か》き分けて、伊崎は、そのボックスの前に立った。

その席に、ひとりの男がすわっていた。

がっちりとした体軀《たいく》の長身の男であった。

巨漢――そう呼んでもいいほどである。

濃い紺の地に、白いストライプの入ったスーツを着ていた。ひと目で高級品とわかるスーツである。下ろし立てのように、折り目の線がきっちりとしていた。

外国製だ。

ゆるくカールした髪が、額《ひたい》にほどよくからんでいる。

美男子と、そう呼んでもいい顔をしていた。

いや、そういう言い方では消極的すぎるかもしれない。

とびきりの美形だ。

見た瞬間に、どきりと心臓が音をたてそうな美貌をその男は有していた。

しかし、どこかその美形ぶりの奥に、妙に卑《いや》しいものが潜《ひそ》んでいる。

鼻筋が通っており、頬の肉にもゆるみがない。

瞼《まぶた》がきれいに二重《ふたえ》になっている。

睫《まつ》毛《げ》が長く、灰色がかった黒い瞳をしていた。

睫毛は長いが、その眼には、ひ弱さは微塵《みじん》もない。

男は、顔じゅうに笑みを浮かべていた。

テーブルの上に眼をやって、その隅にあるものに、伊崎の視線が釘《くぎ》づけになった。

そこに、万札が、きっちり六センチほど、きれいに積み重ねられていたのである。

男は、大きくその両脚を広げていた。

テーブルの下に、身体半分尻から潜《もぐ》り込むようにして、女が、その脚の間にかがみ込んでいた。

女の顔が、男の股間で、せわしく上下していた。

「葵――」

と、伊崎が言った。

女がゆっくりと顔を上げる。

女のふっくらした唇から、男の濡れた巨大な肉柱が、引き出されるように徐々に姿を現わした。

女の可愛い眼が、伊崎を見上げ、そして、男の顔を見上げた。

男が、初めて顔を上げ、伊崎を見た。

「何か用かい」

笑顔からは想像できぬほど野太い声が、男の唇から洩《も》れた。

男の顔には、楽しい遊びの最中を邪魔された、子どものような表情が浮かんでいた。

2

「ずいぶん派手な真似《まね》をしてるじゃないか」

伊崎が言った。

「へへ――」

男は、伊崎に向かってにっと笑ってみせ、自分の脚の間から顔を上げている葵の髪を、大きな掌《てのひら》で包み込むようにして撫でた。

「金が余っているもんでよ」

男は、言いながら、髪を撫でていた掌で、葵の顔を再び自分の股間に引き寄せる。

葵が、再びそれを口に含む。

伊崎の顔がさらに赤くなった。

「その葵は、さっき、おれが指名したんだ。少しこちらに貸してもらえるかい」

「野暮《やぼ》なことを言うなよ。ご覧のとおり、今はとりこみ中なんだ」

「ふざけるな」

「ふざけちゃいねえよ。ここの女は、みんなおれが買ったもんだ」

「買っただと」

「十五分一万円でね」

男は、顎をしゃくってみせた。

その動作にも口調にも、容姿に似合わぬ伝法《でんぽう》な調子がある。

伊崎は、自分たちを取り巻いている女たちに視線を向けた。

十人近くいる女全員の胸の谷間に、それぞれ数枚ずつの万札が押し込まれていた。

それだけで三〇万から四〇万近くは使っていることになる。

「あんたが、十五分につき、一万円以上の銭《ぜに》を払うんなら、女はみんなそっちへ行くさ」

「——」

むっと押し黙った伊崎に向かって、男は平然と声を掛けた。

「おい。貧乏人は悲しいなあ。ブラジルで儲《もう》けたんだがよ、持ち慣れねえ金を持つと、こういう使い方くらいしか思いつかなくてよ——」

どこかとぼけた男の口調だった。

「なに!?」

「極道《ごくどう》は儲かるかい」

「極道だと」

「そうなんだろうがよ。極道も幹部クラスになると、けっこう実入《みい》りがいいらしいじゃねえか」

そこまで言ってから、男は眉をふいにひそめ、小さく呻《うめ》いた。

女の口の中に放ったらしい。

女の白い喉が、小さく上下に動く。男の放ったものを嚥下《えんか》しているのである。

「あんた、おれをおちょくってるのか」

伊崎の細い眼の中に、凶暴な光が生まれていた。

前島は堅《かた》く押し黙ったまま、伊崎の背後から鋭い視線を男に向けていた。カミソリのような眼つきだった。

興奮を露骨に顔に出しているのは、須田である。鼻から出す息が荒い。

「おちょくっちゃいねえよ」

男は、まだ反《そ》り返っているものを、スラックスの中に無理に押し込み、ファスナーを上げた。

ぶすっとした伊崎の顔を見上げ、

「おれがあんまり美男子《ハンサム》で、立ちくらみでも起こしたか、おめえ——」

男が言った。

きらきらする切れるような刃物の笑みを浮かべ、その視線を葵に向けた。

刃物の笑みが、たちまちだらしなくなる。

そのだらしなくなる様子の極端ぶりは、いっそ気持ちがいいくらいで、少年のようでさえあった。

股間にしゃがんでいた葵を立たせ、テーブルの上から二枚の札を取ると、女の胸元に押し込んだ。

「可愛いな、おめえ——」

長い人差し指で、葵の首筋をそろりと上へ撫で上げる。

「こちらの極道のおっさんがよ、おめえをご指名なんだとさ。行くかい——」

女は、濡れた瞳で男を見つめ、拗《す》ねたように唇を心もち尖らせた。

「行かなくちゃいけないの」

「いけなくはねえよ。おめえの好きにするさ」

「誰か代わりの人に行ってもらって――」

葵は男の首に両腕をからませて、男に頬をすり寄せた。

男の形相《ぎょうそう》が崩れた。

とろけそうな笑みが、浮いている。

「聴《き》いてのとおりだぜ。他の娘《こ》を捜《さが》すか、別の店へ行くんだな」

男が伊崎を見上げて言った。

伊崎は、無言のまま、葵の肩に手を掛けた。

「何をするのよ」

「来るんだ、葵」

男から、女の身体を引き剝《は》がそうとする。

店の視線が集まり始めていた。

ボーイの姿が見えない。支配人か誰かを呼びに走ったのであろう。

男の左手がすっと伸び、女の肩を摑《つか》んでいた伊崎の右手首を握った。

いくらも力を込めたように見えなかったが、伊崎が喉の奥で呻き声を上げていた。伊崎の手が女の肩から離れた。

「この極道のおっさんは、おめえの何なんだい?」

男が葵に訊《き》いた。

「半月ほど前に、一度出してやっただけよ――」

「ほう」

男の眼がすっと細くなる。

「一度しゃぶってもらったくれえで、女を自分のものだと思い込んじゃあいけねえなあ」

男が、ゆっくりと伊崎の手首をねじってゆく。

伊崎の右手が、真っ白になっている。

「い、痛え!」

「痛くしてるんだよ」

男が、子どもに言い聞かせるようにつぶやいた。

そこへ、ボーイと、店の支配人らしい中年男が姿を現わした。

「お客様――」

中年男がそう言いかけた時、伊崎の背後にいた須田の身体が動いた。

テーブルの上のビール瓶《びん》を握り、男の額に、真上からおもいきり叩きつけた。

「くらえ！」

ガラスの砕け散る音が響いた。

ガラスの破片と、ビールの液体が周囲に飛び散った。

女たちが悲鳴を上げて逃げた。

男は、伊崎の手首を離し、抱え込んでいた葵の身体を立たせた。

そこに残っているのは、男と葵、そして伊崎たち三人だけになった。他の人間は、遠巻きにして視線だけを向けている。

「お客様――」

それだけしか言葉を知らないように、支配人が言う。言うだけで、こっちまでやってこようとはしなかった。

異様な雰囲気に呑まれているのである。

男も、伊崎も、その言葉が耳に入っていないように、支配人を無視していた。

「ケガはねえかい」

男は、葵を見つめながら言った。

唇を震わせながら、青白い顔で女がうなずいた。

「じゃ、行きな、この場所から少し離れてるんだ」

低い声で静かに言った。

背を向けた女の尻をつるりと撫で上げ、男は、両腕を広げて自分の身体に眼をやった。

ビールでずぶ濡れになっていた。

ビール瓶の破片が、髪の毛や、スーツの上で鈍く光っていた。

「高かったんだぜえ、このスーツはよ」

つぶやいて、須田を見上げた。

須田は、折れ残ったビール瓶の口を握ったまま、男を見ていた。その頬にひきつれが走っている。

「イギリスのチェスター・バリーで仕立てらせた最高のやつなんだ」

男は、ことさら声を押し殺している。

凄《すご》い迫力があった。

「靴だってよ、バレンチノだぜ、バレンチノ──」

言いながら、男は、右手を伸ばしてテーブルの上に積んだ万札を無造作に摑み上げた。

男の髪の毛の中から、するすると細い赤い糸が額に伸びてきた。男が、左手でそれをぬぐうと、額が真っ赤になった。血であった。

男は、血で赤く染まった自分の掌を眺め、軽く腰を落として身構えている前島にその視線を移した。

「ボクサーかい、あんた──」

眼を細めて、男が訊いた。

「全日本チャンピオンになったことがある」

初めて前島が答えた。

顔と同じように、表情のない声だった。

「そんなとこだろうと思ったよ」

「──」

「要するに世界チャンピオンになれなかったんだろうがよ。鼻も耳もそんなになるまでぶん殴られたってことは、よっぽど防 御《ディフェンス》が下手《へた》だったんだろう」

言い終えた途端に、男は、いきなりその札束を天井に向かってぶちまけた。

伊崎たちの頭上に、ばっ、と数百万円の札束が広がった。

意表を衝《つ》く男の動きだった。

三人が札束に気を取られた瞬間、男は、立ち上がりながら、おもいきりテーブルを上に跳《は》ね上げていた。

テーブルが、爆発したように、上に載っていたビールやオードブルごと、前島にぶつかっていた。

男の身体が動いた。

須田の顎に、右の拳《こぶし》を叩き込んでいた。

くらっ、と須田が倒れそうになる。しかし、須田は倒れなかった。

男が、左手で須田の下顎を摑んで倒れるのを防いでいた。男の右手には、それまで須田が右手に持っていたはずの、ビール瓶の割れ残った口が握られていた。

男は、顎を摑んだ左手で、ぐいと須田を引きつけた。

でかい男だった。

身長が一九〇センチはありそうである。

伊崎の顔に、初めて男の身長に気がついたらしい驚きの色があった。

「てめえ、その口を開けやがれ!」

強引に須田の口をこじ開けた。

唇は開いたが、歯は閉じている。

まだ須田は、頭が朦朧《もうろう》としているらしい。

男の背や足に、鈍い衝撃があった。

背後から、前島が、パンチと蹴りを当ててくるのである。男が脚を閉じているため、股間の急所までは、前島の爪先《つまさき》は届かない。

男は、前島の攻撃をまるで無視していた。

虎に嚙みついてくる猫ほどにも問題にしていない。

「最初はてめえだ」

いきなり、須田の股間に右膝を跳ね上げた。

うっ、と呻いて、須田が小さく、閉じていた歯を開いた。

男は、右手に持ったビール瓶の口を、割れた方から須田の歯の間にねじ込んだ。

須田の唇が、ビール瓶の割れ口で切れた。血が流れ出した。

もがいた。

もがけば口中の頰肉や舌までも血まみれになる。

男が、ぐりっとビール瓶をねじり、右手を離した。

男は、ビール瓶をくわえた須田の顔を両手で包み、おもいきり下へ引き落とした。

落ちてくる須田の下顎に向かって、男の右膝がまた跳ね上がった。

須田の口の中で、ビール瓶の砕けるくぐもった音が響いた。

すぐに呻き声がその音にとって代わった。

須田は、前のめりに顔から床に突っ伏した。

口の中からビール瓶の破片《かけら》を吐き出す。大量の血と、折れた歯とがその中に混じっていた。

男が、前島に向き直った。

ハンサムだった男の顔が、血みどろの野獣の顔になっていた。

前島が後退《あとず》さった。

それよりも早く、男が前島に飛びかかっていた。

「同じ数だけ、ぶん殴らせてもらうぜ！」

叫んだ男の顔面に、前島の右のパンチが突き刺さった。見事なカウンターであった。

しかし、男は倒れなかった。眼もつぶらない。

「これでひとつ増えたな」

にっ、と唇を吊り上げて、歯を剝《む》いた。

男の右手が、前島の顔面に向かって走る。

前島が、軽く首を振って鮮やかにそれをよけた。

男の懐《ふところ》に飛び込んで来た。

「馬鹿たれが、ひっかかりやがって——」

男の左足が、飛び込んで来た前島の腹を目がけてうねるように跳ね上がった。

爪先が、前島の腹にめり込んだ。

一瞬、前島の身体が浮き上がる。

身体を〝く〟の字に折って前島が後方にふっ飛んでいた。

店内に置いてあった鉢植えの鉢に後頭部をぶつけていた。

そのまま前島は動かなくなった。

「寝るんじゃねえ！」

男が、前島の胸倉《むなぐら》を摑んで引き起こし、気絶した前島の顔面にパンチを叩き込んだ。

肉と骨がひしゃげる音がした。

ぶん殴った。

ぶん殴った。

ぶん殴った。

男が手を離すと、前島は後頭部から床に頭を落とした。

「くそ――」

半開きになった、仰向《あおむ》けの前島の口は、赤い空洞になっていた。前歯がきれいになくなっていた。

「五、六発は損したぜ」

男は、呻いて歯を嚙み鳴らした。

伊崎を睨《にら》んだ。

「残りはてめえにぶち込んでやろうか」

さきほどまでのにこやかな笑みからは、想像もできない変貌ぶりだった。

ギラギラする野生獣の精気が、男の全身から噴《ふ》きこぼれていた。

伊崎の右手に、光るものが握られていた。

さっき、テーブルから床に落ちたフォークであった。

「まさか、そんなもので、このおれを刺そうってわけじゃねえだろうな」

男が一歩、伊崎に向かって脚を踏み出した。伊崎がフォークを放り出した。

「わ、悪かった。かんべんしてくれ――」

いきなり土下座《どげざ》して、額を床にすりつけた。

「そこのふたりを担《かつ》いで、出て行きやがれ、馬鹿たれが」

言いながら、伊崎の背後に回ってちょんと肛門を蹴り上げた。

ひいっ――と声を上げて、伊崎が自分の尻を押さえた。

男は、もう伊崎を見てはいなかった。床にかがみ込んで、さっき自分がぶちまけた一万円札を拾い集め始めた。

「てめえら、ネコババするんじゃねえぞ。ぴったり四百と八万だぜ。この金はよ、女の尻《けつ》を触るための金なんだからよ――」

金を拾いながら、男は顔を上げ、見物人に向かって言った。

3

夜の雑踏の中を、男は、女の華奢《きやしや》な肩に腕を回して歩いていた。男が大きすぎるため、腕が余って、肘から下が女の前に垂《た》れている。

その腕を女が自分の胸に抱え込んでいる。

小柄な女だった。

しかし、ウエストはきちんとくびれていて、胸も腰も肉が張っている。

髪が短いが、それが、この女に似合っていた。

女は葵であった。

葵というのは、女が、勤めている店の〝和歌《わか》紫《むらさき》〟に出る時の源氏名《げんじな》である。

男の背広《スーツ》からは、濃いビールの匂いが漂《ただよ》っていた。


さきほど、須田にビール瓶で叩かれた時に染《し》み込んだものである。

半分乾きかけてはいたが、ビールの匂いまでは消えない。

血は、すでに止まっていた。

飲み屋街である。

雑踏といっても、大勢の人間がいるわけではない。大半が、飲み屋から別の飲み屋へ移動中の人間である。

道の両側に、点々と飲み屋の看板の灯《あか》りが点《つ》いている。

まだ風は冷たかった。

男は、女の耳に口を寄せ、さっきからしきりと何事かを囁《ささや》いていた。

その度《たび》に、女は含み笑いをし、時折り小さい声を上げた。

「——今夜はよ、朝までひと晩じゅうやりまくるんだぜ」

身をかがめ、女の耳に唇をすり寄せるようにして、男が言う。

「久しぶりの日本の女だもんな。もう長いこと、おれはやってなかったからな」

「日本の女とは、でしょ」

「そうさ」

「どうだったの、向こうの女のひと——」

「そりゃあ、おめえ、よ——」

思い出したように、男がにんまりとする。

「しかし、女はやっぱり、日本人がいい。向こうにいる間じゅう、日本の女のことばかり考えてたんだ」

「やりてえなって?」

「ああ、やりてえなあってな——」

男は、夜空を見上げてつぶやいた。

正直すぎるほど率直な言い方をする男だった。

夜空を見上げた男の顔が、ホームシックにかかった子どものような表情をしていた。

きっと、この男は、ブラジルでも今と同じ顔つきをして、夜空を見上げたのだろう。

「やりてえな」

女が、男の声色《こわいろ》を真似てつぶやいた。

「今夜は、眠っちまったら他の女と代えちまうからな」

「だいじょうぶよ」

女は、男の腕を抱えた右手に力を込めた。

女の頭は、男の肩までもない。

男の背が高すぎるのである。

「ね。ブラジルへは何のお仕事で行ってたの?」

「たいした仕事じゃねえよ」

「でも、こんなにお金をもらったんでしょう」

「へへ、まあ、よ——」

男はつぶやいて足を速めた。

「どうしたのよ」

女が言う。

「後をつけて来るのがいるんだよ」

男は、女が後方を向きそうになるのを、女の肩に回した腕に力を込めて制した。

「振り向くんじゃねえぜ」

鋭く言った。

男の腕の中で、女の身体が緊張する。

「誰なの？」

「男が三、四人だ。あの極道のおっさんが、仇《あだ》を討ちに仲間を呼んできたのかもしれねえ」

男の双眸《そうぼう》に、獣の光が、宿った。

暗い方へ、暗い方へと、男は歩いて行く。

「どうして、暗い方へ行くのよ」

怯えた声で女が言う。

「邪魔の入らねえ所でなら、せいせいと喧嘩《けんか》ができるからな。さっきはだいぶ手加減したんでよ、こちとら欲求不満なのさ」

男は、さらに暗い路地へと、女の肩を抱いて曲がった。

貸ビルと貸ビルとの間にできた、細い道だった。

一台車が通るには充分な広さはあるが、二台の車がすれちがうのは無理な道である。

つけて来た男たちが、その角を曲がった途端、先頭の男が、どんと何かにぶつかった。

高い肉の壁であった。

上から、巨大な掌が降りてきて、先頭の男の頭部を鷲摑《わしづか》みにしていた。

「くそったれが、喧嘩は先手必勝よ！」

男が吠《ほ》えた。

右掌に頭部を摑んだ先頭の男の顔面を、思いきり横のビルの壁面に叩きつけた。

ぐりぐりとねじった。

先頭の男は、声を上げる間《ま》もなかった。

顔面をビルの壁面に押しつけたまま、顔でずるずると滑《すべ》り落ち、膝をついてからゆっくりと横に倒れた。

血の跡《あと》が垂直にビルの壁面を下り、途中から斜め下方にその線が曲がっていた。その終点に、先頭の男の顔が寝ていた。

「ま、待て——」

後から続いて来た男が叫んだ。

「うるせえ！」

男は、岩のような拳を、その男の顔面にぶち込んだ。

その男は、後方に仰向けに転がって動かなくなった。

「ひっ」

三番目の男は、慌てて後方に退《さ》がった。

その男に、男が蹴りを入れようとする寸前、女の声がその路地に響いた。

「お待ちなさい、毒島獣太《ぶすじまじゆうた》さん」

凛《りん》と澄んだ声であった。

男——毒島獣太の動きが止まった。

いきなり自分の名を呼ばれて驚いたのである。

角から、ひとりのすらりとした女が姿を現わした。

色の白い、美しい女であった。霊光《オーラ》に似た気品が、その女を包んでいた。

「わたしたちは、あなたに仕事を頼みに来たのです」

「仕事？」

毒島は言った。

「あなたのご専門の、精神《サイコ》ダイバーの仕事です」

女の赤い唇が、嫣然《えんぜん》と微笑《ほほえ》んだ。

「なに？」

言いながら、毒島は、背広《スーツ》の内ポケットに右手を入れた。

毒島の顔色が変わった。

毒島が背後を振り返った。

そこにいるはずの女——葵の姿が消えていた。

「くそ、あの女《あま》！」

毒島が呻いた。

毒島の内ポケットから、札束がきれいに抜き取られていたのである。

2章　闇の輪郭《りんかく》

1

　午後の十時を回っても、人通りがそれほど減じたようには見えなかった。

　きらきらしいイルミネーションや街路燈が、虫を呼び誘う誘蛾燈《ゆうがとう》のように、人を魅《ひ》き寄せるのだ。この人工の灯《あか》りが消えぬうちは、人の姿もなくならない。

　原宿《はらじゅく》、青山通り——

　その賑《にぎ》やかな通りに面して口を開けた、暗い路地の入口に、ひとりの男が腰を下ろしていた。

　尻を地につけ、胡座《あぐら》をかきそこねたように、だらしなく脚を前で組んでいる。

　巨岩のような男であった。

　羆《ひぐま》がそこにうずくまっているようにも見える。

　数カ月は剃《そ》っていないと思われる髯《ひげ》が、顔の下半分を覆《おお》っていた。髯ばかりではなく、髪も伸びっ放しであった。

　あちこちが擦《す》り切れ、ぼろぼろになって、元の色の見当もつかないほど汚れたジーンズを穿《は》いていた。

　上半身に着ている半袖シャツも、ぼろくずと呼んだほうがふさわしいかもしれなかった。

　シャツから覗《のぞ》く太い腕も、黒光りするほど垢《あか》じみていた。

　見ただけで、鼻を押さえたくなる、異様な風体《ふうてい》の男であった。

　それほど近づかなくとも、風下《かざしも》に立てば、はっきりとその異臭を嗅《か》ぐことができる。

　饐《す》えたような、どうとも形容しようのない臭《にお》いである。獣の臭いに近いが、野生獣の体臭の持つ、むっとする精悍《せいかん》さはない。都会のどぶ泥にまみれ、肉体が半分腐りかけ、死に瀕《ひん》した野良《のら》犬の臭いである。

身にまとっている布地は、男の汗や垢をたっぷり吸い込み、鞣革《なめしがわ》のような光沢《つや》さえ放っていた。

いったいどれほどの間、風呂に入らなければ、このような人間が出来上がるのか、見当もつかなかった。

男は、両手に、黒い革手袋をはめていた。

その右手に、俗に、ダルマと呼ばれるウイスキーのボトルを握っていた。

そのボトルを、男は、時折り口に運ぶ。

漂《ただよ》って来る異臭の中に、そのアルコールの匂いが、鮮やかな原色のように混じっている。

男は、ぼんやりと、放心したような眼で、通り過ぎて行く人の群れに視線をさまよわせていた。

文成仙吉——それがこの男の名前である。

うずくまってはいるが、立てば、その身長は二メートルを下らない。


しかし、ほとんどの人間は、この巨漢に無関心のように見えた。十人のうちのほんの数人が、わずかに視線をとどめて、歩き過ぎて行くだけである。

表面はそのように見える。

通り過ぎてから、好奇心に負けたように、顔を振り向ける人間もいるところをみると、いくらかは文成の巨体や風体が、人眼を惹《ひ》いてはいるらしい。

彼らが恐れているのは、文成と視線が合うことであった。

この薄汚い悪臭のする巨漢に何かのきっかけを与え、因縁《いんねん》をつけられるのを怖がっているのだ。

酒代《さかて》をせびられるとでも思っているらしかった。

視線を向ける者も、まるで文成に気づかない者も、文成にとってはどうでもよかった。

文成は、見るともなしに、人の群れを下から眺めていた。

人を見上げることなど、これまで文成の習慣にはなかったことである。

常人を超《こ》える身長のため、文成が他人を見る時は、常に見下ろす形になる。それが、今は、乞食《こじき》のように、地にうずくまって人を見上げている。

かつて、ぎらぎらと狂おしいほどに、その肉体に満ちていた、あの脂《あぶら》ぎった熱気が、今はきれいに文成から抜け落ちていた。

飢《う》えた肉食獣の持つあの迫力が消え去っている。

蟠虎《はんこ》（『魔獣狩り』に登場する人獣《ごじゅう》）への復讐のみに燃え、どす黒い炎に身を焼き焦がしたかつての一時期が嘘のようであった。

きりきりと肉に鉄の棒を差し込むような、あの、憎悪とも何とも名づけ難《がた》い思いが、今はなかった。

自分の肉体が他人のもののようであった。

家を借りるように、たまたま今、この肉体を借りている——そんなふうであった。

むろん、そこまで文成は考えているわけではない。

考えることや、生きてゆくことの作業のひとつずつがわずらわしかった。

啖《くら》い、飲み、排泄する、それだけのことさえ面倒であった。

半年前のあの時、自分はもう死んだのだと文成は思っている。

それまで文成を生かしてきたエネルギーの源泉のようなものが、根こそぎ喪失してしまったのだ。

手元に残ったのは、三千万余りの金のみであった。

その金も、まだほとんど手つかずで残っている。

——こうなるはずではなかった。

当初のうちは、そういう思いもあった。

残った金で、おもしろおかしい日々を暮らしているはずであった。

女、金、権力、それらに対する人並み以上の欲望が、風の中に吐き出した煙草の煙のように、あっさりとどこかに消えていた。

これまで、文成は乞食同然の生活をしてきた。

最初のうちは、金があればレストランにも入ることはできた。パンや牛乳などを、小売店で買ったこともある。

しかし、文成の様相が日を逐《お》って凄《すさ》まじくなってゆくにつれて、レストランはもちろん、大衆食堂にも入り難《にく》くなり、あからさまに飲食を拒否する店も多くなった。

そのやりとりがわずらわしく、文成は、米と鍋《なべ》を買い込んで山に入った。山菜を採《と》り、それを鍋で米と一緒に煮て食べる。

あの九門鳳介《くもんほうすけ》（『魔獣狩り』に登場するサイコダイバー）がしたように、時折りは、ウサギの肉も食べた。

食事以外の時には、寝るか、ただ凝《じ》っと黙って山を眺めて過ごした。

眠っているよりは、山を見ているほうがよかった。

眠れば、どんな夢を見るのかはわかっている。

出て来るのは、決まって、血みどろの久美子や蟠虎の顔だった。

鮮やかで、どぎつい、原色の夢だ。

あの美空《びくう》（『魔獣狩り』に登場する密教術の達人）の、冴《さ》えざえとした美しい笑《え》みを浮かべた顔も出て来る——

眠っている間に、その夢が文成の身体を、肉の奥に入り込んだ寄生虫のように蝕《むしば》んでゆく。

起きて山を見つめている時のほうが、気が休まった。

山は、見ていて飽《あ》きることがなかった。

雨ならば雨のように、晴れならば晴れのように、山はやはり山であるだけであった。山をただ見つめているうちに、いつの間にか自分が山の一部と化したようになる——

秋の山では、以前ならば血臭のように嗅いだ草の匂いさえ、しっとりと腐蝕した土の匂いに感じられた。

夢には出てこなかったが、山を見ていると、あの人を食ったような九門鳳介の顔が、ひょいと浮かぶことがあった。

〝ふふん——〟

と、鳳介の顔は、笑みともつかない微笑を浮かべ、文成を見つめているようであった。

あの奇妙な男のことを思い出すと、不思議な懐《なつ》かしさのようなものが、わずかに肉の中に込み上げて来る。その温《ぬく》みを己《おの》れの肉の底に探ろうと、文成が意識を向けると、それはすぐに消える——

文成が山を下りたのは、十一月であった。

ダケカンバの黄金の落葉が、数千、数万の群れとなって、蒼《あお》い虚空《こくう》へ向けて吹き上げられてゆく渓《たに》を、文成は下った。

山に飽きたのでも、寒さのためでもなかった。

自分で米を炊《た》くという、そのことがわずらわしくなったからであった。

その気になりさえすれば、食べ物は、山よりも街のほうが豊富であった。

飲食店の裏に出してあるポリバケツを漁《あさ》れば、かなり豪華なメニューが手に入る。

物乞いをしているつもりはなかった。

山に自生している山菜や茸《きのこ》を採る——そんな意識しかなかった。

ポリバケツを漁りはしたが、人に、ものをめぐんでくれと乞うたことは一度もなかった。

それだけはするつもりがなかった。

それをするならば、人を殺してでも奪うか、野垂《のた》れ死にを選ぶ——

それが、文成にただひとつ残された、矜恃《きょうじ》であった。

信州から東京へ、およそ半月をかけて、文成は歩いて出た。

そして、冬の間じゅう、あちこちの盛り場をうろうろして過ごしたのであった。

2

文成は、ウイスキーのボトルを口に運びながら、山を眺めるように、人の群れを眺めていた。

人のざわめき、靴音、車の音、クラクション――雑多な街の喧噪《けんそう》が、深い渓谷の轟《とどろ》きを聴《き》くように、文成の耳に届いて来る。

呆《ほう》けたように人の群れを見つめてはいるが、文成は、自分の眼が何を捜《さが》しているのか、知っていた。

――あの久美子の顔。

いや、正確には久美子ではなく、久美子の顔によく似たあの女の顔を捜しているのだった。

上野公園で、救うことになったあの女。

あれから、一週間が経《た》っている。

文成は、あちこちをさまよいながら、四日をかけてこの青山までやって来た。いつの間にか、足がこの場所に向いていていたのである。

最初は、さほど気にも留めていなかった女の顔が、気がついた時には、脳裏《のうり》にこびりついて離れなくなっていた。

久美子に似てはいるが、明らかに久美子とは違う女――

貌立《かおだ》ちそのものは似ていても、久美子にあった女《め》豹《ひょう》の精悍さが、その女にはなかった。代わりに、人形じみたあどけなさ、ひよわさが女にはあった。

男がいくら犯しぬき、精汁《せいじゅう》をその体内に注《そそ》ぎ込もうとも、犯しきれない品のようなもの――

夜の闇の中に、鮮やかに浮き上がっていた、女の白い裸身。毛布の上に立ち上がり、文成を見つめた怯《おび》えた瞳。

それらの映像が、文成の肉の奥に、文成自身でさえ気づかないほどの、小さな小波《さざなみ》を立てていた。

背骨の中心に、細い蜘蛛《くも》の糸に似たガラス針が刺さっている、そんなふうであった。痛みとは呼べないその痛みが、文成の肉の奥に小さな小波を立てているのである。

〝新宿で拾ったんだよ〟

と、女を輪姦《まわ》していた男のひとり、三島は言った。

三島が、仲間と一緒に、女をひっかけようと車を停《と》めていたところへ、いきなり車のドアを開けて、女が乗ってきたのだという。

女は、すぐに車を発進させてと言い、金を出すから青山まで行ってくれと三島に頼んだのだという。

それを無視して、三島は女を上野公園に連れ込み、輪姦した。

そこを文成に見られたのである。

文成は考えていた。

なぜ、あの女が三島の車に乗り込んだのか。

金を払うのならタクシーでもよい。それをわざわざ三島の車に乗り込んだ。

急いで青山に行かねばならない用事があるにしても、若い女がやるには不用心すぎる行為であった。

いくつか状況が考えられるが、もっとも自然な状況というのは、ひとつだろうと文成は考えている。

それは、女が、何者かに追われていた場合である。

それも、すぐ背後まで追手が迫っていた場合だ。

追われている。タクシーを捜して拾っている時間もないほど切羽《せっぱ》詰まっている。どんな事情があるのかはともかく、追って来るのはよほど嫌な相手だったのだろう。

どうしようかと思っている眼の前に、眠そうな学生が運転するBMWが停まっている――そこへ思わず乗り込んでしまったというのが真相であろう。

あの晩、上野公園から姿を消した女は、おそらく青山に向かったはずである。

それが脳裏にあったからこそ、自然に文成の足は、この場所に向いたのである。

それから三日間、文成は、青山をうろついた。

夜になると、人の多く出る街角にうずくまって、通り過ぎる人間を眺めている。

久しぶりに酒を買って、その酒を飲んだ。

最初に青山に来た晩を数に入れるなら、四度目の晩である。

むろん、あの女に会えると、本気で考えているわけではない。また、捜そうと思って来たわけでもない。

気がついたら青山に来ており、こうしてぼんやり見るともなく人の群れを眺めていたというそれだけのことである。

どこで過ごすにしても、一日は同じ一日である。たまたまその場所が青山だったと、文成にとってはそれだけのつもりのはずであった。

だいいち、あの女が、本当に青山へ向かったかどうかも推測の域を出ていない。

どんな用事があったにしろ、輪姦というのは、その用事を反古《ほご》にしてもかまわない事件である。

また、女がこの青山まで来たにしろ、今もまだ青山にいるとは思えない。もしいたとしても、会える確率はないに等しい。

仮りに、もし会えたとして、それがどうだというのか——

文成にはわからない。

それは、これまで、無意識のうちに何度も自問したことであった。

だが、たった一時ではあったが、久しぶりに血が騒いだあの一瞬を、文成はまだ覚えていた。

どうして、あの坊やたちを相手に、立ち回りをする気になったのか、文成自身にもわかってはいない。一度は、何もせずにその場を立ち去ろうとまでしたのである。

——あの場に、その時生じた異様な炎。

あの炎が、ほんの一瞬、自分の身体に火を点《つ》けたのではなかったか。

今考えても、あの時の四人の男には、どこか不気味なものがあったように思う。

普通でない昂《たか》ぶりが、四人の男を支配していた。

輪姦《まわし》というのは、むろん普通ではない行為である。むろん普通でなく昂ぶりもする。

しかし、あの場には、それ以上の、異常なものがあった。

普通なら、文成が軽く凄《すご》むだけで逃げ出そうとしてもおかしくないはずの気の弱そうな男が、自分のほうから文成に突っかけて来たのである。

浩二という男は、文成を鍛《きた》えてない拳《こぶし》でおもいきりぶん殴ったため、右手首が折れた。しかし、浩二は、それでも少しもひるまずに向かって来たのである。

空手の心得があるらしい猛は、獣じみた雄叫《おたけ》びを上げながら、眼尻を異様に吊り上げた。

まるで、彼らが、獣に変貌しかけたようであった。

その雰囲気に、文成自身もまた影響を受けたのではなかったか。


あの時、思わず、文成は久しぶりに己れの血が血管を打つのを感じ、四人を叩きのめした。

済んでみれば、あっけないほどのものであった。

荒ぶる鬼神の手が、すっと文成の肉を撫《な》でて去って行ったようであった。

虚脱感さえあった。

身体のどこかで、まだちろちろと甘やかな細い赤い舌を出している、その鬼神の炎を捜しているのか、久美子に似たあの女を捜しているのか、文成には見当がつかないのであった。

ウイスキーを口に含み、文成は、顔を上げて天を睨《にら》んだ。

背にしているビルの壁面が真上に伸び上がり、そのさらに上に、心持ち白っぽい空があった。曇ってはいないはずなのに、星は見えなかった。

視線を再び元にもどした文成の眼が、すっと細められた。

文成が、ウイスキーのボトルを手にしたまま、ぬうっと立ち上がった。

寝そべっていた雄牛《おうし》が、巨軀《きょく》を揺らめかせて、身を起こしたようであった。

文成の肉体を包んでいた濃い臭気の輪が、大気に流れ出した。

その臭気を掻《か》き混ぜるように、文成の巨体が動いてゆく。

歩道へ出る。

三人の男と、ひとりの女が、文成に背を向けて歩いていた。

数歩で四人との距離をつめる。

前から歩いて来る人間が、文成の異相を眼にして、歩道の端へと動く。

その前を歩いて来る人間たちの奇妙な動きと彼らの視線とで、四人は、ほぼ同時に、自分たちの後方から何者かが迫って来るのを知ったらしい。

後方へ振り向いた女の顎を、ひょいと、文成の左手の人差し指が下からすくい上げた。


眼を丸く剝《む》いて、女が細い悲鳴を上げる。

その顎を、文成の指がさらに上に押し上げる。

白い女の喉が覗いた。

「何をする！」

男のひとりが声を上げ、女の肩を引いた。

金縛《かなしば》りに遭《あ》ったように動けなかった女の身体が、その男の腕に抱えられた。

女の顔からは、完全に血の気が引いていた。

「警察を呼ぶぞ――」

女を抱えた男が言った。

顔が赤いのは、血が上っているばかりではないらしかった。

酒が入っているのである。

背広を着ているが、かなり何かのスポーツで鍛えたらしく、身体ががっちりしていた。

ひるんでいる他のふたりの男に比べ、かなり度胸がいい。

喧嘩《けんか》の場数を踏んでいるのであろう。

ただの短気で喧嘩っ早いのとは違うことがわかる。

「すまねえ、人違いだよ」

ぼそりと文成は言った。

異臭はともかく、暴力的な体臭は、文成からは発せられてはいない。

おだやかな口調であった。

身なりや風体に似合わない、落ち着いた声を耳にして、背広の男は安心したらしい。

精神異常者や、覚醒剤常習者よりは、なりのでかいだけの汚い男のほうが、まだ危険が少ないと思ったのであろう。

安心した途端に、男の声が大きくなった。

「人違いにしても、ひどいやり方じゃないか」

文成たちを中心に、遠巻きに人垣ができていた。

男は、辺《あた》りを見回して、やっとそのことに気がついたらしい。

その人垣を見つめ、その視線を、黙って自分を見下ろしている文成に移した。

男は、退《ひ》くタイミングを失っていた。

〝ひどいやり方じゃないか〟

そう言った自分の言葉に、文成が答えなかったからである。

相手の出方によっては、どうとでもできる言い方である。喧嘩にも持っていけるし、そのまま、ここでこの場を収めることもできる。

〝悪かった〟

と、文成がそう言えば、退《ひ》くことができる。

しかし、文成が黙っている以上、退くに退けない。

文成自身は、もう、済んだ気になっている。

男たちが背を向けるタイミングを見はからって、自分も背を向けるつもりだった。

男たちの仲間の誰かが、行こうと言えばそれで済むのだが、男たちの誰も口を開こうとしない。

男の仲間たちも、声を掛けるタイミングを逸してしまったのだ。

背広の男と文成とが、睨み合うことになってしまい、その時になって、ようやく文成の巨体の迫力がわかってきたらしい。

下手《へた》に声を掛けて、ふたりの間に関わりを持つと、争いになった時、とばっちりがくるのを恐れているのである。

文成は、男を見下ろしながら、一週間前の記憶をまさぐっていた。

仰向《あおむ》けになったあの女の白い顎の下に、小さな黒子《ほくろ》が見えたのを、文成は覚えている。

はっきりとした記憶ではない。

女がもがいているうちに顎につけた汚れかもしれないし、擦傷《すりきず》であるかもしれない。それとも、文成が、そんなものを見たと思っただけなのかもしれない。

そう思いながら、文成は、あの晩の記憶をさぐっている。


「何とか言えよ」

男が言った。

「言ったよ」

「言った?」

「耳が聞こえないのかい。すまねえ、人違いだったとおれは言ったんだよ」

文成の声は静かであった。

それが、かえって男を怯えさせることになった。

「なに」

男の筋肉が、背広の下で、堅《かた》く強張《こわば》った。

「後ろ姿が似てたんでね。ついうっかり、手が伸びちまったんだ。おれの知っている女は、ここの処《ところ》に黒子があるんでよ——」

文成は、髯に覆われた、自分の顎のその部分を指差した。

その動きを、背広の男は誤解した。

自分へ攻撃をしかけてくるための動きと勘違いしたのである。

いきなり文成の顔面に、右のパンチを叩き込んできた。

ごつん。

という鈍い音が響いた。

男のパンチが、下方から、きれいに文成の左頬に入っていた。

文成は、表情を変えずに、そのパンチを受けた。

「ふふん」

髯の中で、太い唇が笑みを形づくる。

頬で止まっていた男の右手首を、手袋をはめた文成の左掌が握った。

男が呻《うめ》いた。

無造作に握ったように見えるが、よほど強い力で握られているのだろう。

男が、左脚を跳《は》ね上げて、爪先《つまさき》で文成の股間を蹴りにきた。

文成が、ダルマのボトルを握った右掌で、ぽんとそれを跳ねのける。

文成の右掌からボトルが落ち、歩道にぶつかって音を立てて割れた。

男の身体が泳いだ。

男の右手首を握った左掌を引いて、泳いだ男の身体を文成が引きもどす。

強いウイスキーの香りが、夜気の中に広がっていた。

「無礼の詫《わ》びの分は、この一発だけだ。それ以上はこまる。きんたままで蹴られたんじゃこっちも手を出したくなるってもんだぜ――」

むろん文成にやる気はない。

平然とした声に、男は完全に圧倒されていた。

文成が男の右手首を放してやると、男はほっとして後退《あとじ》さった。

「あばよ――」

文成は男に背を向けた。

文成が向いた方向の人垣が、さっとふたつに割れた。

小魚を追い散らしながら巨魚が移動してゆくように、文成は元の場所に腰を下ろした。

背広の男とのやりとりがあった場所に眼を向けると、もう、そこに男たちの姿はなかった。

3

文成は眼を閉じていた。

背をビルの壁面に当てて考えていた。

あの女と間違えた人間は、これで四人目であった。

その都度《つど》、文成にとっては、トラブルとは呼べないほどの小さなトラブルが起きた。

しかし、今のトラブルは、これまでのどれとも違っていた。

違っていたというのは、文成が、蹴りにきた男の左脚を横に払いのけた時、右掌で持っていたウイスキーのボトルを落としてしまったことである。

文成には、ボトルを落とすつもりはなかった。

そのボトルが地に落ちた。

それは、文成がまったく予期していなかったことであった。

ボトルを握った掌で、男の脚を払いのけるタイミングがわずかにずれただけのことである。時間にしても、零《れい》コンマふた桁《けた》以下の秒数のはずだ。

ぞくりと、悪寒《おかん》に似た不安が、蜘蛛《くも》のような素早さで文成の背を走り抜けた。

――落ちたのか、おれの拳法の腕が。

思い当たることはいくつかある。

一週間前のあの晩、女を襲っていた男たちと闘った時もそうであった。

相手の腕が桁はずれに低いため、問題はなかったが、肉体の動きが、自分の頭で考えたよりもわずかに遅れているのである。

あの猿翁《えんおう》（『魔獣狩り』に登場する獣師）ほどの腕の持ち主であれば、その隙《すき》を衝いて、たやすく、文成の喉に、深々と手首まで手刀を埋め込むだろう。

　この半年間、技の鍛練を怠《おこた》っていたのがようやく響いてきたのかもしれない。

　しかし、それだけではないようであった。

　文成の闘争本能——その根本的な部分に、変化が生じているらしかった。

　原因は、肉体的なものよりも、精神的な部分がより大きいようである。

　文成は、ふいに、自分が臆病な小動物になってしまったように思った。

　さっきよりも大きな悪寒が、文成の全身を包んで走り抜けた。

　文成は眼を開けた。

　眼の前に、グレーのスーツを着た中年の男が立っていた。

　額《ひたい》がやや薄くなりかけている。

　年の頃なら、四十代の初めくらいといった顔つきであった。

　どういう職種なのか、見当がつかない風体である。

　その男は、文成が眼を開いた途端、にこやかな笑みをその口許に浮かべた。

　しかし、その眼は笑ってはいない。

　鮮度の落ちた魚の眼のように、どろりと濁っている。

　表情がなかった。

「何か用かい」

　と、文成は言った。

　男は、自分の後方を振り返り、文成がボトルを落とした箇所へ、濁った視線を向けた。

「ウイスキーがなくなってしまったようですね」

　男は言った。

　陽溜《ひだ》まりで眠っていた猫が、ふいに口を開いたらこうであろうと思われる、どこか間延びした声であった。

「ああ」

「よかったら、私に、そこらでお酒をご馳走させていただけませんか——」

「ほう」

「どうでしょう？」

「わけがわからねえな」

文成は、いつでも動き出せるように、全身の筋肉を軽くたわめた。

「バーボンでも飲《や》りながら、あなたが捜しておられる女性について、少しお訊《き》きしたいと思いましてね——」

にっと、男が笑った。

4

男が手を上げて合図すると、タクシーが停《と》まった。

後部座席のドアが開く。

文成は、路地の入口に突っ立ち、腕を組んでそれを見ていた。

男が、文成を振り返り、にっと唇を横に引いて微笑《ほほえ》んだ。

ゆっくりと文成は歩き出した。

男は、すでに車に乗り込んでいる。

その後から乗り込もうと、文成が腰をかがめて、頭を車の中に差し入れると、タクシーの運転手が、後方を振り返った。

さすがに、異様な気配に気がついたのだろう。

口を開きかけた運転手の鼻先に、一万円札を指に挟んだ、男の手が差し出された。

運転手が、むっとした顔で、その一万円札と、男の顔を睨んだ。

「この金で、気の利《き》いた香水でも買ってくれ。料金は別にきちんと払わせてもらう——」

運転手は、卑屈な笑みを浮かべて、その札を受け取った。

のっそりと、文成が、その巨体を車内に滑《すべ》り込ませた。

運転手が、助手席を前にスライドさせて、文成の巨軀が収まるだけの空間を作った。

尻を背もたれいっぱいまで押しつけても、まだ文成の脚は窮屈そうだった。

男が、運転手に、渋谷《しぶや》のある町名を口にした。

運転手が、ビルの名前を言って、場所を確認する。

「そのビルの手前でいい――」

男が、低く答えた。

開けていたドアを、運転手が閉めた。

異様な臭いが車内にこもった。

文成の身体から発する、汗や、垢や、人体が放つあらゆるものの混ぜ合わさった臭いである。残飯の入ったポリバケツを漁れば、その臭いもつく。山にこもれば土や植物の臭いもつく。

人の身体から、これほど獣じみた臭気が立ち昇るのかと思えるほどだ。

その臭気だけで、文成がどのような生活をしてきたか、おおよその想像はついた。

「窓を開けさせてもらいますよ――」

車を発進させながら、男や文成の答えを待たずに運転手が窓を開けた。

明らかに、一万円の金で文成を乗せたことを、すでに後悔している声であった。

「まいりましたな――」

男が苦笑した。

灰色に濁った眼を、横の文成に向けた。

「何がだ」

文成がつぶやいた。

文成は、太い腕を組んで、遠い眼を前方に向けていた。

「この臭い、これほどとは思いませんでしたよ」

「鼻で息をするのをやめるんだな」

ぶっきらぼうに文成が吐き捨てる。

男は、不気味な薄笑いを口許にへばりつかせたまま、二、三度小さくうなずいた。

文成の横顔を見つめたまま、男が、軽く息を吸い込んだ。

「氷室犬千代《ひむろいぬちよ》――」

男がつぶやいた。

「わたしの名前です。いくらか照れますがね――」

言い終えて、溜息のように、男は肺の中に残っていた息を吐き出した。

「犬千代か」

「はい」

「文成だ――」

文成は、いがらっぽいものを吐き出すように言った。

「文成……」

「文成仙吉ってんだよ」

「よいお名前でございますな」

知人の赤ん坊の名を聴いて、それを誉《ほ》めてでもいるような口調だった。


文成と男が、タクシーを降りたのは、道玄坂《どうげんざか》から、小さな路地を入った所にある、雑居ビルの前であった。

男が、先になって歩き出した。

文成がその後に続く。

男の歩調には、よどみがなかった。

ひょいひょいと軽く足を前に運んでゆく。

歩調を合わせるために、文成が、足を踏み出す速度を調節する必要がなかった。

コンパスの差が大きすぎるため、常人が、文成のペースに歩調を合わせていると、すぐに息が切れてしまう。

しかし、男――氷室の歩調にはまるで無理が感じられなかった。いつもそうしているような、自然な歩きぶりであった。

――この男、何者か？

文成は、やや猫背ぎみの氷室の後ろ姿を眺めながら思った。

〝バーボンでも飲《や》りながら、あなたが捜しておられる女性について、少しお訊きしたいと思いましてね――〟

氷室はそう言って文成を誘ったのであった。

女性というのは、数日前の晩、上野公園で強姦されていたところを救うことになった、あの女のことであろう。

おそらく、いや、それに間違いはない。

人違いということはまずなかろうと、文成は思っている。

油断のならない男であった。

背を向けた途端に、薄刃のナイフを、背中から心臓に刺し込まれそうな気さえする。

酒を飲む――といっても、普通の店には入れるわけはなかった。

タクシーとはわけが違う。

常連の店があったとしても、一万や二万の金で、店に入れるものではない。

他にも客がいるのだ。

だからこそ、わざわざタクシーで、渋谷までやって来たのであろう。

「どこへ行くんだ？」

文成が氷室の背に声をかける。

「馴染《なじ》みの店が、この先にあるんですよ――」

振り返らずに氷室が答える。

雑居ビルを通り過ぎ、少し歩いた所で、氷室は立ち止まった。

氷室のすぐ前の歩道の上に、〝ウロボロス〟と赤い文字の入った、看板が出ていた。アクリル製の看板の内部に灯りが入っていて、赤い光が氷室の灰色のズボンの上に映《うつ》っていた。

分厚い木製の扉があった。

それを押し開け、氷室が文成を振り返った。

「どうぞ――」

のっそりと、文成が、氷室の後に続いた。

会員制のクラブ――それも、かなり高級そうな雰囲気の店であった。

扉をくぐると、床に、分厚い絨緞《じゅうたん》が敷いてあった。

左側にレジがあり、左右に、鉢植えの観葉植物が並んでいる。

その先に、ガラス製のドアがある。

暗い照明の中に、ガラスの向こうに群れる男女の気配が、小波《さざなみ》のように漂っていた。

ドアの前に、黒いスーツに蝶《ちょう》ネクタイの男が立っていた。

まず氷室の顔を見、頭を下げかけた男の顔が強張った。

氷室の後方にいる薄汚い、異様な臭気を放った巨漢の姿に気がついたのだ。

「わたしの大切なお客さんでね、二階を使わせてもらいますよ――」

相手に何か言わせる隙を与えなかった。

返事を待たずに、ガラスのドアを押した。


文成が、氷室に続いて中に入る。

酒の匂いと、女の香水の匂いが、濃く空気に溶けていた。煙草の匂いもしていたが、その中に、強く刺すような香りが混じっていた。葉巻の匂いであった。

落ち着いた雰囲気の店であった。

奥にカウンターがあり、店内に、ゆとりを持ってボックス席が並んでいる。

各々《おのおの》の席の客に女がついていたが、服装は派手ではなく、皆、シックなドレスで身を包んでいた。

肌の露出度もほどほどであった。

たやすく胸を揉《も》ませ、尻や股の間に客の手を突っ込ませる女たちとは、明らかに違う人種の女たちであった。

文成は、そこに突っ立ったまま、平然と店内を見回した。

予定どおりにいっていたのなら、今、自分はこういう薄汚い格好ではなく、高級なスーツに身を包み、あの久美子と一緒にあそこの席で酒を飲んでいたかもしれないのだ。

ふいにそんな考えが、文成の頭をよぎった。

――しかし、それがどうだというのだ。

そうも思う。

高級なスーツを着、高級な店で高級な酒を飲む。洗練された女たちと会話をし、どうやってこの女の白い身体をものにしてやろうかと考える――

それがどれほどのものなのか――

〝たったの一億だぜ〟

かつて、黒士軍《こくしぐん》の川口《かわぐち》を、文成はそう言って挑発したことがある。

その一億の金が、どれだけのものかと思う。

その金で、ほんの一時《いっとき》、贅沢《ぜいたく》に遊び暮らすことを夢みたこともあったのだ。

一億にしろ、一〇億にしろ、金や贅沢への興味は、今は文成の脳裏からは失《う》せていた。一〇〇億の金をもらったところで、今の文成には、その金の使い方の見当さえつかない。

東和《とうわ》銀行から盗んだ一億の金で、革命を夢みていた川口も、文成と久美子の手にかかって殺された――

その川口も自分も、たいして違わない夢を見ていたような気がする。

店にいる人間の視線が、ひとつ、またひとつと文成に集まり始めていた。

場違いな文成の巨体が、異様な存在感を放っているのである。森の奥をさまよっていた野生獣が、ふいにそこに姿を現わしたようなものであった。

「こちらです――」

氷室が、文成に声をかけた。

すぐ左手に階段があり、氷室がその一段目に上って文成を振り返っていた。

5

そこは、個室であった。

数人の人間が、食事をし、酒を飲むことができる。

テーブルの上に、豪勢な食事が並んでいた。

文成が、今、腹に押し込んでいるのは、文庫本二冊分は厚さがありそうなステーキであった。

これまでに三人前のスープが文成の胃に流し込まれ、二人前のサラダと、三人前の前菜が入り込んでいた。

今、文成が食べているのも、四人分の量の牛肉であった。

氷室が特別に料理《つく》らせたものである。

いくらでも文成の胃袋に入っていきそうだった。

「お見事なものですな——」

文成の向かい側で、食事はせずに、ひとりでバーボンを飲んでいる氷室が言った。

「こいつを片づけたら、バーボンをつき合ってやるぜ——」

でかい肉の塊《かたまり》を呑み込み、文成が言った。

「バーボンはわたしの趣味ですからね。お好みならバーボンではなく、他のものを注文なさったらいかがですか。ブランデーにかなりいいものがあるんですよ——」

「あいにくと、上品なものの喰い方を知らねえのさ。いいものも悪いものも、かまわねえんだよ。そいつをこれに注《つ》いでくれ——」

コップに残っていた水を飲み干して、それを氷室の前に置いた。

氷室が、そのコップにバーボンを注ぎながら言った。

「ところで、あなたの左掌、それはどうなさったんです?」

氷室の眼が、文成の左掌に注《そそ》がれていた。

食事のため、文成は、手袋をはずしている。

そのため、蟠虎《はんこ》に嚙みちぎられ、喰われた二本の指が失《な》くなっているのが見えるのだ。

「喰われたんだよ――」

ぼそりと言って、文成は、中心の赤い肉の塊を口に入れた。

「ほう」

「信じなくてもいいんだぜ」

「信じますとも。とくに、これから大切なお話をしようという相手のおっしゃることはね――」

「前置きはいい。そろそろ本題に入ってもらおうか――」

「そうですね」

どろりとした魚の眼を文成に向け、氷室は両手をテーブルの上に載《の》せた。

文成は、バーボンの注がれたコップを左手に取って、その液体の半分近くをいっきに喉に流し込んだ。

文成の背に窓があり、通りを挟んだ向かい側のビルの灯りが見えている。

「ステーキの追加はよろしいでしょうか――」

ボーイの声がした。

「結構です。もうこちらから声をかけるまで来ないでください。大事な話をしますのでね――」

氷室が、自分の背後のドアに向かって声をかけた。

ボーイの返事があり、その足音がすぐに遠ざかった。

「顔が利くんだな――」

文成が言った。

「たいしたことじゃありません。それよりも……」

氷室は、テーブルから右手を上げて、人差し指で、自分の顎の下を指差した。

「――ここに黒子《ほくろ》のある女のことですがね」

「――」

「文成さん、あなたとどういう関係があるんですか」

「清い関係だよ」

「はぐらかされては困ります」

「はぐらかしちゃいねえよ。本当のことさ。手も握っちゃあいない」

「上野公園で、あの女を助けたのは、あなたなんでしょう――」

ふいに、声のトーンを変えて、氷室が言った。

濁った眼の奥に、不気味な光が宿っていた。

「ほう」

文成が、太い唇の一方を、軽く上に吊り上げる。

「正義の味方、なかなか素敵な役どころじゃありませんか――」

「なぜ、知っている?」

文成が訊いた。

氷室の濁った眼が、初めて笑みに似た形に細められた。

それでもまだ、氷室は笑ってはいなかった。

笑みの形に細められてはいるが、見る角度によってはまったく別の表情にも見える。能面さながらの、魔性《ましょう》の笑みであった。

爬虫類《はちゅうるい》と同様、いやそれ以上に、何の感情も読み取れない。

「そうかい」

文成がうなずいた。

バーボンの入ったコップをテーブルの上に置いて、右手の人差し指で軽くはじいた。

「新宿で、あの女を追っていたのは、あんたたちなんだろう」

探るように言った。

ただの当てずっぽうではない。

カマを掛けたのには違いないが、理由はある。

上野公園で女を助けたのが文成だということを知っているのは、女本人と、あとは女を襲った三島たち四人だけである。文成は、その晩のことを誰にも話してはいない。

ならば、あの晩のことを話したのは、三島たちか、女本人ということになる。女本人が話したとはまず考えにくい。

となると、男たち四人のうちの誰かということになる。

「三島か――」

と、文成はつぶやいた。

「新宿で女を追っていたあんたたちの仲間の誰かが、女が三島の車に乗り込むのを見たんだろうがよ――」

「そのとおりですな」

「三島の車のナンバーを覚えていて、それを頼りに、てめえら、三島とコンタクトを取ったんだろうが」

「はい」

ぬけぬけと氷室が言う。

「きちんと話し合いをしたんだろうな」

「あなたのように、手荒な真似《まね》はしませんでしたよ。可哀相に、三島は、あなたの膝で蹴られて、あそこが腫《は》れ上がっているとか言ってました。病院通いですよ。しばらくは女も抱けないと言ってましたな――」

「三島は何と言っていた」

「全員があなたにのされてしまって、気がついた時には、あなたと女の姿が消えていたのだと言っています――」

「へええ」

「それからどうなったのかを、わたしは知りたいのです」

「ホテルにしけ込んだりはしなかったようだぜ――」

「ふられたのですか」

「まあな」

「正義の味方も、汚くてはもてませんか」

「そういうとこだ」

「ほんとうにそれだけですかな」

「どういう意味だ」

「たまたま、上野公園で助けた女を捜して、わざわざ青山までなんでやって来る必要があるんです」

「おたくらだって来たじゃねえか。三島から、女が青山に行きたがっていたことを訊き出したんだろうがよ」

「答えになっておりませんな」

「どう答えれば、気に入ってもらえるんだ」

「女のこともそうですが、あなたご自身が、何者なのかということも、興味がありましてね。なかなかお強い方だとうかがっていたのですが、お会いしてみてなるほどと思いましたよ――」

「けっ」

「昨夜、青山で女を捜していた仲間の者から、三島たちをのした男とよく似た風体の男が、やはり女を捜しているらしいと聴きましてね。それで、わたしが、今日、参上したというわけなのですよ」

「ここへおれを連れて来るのも、計画のうちかい」

「はい」

「かなりのタマだな、おめえ――」

文成の喉が唸《うな》った。

「少なくとも、あなたが今、女の居所《いどころ》を知らないということは、信じてあげますよ。しかし、他のことまでは――」

「他のこと？」

「女と、何かあったんじゃありませんか」

「清い関係と言ったろうが」

「身体のことではなくてね、あなたが女から何かを預かったんではないか、ということです」

「預かっただと？」

「それでなければ、何か伝言を頼まれたか、女に何か言われたんじゃなかろうかとね」

「知らねえな」

会話を打ち切るように言った。

「なぜ、青山までやって来たんですか」

「あんたの知ったことではないよ」

「まさか、ひと目惚《ぼ》れをして、その女のことを忘れられないからだとか言うつもりではないでしょうね」

「そのまさかだと言ったらどうする?」

「あなたはよほどのロマンチストなんでしょう」

「そのとおりさ」

「ついでに、昔の恋人に、女の顔が似てたとでも言うんですか」

「大当たりだな」

「ですが、あいにくとわたしはロマンチストではありませんのでね」

細い、針のような殺気が、氷室の中に跳ね上がった。

氷室の左手が、ゆっくりとバーボンのグラスに伸び、それを握った。

右手の人差し指が、そのグラスの縁《ふち》を、指先で撫で回す。

「もっと現実的な方法をとるかい」

文成が、ぎりっと、己れの肉の内に殺気をためる。

「現実的な方法?」

と、氷室がつぶやく。

「金を積むか、力ずくってことさ――」

文成が言った時、氷室が、右手の人差し指で、グラスの内側から外側へ向けて、グラスをはじいていた。

キン
鋭い音がした。

部屋の照明を反射して、きらりと光る小さなものが、文成の顔面に向けて疾《はし》った。

それを予測していたかのように、文成の右手が動いていた。

チン!

という細い音が響き、文成の前のテーブルの上に、ガラスの小片が落ちた。

氷室が指ではじいたグラスの縁のその部分が、きれいに消失していた。

指先が通った部分だけが、鋭利な刃物で切り取ったように失《な》くなっていたのだ。

グラスのどこにも、ひびが入ったりはしていない。

凄い技であった。

氷室は、グラスの縁のガラスを、指先で、文成の顔面に向けてはじき飛ばしたのであった。

文成の右手には、ステーキを食べる時に使用したナイフが握られていた。

文成が、そのナイフで、飛んできたガラスの細片を受けたのである。

「おもしろい真似をするじゃねえか」

文成は、太い唇の端を吊り上げ、氷室を睨んだ。

「あの女、今、飛んだガラスの破片《かけら》以上に危険な女です」

「安全な女なんてのは、いやしねえよ」

文成は、ひょいと右手を伸ばし、テーブルの上にあった、バーボンのボトルを握った。

大きな右掌で、ボトルの胴全体を包み、注ぎ口の先を、左掌の三本の指でつまんだ。

「お返しに、こちらも何か見せておこうか」

つぶやいた文成の唇から、ひゅっ、という笛の音に似た呼気が洩《も》れた。

めき！

と、音がして、注ぎ口の細い首の部分と、ボトルの胴との境い目のくびれから、ボトルがきれいにふたつに分かれていた。

文成は、ボトルの胴と注ぎ口とを、ふたつにねじ切っていたのである。

「女に関しては、あなたと意見が分かれましたか――」

「昔つき合った女の性《たち》によるんだろうさ」

氷室を見据《みす》えながら、文成はのっそりと立ち上がった。

「今度は、こっちから訊かせてもらえるかい」

文成は言った。

「何なりと」

「あの女の名前だ。あれは、どういう女なんだ?」

「残念ですが、答えられませんな」

「ほう」

文成の眼がすっと細められた。

「ならば、交渉はこのあたりで終わりということだな」

「しかし、終わったといって、おとなしく、あなたを帰すつもりはありません」

氷室が、すわったまままつぶやいた。

その時、氷室の言葉が合図だったかのように、氷室の背後のドアが開いた。

ふたりの男が入って来た。

屈強そうな男であった。

ふたりは、左右に散り、氷室を挟むようにそこへ立った。

暴力のプロが持つ、不気味な体臭が、じんわりと文成に向けて漂って来る。

「どういうつもりだ」

と、文成が言った。

「先ほどの腕ずくというのを実行しようと思いましてね——」

ふたりの男の眼が、眠そうに文成を見ている。

文成に逃げ場はなかった。

せまい部屋である。

左右のどちらへ逃げても、どちらかの男にぶつかってしまう。

しかも、ドアは、氷室の背後にひとつしかないのである。

「けやっ!」

文成の喉から、太い叫び声がほとばしった。

凄まじいパワーで、テーブルが上に跳ね上げられていた。

テーブルが、音を立てて、ドアのある壁にぶち当たった。

常人であれば、テーブルと壁との間に挟まれ、苦痛の呻き声を上げているところである。

が、三人の男のうちの誰もが、そのテーブルの攻撃から逃れていた。

テーブルの上にあった、皿やコップが激しい音を立てて床に散った。

文成から向かって左側の壁寄りに、氷室とひとりの男が立っていた。右側の壁寄りに、残った男が立っていた。

そのひとりのほうの男は、両手で、さっきまで氷室がすわっていたはずの椅子の背を握っていた。

その椅子を、大きく頭上に振りかぶり、暴風に似た勢いで、男が文成に襲いかかった。

真上から文成の頭部に叩きつけてくる。

文成は、両肘を合わせ、それで頭を抱え込むようにして、椅子の攻撃をブロックした。

文成の太い両腕にもの凄いショックがあった。

椅子が、ほとんど原形を留《とど》めぬまでに、砕け散っていた。

よほどチンケな椅子であったか、文成と男のパワーが強かったのであろう。

椅子を受けながら、文成は、おもいきり右脚の爪先を、上に跳ね上げていた。

まだ椅子の背を握ったままの男の両腕の間から滑り込み、文成の爪先は、真下から男の顎に打撃《ヒット》していた。

男の下顎が、上顎にめり込んでいた。

折れた歯が宙に飛び、窓ガラスに当たって細い音を立てた。

その音を聴いてる間《ま》もなく、次の男が仕掛けてきた。武器も持たずに、文成との間合《まあい》をつめて来る。

しかし、今度は文成の身体も動いていた。

文成は、自分から、寄って来る男に向かって走り出していた。

意表を衝く動きだった。

文成と男の身体がぶつかった。

「ひいっ」

声を上げたのは男のほうである。

ぶつかりざま、男の左腕を握り、関節の逆を取っていた。

そのまま男の身体を抱え上げ、窓に向かって、文成はおもいきり叩きつけていた。

窓の桟《さん》と、ガラスの砕け散る音が上がった。

男の姿が消えていた。窓に、人ひとりがくぐり抜けるのに充分な広さを持った黒い穴が口を開けていた。

「あばよ――」

叫んで、文成は、今できたばかりの暗い窓の穴に向かって、おもいきり身を躍《おど》らせていた。

3章　悪魔の旋律

氏名・毒島獣太（ぶすじまじゅうた）。

年齢・不明（現在三十歳前後と思われる）。

身長・一九〇センチ（推定）。

体重・一〇五キロ（推定）。

経歴・不明（自称、東京芸術大学音楽学部、ピアノ学科中退）。

職業・精神《サイコ》ダイバー（極《きわ》めて有能。〝協会〟には属しておらず、ライセンスは所持していない）。

特技・ピアノ（ショパンの楽曲のほとんどを、譜面を見ずに終わりから逆に弾《ひ》くことができるという）。

趣味・女。

性格・明朗なるも、極めて下品。

容姿・端麗なるも、極めて野卑《やひ》。

付記・凶暴。

1

明るい部屋であった。

部屋じゅうの灯《あか》りという灯りがすべて点《つ》いている。

照度を調節できる天井の灯りは、ルックスが最大になっていた。ドアの横の壁にある照明も、ベッドサイドのナイトスタンドも、ドアが開いたままのバスルームの灯りまでもが点けっ放しであった。

十二畳ほどの洋室。

かなり金のかかった寝室であった。

使用されているのは高級な調度品ばかりである。外国製品が多い。

部屋の壁に取り付けてある姿見《すがたみ》も、壁に寄せてさりげなく置いてあるテーブルやソファーも、北欧製のものである。

インドかカシミールあたりのものと思われる分厚い絨緞《じゅうたん》の上に、点々と男と女の衣服がちらばっていた。

男と女が、部屋じゅう追いかけっこをしながら脱ぎ散らかしたように、上着や下着がとりとめなく落ちている。

ソファーの上に、白いくしゃくしゃっと丸くなったものが載《の》っている。パンティーである。

この中に、女の豊満な尻が収まるとは思えぬほど、小さな布きれであった。ティッシュペーパーを軽く丸めてそこに放り出したようにしか見えない。

脱ぎ散らかされた男の服はひとり分であったが、女の服はふたり分あった。

ソファーの上にあるパンティーを穿《は》いていたはずの女は、全裸のまま、ベッドの上に仰向《あおむ》けになっていた。

寝息を立てて、泥のように眠っている。

身体の左右にこぼれた両の乳房が、女の呼吸に合わせてゆるく上下している。

もうひとりの女のパンティーは、まだ、かろうじて持ち主の女の右足首の先にひっかかっていた。

その女は、眼を閉じてはいたが、まだ眠ってはいなかった。

眉をひそめて、赤い、柔らかそうな半開きの唇から、甘い声を上げていた。

女は、絨緞の上に仰向けになり、大きく両脚を開いていた。

両膝の裏に、外側から両手を差し込み、上に引き上げるようにして、自分で白い腿を広げているのである。

脚がMの字になっている。

まる見えだった。

真上の天井に、照度を最高にした照明が点いているのである。

女の脚の間に、四つん這《ば》いになって、ひとりの全裸の男が、女の股間を覗《のぞ》き込んでいた。

尻の肉の締まった、大きな男であった。

「可愛いな――」

「可愛いな――」

男は、両手の親指で、女の肉をさらに横に開き、そこを舌で舐《な》め上げてはまた見つめ、見つめてはまたそこを舐め上げることを繰り返していた。

舐めるのをやめて、顔を上げる度《たび》に、

「可愛いな――」

そう口の中でつぶやいた。

男――毒島獣太であった。

つぶやいては、また、女のそこが愛《いと》しくてたまらないように、口を運ぶ。

子どものようであった。

広げられた肉の溝《みぞ》を、舌が舐め上げる度に女が声を洩《も》らす。

それが、毒島にはたまらなく可愛らしかった。

女の声のトーンが上がってゆくと、満面の笑《え》みが毒島の顔を包む。


女の尻が、小刻《こきざ》みに動く。

毒島の舌が離れようとすると、その舌を追うように女の熱く濡れそぼった果肉が収縮する。

「気持ちいいか」

親指の腹で、触れるか触れぬ程度に、女の肉芽を上に撫《な》で上げる。

女が、声の調子を変えてうなずく。

言葉になっていない。

端麗な、美しいとさえいえる毒島の唇の両端が、上に吊り上がる。

唇を中心にしたその周囲の肌が、女の花液と自分の唾液とでてらてらと光っている。眼尻がだらしなく垂《た》れ下がり、瞳は女の中心に釘《くぎ》づけになっている。

こってりとした、美しい淫蕩《いんとう》な笑みであった。知人や親には見せられない顔である。

親指の動きを続けたまま、太い人差し指をゆっくり埋めてゆく。

女の顔が泣きそうになった。

女の肉の中で、指がどのような動きをしているのかはわからないが、確実に女の官能が昂《たか》まっているのがわかる。

白い歯を見せて、毒島は、上から女の顔を覗き込んだ。

「ここだろ？　ここがたまんねえんだろ？」

女が、のけ反《ぞ》らせた顎を、小さく揺すってうなずいた。

「そう、そこ、そこよ」

女の吐き出す呼気に、赤く愉悦の色がついているように見える。

「あとで、もっといいものを突っ込んでやっからよ」

女の手を、その両膝の裏側からはずさせ、毒島は身体の位置を入れ替えた。

女の顔を膝でまたぐ。

女が、首を持ち上げて、毒島を咥《くわ》えようとするが、届かない。

身長が違いすぎるのである。

毒島が、大きく背を丸めても、ぎりぎりの距離であった。

女の口が届かないのは、そのためばかりではなく、毒島の強張《こわば》りが、堅《かた》く下腹に向かって反り返っているためもある。

おそろしく巨大なしろものであった。

反り返った先端が、臍《へそ》に触れている。

女は、下から手を伸ばして毒島の強張りを握った。

石のように堅かった。

熱い肉でできた石の棒であった。

口に届かせるために、下へ折り曲げると折れてしまいそうである。

顔の上で、鼻と並行になったそれを、さらに下に下ろし、亀頭《ペニス》の裏に舌を這わせる。

顔と平行に近いため、口に含むことができないのである。

女の顔の上で、毒島が尻を左右に振った。ペニスの裏で、女の顔全体を撫で回す。

その間も、毒島は、女のほどけた肉への奉仕をやめない。

毒島は、身体を再び入れ替え、広げた女の両脚の間に巨体を置いた。

「やるからよ」

言いながら、右手でペニスを下に押し下げ、先端でぬめりにまみれた女の肉を弄《いら》う。

尻を浮かせて、女がその動きに応《こた》えようとする。

「可愛いな」

毒島がつぶやく。

二十代の、肉の張った女の身体が、毒島の肉体の前では少女のように見える。

「三回や四回はだいじょうぶだろう？　そこの女は三回で眠っちまったけどよ」

ベッドの上の女に視線を向けて、上から女を見下ろす。

「して、して」

女が譫言《うわごと》のように言い、尻を揺すりながら持ち上げてくる。

毒島が、軽く先端を潜《くぐ》らせると、女が感極まった声を上げて、手を伸ばしてきた。

毒島のそれをつかんで、さらに自分の内部に押し入れようとする。

「へへ——」

おもいきり突き入れた。

女が鋭い声を上げた。

毒島のそれが、見事に女の中に呑み込まれていた。

狂ったように女が尻を振り始めた。

毒島の太い肉が、ほどよく、肉襞《にくひだ》のツボをこすり上げているのであろう。

毒島は、女の上にかぶさって、女の乳房に舌を這わせた。

所かまわず舐め上げる。

乳首を吸い上げ、舌で転がして、舐め回す。

「いいなあ、いいなあ、畜生め」

舐めながらつぶやく。

よほど日本の女に飢《う》えていたらしかった。

つぶやいているうちに、昂まってきたらしい。

毒島は、大きく尻を振りはじめた。

毒島の腰が動く度に、見事な筋肉が、その背にうねった。

女の長い白い脚が悶《もだ》えていた。

絨緞の上に踵《かかと》をついては尻を回し、すぐにその脚が毒島の逞《たくま》しい腰に巻きつく。凄《すご》い力で、その脚が毒島の腰を締め、跳《は》ね回る肉柱を、肉の奥に届かせたままの状態にしようとする。

下から恥骨を押しつける。

その力がすぐにまたゆるみ、また床に踵をつく。

自分の脚をどのようにしていても、もどかしいらしかった。


立て続けに女が達していた。

毒島の巨軀《きょく》を持ち上げるように、背を反らせてブリッジを造った。

「くそ、くそ、くそ!」

毒島が、あきれるほど直線的な動きで、激しいブロウを女の中へ送り込む。

女が、高い笛のような声を上げた。

ブリッジががくがくと揺れる。

女の背が、絨緞の上に沈み込んだ。

その背中に左手を差し込んで、女の上半身を起こした。

自分も起き上がり、つながったまま、床に胡座《あぐら》をかく。

腰をまたいだ女の尻の頬肉を、両手でつかみ、上に持ち上げ、そして落とす。

力を失った女の身体が、はずむように軽々と動く。

凄い腕力だった。

つながったまま、何度も体位を入れ替える。一回分で、あらゆる格好をひととおりはやってみないと気がすまない性格らしい。

ようやく毒島が果てた時には、女は声も出せないようになっていた。

ぐったりと、絨緞の上に仰向けになった女の右足首に、まだ、奇跡のようにパンティーが残っていた。

「まだまだこれからだぜ、おい――」

女の胸に手を載せて、毒島が言った。

2

ふたり目の女に、三度注《そそ》ぎ込んで、ようやく毒島は静かになった。

仰向けになった女の横に、せいせいと大の字になって、天井を見上げていた。

「やったなあ――」

つぶやいて、満足気《げ》な溜息をついた。

まだ少しも勢いを失ってない強張りの先端を、自分の右手で叩く。

左へ首を振った強張りが、すぐに跳ねもどってくる。それを、今度は、右手の甲《こう》で右側へ飛ばしてやる。

左へ動いた時よりも、さらに大きく右に動き、また強張りがもどってくる。

毒島は、その勢いを殺さずに、往復ビンタをくらわせるように、右手で左右に叩いた。

先端を臍に触れさせながら、下腹の上を、肉柱がワイパーのように動く。

「ところでよ、おい――」

天井を見たまま、毒島は女に声をかけた。

「あの御子神冴子《みこがみさえこ》って女、あれは何者なんだ?」

女は答えなかった。

代わりに、小さな鼾《いびき》が聴《き》こえてきた。

「ちっ」

毒島は舌を鳴らした。

ふいに、毒島の脳裏《のうり》に、あの女、御子神冴子の貌《かお》が浮かんできた。

すらりとした身体で、冴子が眼の前に立った時、毒島の眼には、すっきりと花びらの張りつめた、濃い紫色の花がそこに出現したように見えた。

こんなに美麗の女がいるのかと思った。

見開いた眼に、たっぷり薄荷《はっか》の利《き》いた水滴を叩きつけられたような気がした。

癖のないうねるような黒髪が、眼に焼きついている。強烈な瞳の黒さだった。

見つめられると、眼から脳味噌の内部までも覗き込まれるようである。その視線で、魂がひっこ抜かれそうな気さえした。

男の堅くなったものを、じつにうまく吸ってくれそうな、しかもなお上品な唇をしていた。

——やりてえ。

その女を見た途端に、股間がたちまち強張り、射精さえしそうになった。

葵《あおい》に大金を盗まれた恨《うら》みもほんの一瞬で、たちまちどこかに忘れ果てていた。

やりてえが、たちまち突っ込みたいに変わり、突っ込みたいが、ぶち込みたいに変わる。

〝やりてえなあ〟

心の中でつぶやいた。

やりてえ。

↓

突っ込みたい。

↓

ぶち込みたい。

↓

おもいきり動かして。

↓

広げて。

↓

あの口にしゃぶらせたい。

←尻にも入れたい。

ほぼ一秒間の間に、これだけの思考の動きがあり、その時には、毒島の頭の中で、女は裸になっている。

その思いが、しみじみとした、

〝やりてえなあ〟

というつぶやきとなって、この男の唇から洩れるのである。

この男、毒島獣太がやりたいと思う時は、もしかしたらでもなく、うまくいけばでもなく、何かのはずみであわよくばでもなく、心底やりたいなのであり、どうしてもやりたいなのであり、必ずやりたい、とにかくやりたい、ひたすらやりたい、なのである。

女に関しては、おそろしいほどに素直な性格なのであった。

御子神冴子は、毒島獣太の名前を呼び、精神《サイコ》ダイバーとしての仕事を頼みたいのだと、そう言った。

その後、葵に七桁《けた》からの金を盗まれ、歯を剝《む》いている毒島に、自分の名前を告げたのだった。

「仕事なんてする気はねえぜ」

毒島は言った。

「女だよ、女——」

泣きそうな顔で言う。

「てめえらのおかげで、女が逃げちまったじゃねえかよ。今夜はあの女とひと晩じゅうやりまくるつもりだったんだぜ。どうしてくれるんだ。死ぬほど日本の女に突っ込んだ後でなけりゃ、仕事のことなんか、考えられるか、馬鹿——」

あからさまに吠《ほ》えた。

さかんに、その眼で、冴子の身体を舐め回す。

「女は、わたしどものほうでご用意します」

冴子が言った。

「女?」

毒島の声と表情が変化した。

「日本の女か？」

「そうです。仕事を引き受けていただければね」

「金もだぜ、金もよ——」

すかさず、毒島が言う。

「お仕事の分に、盗まれた分を、きちんと上乗せして差し上げましょう」

「へえ——」

「どうしますか？」

「行くよ。行くぜ。とにかくまず女とやらねえことにはよ——」

毒島は、今しがた自分が殴り倒した男たちが転がっているのに眼をやり、唾《つば》を吐いた。

それが、昨夜——十二時を過ぎてはいるが、感覚的にはまだ同じ晩のことである。

毒島が今、裸で天井を眺めているこの部屋のドアをくぐってから、まだ四時間しか経《た》っていない。

最初の女を二時間で片づけ、次の女を呼んで、やはり二時間をかけて片づけ終えたところだった。

毒島の頭には、今、御子神冴子の裸体が浮かんでいる。

毒島は起き上がった。

ベッドの横に置いてある、電話の前まで歩いて行き、受話器を手に取った。

「はい」

低い男の声がした。

「女だ」

毒島は言った。

「追加でございますか——」

「追加じゃねえ、御子神冴子を部屋に呼んでくれ。仕事の話をおれが聴いてやると言ってたってな——」

「もうお寝《やす》みになってますが——」

「知るかよ。てめえらが呼んだから、おれは来てやったんだぜ。あの女が、来ねえんなら、おれは帰るぜ——」

さすがに、むっとしたような沈黙がわずかにあり、すぐに男の声が響く。

「わかりました。声をかけてきましょう。しばらくお部屋でお待ちください」

「長くは待てねえぞ。せんずり一回の時間だけだ。おれは早《はえ》えからな――」

そう言って、毒島は、乱暴に受話器を置いた。

部屋のドアにノックの音があったのは、それから、きっかり七分後であった。

「いいぜ」

毒島が言うと、ドアが開いた。

御子神冴子が立っていた。

ロングガウンに身を包み、腰のあたりをベルトでゆるく締めていた。

髪にブラシを入れ、軽く化粧までしてきたらしい。

たまらないほど色っぽい。

胸を合わせているガウンの下に見える、乳房の上の素肌が抜けるように白い。

女の後方に、スーツ姿の男が、ふたり立っていた。

無表情な男たちであった。

冴子も男たちも、部屋の内部を見て、格別に驚いたふうも見せなかった。

さっきと、ほとんど部屋の状況は変わってない。

部屋の中央と、ベッドの上で、女が仰向けになって寝息を立てている。あちこちに、着衣が散乱している。

「よう」

毒島は、部屋の中央近くに全裸で立ち、冴子に声をかけた。

「仕事のお話を聴く気になったらしいわね」

涼しい声で冴子が言った。

化粧が薄ければ薄い分だけ、この女の生《なま》の魅力が際立《きわだ》っていた。

オーラに似た気品が、女の全身を包んでいる。

「へへ――」

毒島は照れた笑みを眼許につくり、自分の股間にその視線を移した。

毒島のそれは、まだ、あきれるほど逞しく反り返っていた。

節榑《ふしくれ》立った木の棒のように見える。

右手でその先端をつまみ、床と水平になるまで前に押し倒した。

手を放すと、それが跳ね上がり、先端が臍《へそ》を打つ音が、たちのよくない冗談のように、部屋に響いた。

己《おの》れの欲望をまるで隠そうともしない。

「仕事の話かい。おれは別にそれでかまわねえんだがよ、こいつがまだしたがってるんだよ」

「女を呼ぶ？」

毒島は、自分のそれに往復ビンタをくらわしながら、俯《うつむ》き、上眼遣《うわめづか》いに女を見た。

「こいつは、あんたとしたがってるんだ」

「――」

「なあ、やらせてくれよ。他の女と十回やるよりは、あんたと七回やったほうが、なんぼいいかしれやしねえ――」

「七回？」

「へへ。つい正直なもんでよ。他の女と十回やるより、あんたと一回と言ったら、嘘になっちまうじゃねえか。七回。おれとしては、充分に譲《ゆず》ったんだぜ」

「お礼を言わなくちゃいけないのかしら――」

「おれはよ、うまいんだぜ。これまであんたに突っ込んだどんな男よりも、おれのこいつで悦《よろこ》ばせてやるからよ――」

「噂には聴いてたけど、これほどとは思わなかったわ」

「おれの、この大きさのことかい」

「女好きのことよ」

「男はみんな女好きさ」

「あんたは特別よ」

「正直なだけさ。いいことを教えてやろうか。いいかい、この世の中にはよ、二種類の男しかいねえんだ」

「二種類？」

「助平な男と、助平でないふりをする男の二種類さ」

「おもしろい御説ね。あなたのオリジナル？」

「昔読んだスポーツ新聞に書いてあったんだよ」

毒島が、ゆっくり冴子に歩み寄って行く。

「頼むよ。先っぽだけでもいいんだ。一回腰を使ったら、千円払う。一往復で二千円。いいだろ。な――」

冴子の前に立ち、毒島は上からその眼を見下ろした。

その毒島の顔に驚きの色が走った。

冴子が、白い右手の指で、毒島のいきり立ったものを、ふいに握ったのである。

肉柱の中央あたりである。

「こんなに話せる女だとは思っていなかったぜ」

にんまりほどけた毒島の顔が、ふいに堅くなった。

強い力で、冴子が毒島のそれを握ったからである。

「おい」

「握ったまま、この手を根元までおもいきり動かしてみましょうか」

おそろしいことを言い出した。

亀頭《ペニス》の表皮が裂《さ》け、凄いことになってしまう。

「考えただけでも痛そうだな」

「しばらくは使えなくなるわね」

「それは困る」

「平気よ」

「あんたは平気だろうが、おれは困る。痛いのは苦《にが》手《て》ときてるし、こいつが使えないのはもっと困る――」

「私を起こした以上、そのくらいは覚悟してほしいわ」

「ちぇっ」

「仕事の話をする？」

「するよ」

毒島が言った。

「仕事が済んだら、あなたとのことは、考えてあげてもいいわ」

「本気かよ」

「本気」

「仕事の話をするよ。する——」

毒島が言うと、冴子がやっと手を放した。

「着替えてらっしゃい。二〇分後に、向こうの部屋まで来て。後ろの男のどちらかを、ここまで迎えに来させますから——」

「後で必ずやらせろよ」

つぶやいて、毒島が腰を引いた。

3

かなり広い、応接室であった。

ゆったりと、ソファーやテーブルが置いてある。

そのソファーのうちのひとつに、毒島は尻を沈めていた。

かえって不快になるほど、クッションのいいソファーであった。

高価なソファーも、時にはよいがゆえの欠点がある。

よほど金が余っているのであろう。

毒島の正面に冴子がすわっていた。冴子はいつの間にか、着替えをすませている。

「さて——」

毒島が言った。

「仕事の話ってえのを、聴かせてもらおうか——」

毒島が、ふてくされたように冴子を見た。

「そうね」

「もったいぶるなよ」

「じつはね、ある女の人の頭の中へ、潜《もぐ》ってもらいたいの」

「女の？」

毒島が言う。

「ちょっと危ない仕事だと思うわ」

「その分、金を上乗せしてくれりゃ、問題はねえよ」

「心強いわね」

「女の中に入るのは、どこだろうとおれは気に入ってるんでね」

毒島は、にやつきながら言った。

「危険な女よ」

「女は誰でも皆危険さ――」

毒島が答えると、女がようやく笑みを浮かべた。

「引き受けてもらえるの？」

「そう言ったわけじゃねえ。その危険な女ってのがあんたなら、喜んで潜らせてもらうがね。引き受けるかどうかは話を聴いてからだぜ――」

「そうね」

「どうせ、わざわざおれの所まで頼みに来る仕事なんだ。かなりえげつない仕事なんだろう？」

「お金をふっかけるつもりなら、ご相談に乗るわよ」

冴子は、そろえていた膝を崩し、足を組んだ。

毒島の位置からだと、スカートの隙間《すきま》から、かなり奥まで見えてしまう。

たちまち頭に血が上って、股間が立ち上がりかける。

まったく下半身に節操のない男だった。

「あなたに潜ってもらいたい女の名前は、鬼奈村典子《きなむらのりこ》というの」

「若い女か――」

「二十代半ば前の女を若いというならね。かなり、あなた好みの女性よ。顎《あご》のここの処《ところ》に――」

冴子が、自分の顎に人差し指を当て、言った。

「色っぽい黒子《ほくろ》があるわ――」

4

「黒子か――」

毒島は舌舐めずりしそうな顔つきになった。

もともとは、端整に整っている貌立《かおだ》ちが、これほどと思うほど下品なものになっている。

その顔を見ただけで、毒島が何を考えているかは明白であった。己れの心の内を、ここまで顔に出してしまうという男も、珍しい。

案外、根は正直な男なのかもしれなかった。

「たまらねえな」

「あなたに抱かせると言ってるんじゃないわ。誤解はしないでいただきたいわ」

「わかってるよ。けどよ、その女がおれに惚《ほ》れちまったら、しょうがねえだろうが――」

「惚れる？」

「ああ。女はよ、惚れた男には、自分の股の鍵を預けちまうんだよ――」

毒島が、にっと笑って片眼をつぶってみせる。

あきれるほどに、様《さま》になっていない。

心の内が顔に出てしまっているから、どんなことをしても、野卑《やひ》に見えてしまうのだ。

しかし、野卑なりに、不思議な、天性の魅力がある。

野卑でなお、この男の顔も姿態も美しい。

「女が男に股の鍵を渡すってことは、その男に惚れているってことだ」

「ずいぶんな自信家ね」

「まあ、な」

照れずに、真顔《まがお》で毒島はうなずいた。

つい先ほどまで素裸だった毒島は、見事なスーツに身を包んでいた。

女とベッドにいるうちに、スーツがきれいになっていたのだ。

これでもう、借りものの国産品を着なくてもすむことになる。

冴子に答えながら、長い脚を組む。

「で、どういう仕事なんだ？」

毒島の口調が、ややあらたまる。

「その女の頭の中に潜らせて、おれに何をさせようってのかってことだ」

「調べていただきたいことがあるのよ」

「それはわかってる。何を調べるのかってことさ」

「ひと口には言えないわ。鬼奈村典子は、普通の女ではないの。特殊な女なのよ」

「あそこの具合から何まで、女は皆個性的だぜ――」

冴子は、毒島の言葉を無視して、口を開いた。

「彼女は、普通の人間にはない、奇妙な能力を持っているの――」

冴子がそこまで言った時、部屋のドアにノックの音があった。

かなり、せわしいノックである。

「入りなさい」

冴子が答えると、ドアが開き、やや歳《とし》のいった男がひとり、入って来た。

狼狽《ろうばい》した顔で冴子を見、その視線を次に毒島に向けた。

冴子に、重大なことを告げようとして、近くに毒島がいるのを見、それを話したものかどうか、戸惑っているらしい。

「どうしたの？」

冴子が言った。

「ええ――」

と、男が毒島に視線を走らせる。

「言いなさい」

「鬼奈村典子の姿が見えません」

「見えない？」

「おそらく、出て行ったのではないかと――」

「いつですか」

「たった今のようです」

美しい冴子の瞳が、強い光を帯びた。

「おれに遠慮することあねえぜ、こっちの続きは、そっちの話をつけてからでいい」

「そうさせていただくわ」

冴子が、すっと立ち上がる。

それだけの動作にも気品がある。

男と冴子が部屋を出て行った。

五分もしないうちに、冴子がもどって来た。

やや顔が緊張している。

「どうした。抱いてなぐさめてやろうか——」

毒島が言った。

冴子は、鮮やかな、切れるような笑みでそれを受け止めた。

「どうやら、あなたに感謝しなくてはいけないようね」

「何のことだ」

「聴いたでしょ。あなたが潜るはずだった鬼奈村典子がいなくなったのよ。あなたが起こしてくれなかったら、気がつくのがもっと遅くなっていたところね」

「仕事はキャンセルしたっていいんだぜ。もっとも、それじゃ、おれのほうが女の抱き得になっちまうがよ」

「キャンセルはしないわ。しばらくここにいていただきたいの——」

「毎晩、女をつけてくれるんならな」

「ええ。でも、すぐに鬼奈村典子は見つかると思うわ。まだ出て行ったばかりのようだから——」

「ゆっくりと願いたいものだな」

「そうはいかないのよ。あなたには残念かもしれないけれど、大切なものを盗まれてしまったのでね」

「なんだ?」

「鏡よ」

「鏡だと——」

「油断して、あの女を自由にさせておいたのが間違いだったわ」

冴子が、赤い唇を吊り上げ、白い歯でそれを噛んだ。

5

両側に高い屋敷塀《べい》の続く路《みち》であった。

深夜――

それほど遠くない場所に、まだ灯りのきらめく繁華街があるとは思えぬほど、その一角は、ひっそりと静まり返っていた。

何分か置きに、タクシーが通り過ぎて行くくらいである。

それでも、通る人の数よりは、車の数のほうが多い。

この時間に、自分の足で歩いて帰って来る人間など、この一角には住んでいないのだ。

たまに、歩いて来る人間もいるにはいるが、それは、ただこの一角を通り抜けて行くだけの人間である。

その路から、さらに小さな路地に入ると、その傾向はいっそう強まった。

小さな路地のひとつを、何度か曲がりながら奥へ入って行った場所に、何かの冗談のように、小さな空地があった。

コンクリートで覆《おお》われてもいず、駐車場にもされていない、ただの空地であった。

路地の片側にその空地があり、三方を、三軒の屋敷の塀で囲まれている。

囲いはない。

路地から、誰でも自由にその空地に入ることができる。

東京では珍しい地面が、そこに露出しており、雑草が生《お》い繁っていた。

かなりの数の蕾《つぼみ》すらまだ出来てないハルジョオン

の群落が、その空地の所々にある。

数本の樹《き》が、そのハルジョオンの群落の中から生《は》えていた。

それまでそこに建っていた屋敷が、塀ごと取り壊され、次にそこに建てられるはずの建物の工事が、何かの理由で延び延びになっている——そんなところなのであろう。

雑草を取りはらえば、建っていた屋敷の土台がまだ残っているかもしれなかった。

その空地の、ハルジョオンの群落の中に、黒い、一頭の獅子《しし》の巨体が横たわっていた。

仰向《あおむ》けになった獅子の分厚い胸が、ゆるく上下していた。

獅子——文成仙吉である。

文成は、眼を閉じていた。

眠っているのではない。

葉擦《はず》れの音を聴いている。

頭の上で、風に樹の梢《こずえ》が揺れている。

耳のそばでは、ハルジョオンの葉が、小さな音を立てていた。風に揺すられる度《たび》に、葉の先端が文成の頬に触れる。

低い海鳴りのように、向こうの街の喧噪《けんそう》が届いてくる。

——このまま手を引いたほうがよいのか。

文成は、そんなことを考えている。

手を引くも何も、何から手を引くのか、自分が何に巻き込まれているのかもわからないのに、とも思う。

自分が奇妙《おかし》かった。

何だかはわからないが、手を引くというのが、今回の事件から関わりを断《た》つという意味なら、それはできる。

この青山の一角、いや、東京から姿を消して別の土地へ行けばよい。

どこで暮らすにしろ、文成にとっては同じである。

いずれは、やはり文成が関わりのない他人であることが、彼らにもわかる。

どこか別の土地へ行くまでもなく、このまま彼らとは何の接触もなく終わる可能性さえ充分にある。

――彼ら。

あの、氷室《ひむろ》犬千代という得体の知れない男と、その部下たちのことである。

不気味な男であった。

眼の前に立っただけで、肌がひやりとするようなものがある。

あの美空の冷たさとも、猿翁の不気味さとも違う。

濁った眼は、魚のように何を考えているかわからない。

相対して闘《たたか》った場合、どのようにして氷室の攻撃を読むか――

いつの間にか、氷室と立ち合う自分の姿を想像している。


文成の肉の奥に、小さな炎が点《とも》っていた。

鋭利な針先で突いたほどの、炎とも呼べないほどの炎であった。

その炎の正体に、文成は気がついていた。

あの晩、上野公園で、わずかに点りかけた炎であった。

その消えたかに見えた炎が、文成の肉のどこかでまだ燻《くすぶ》っていたのである。また、燻っていたからこそ、あの女の姿を求めて、この青山まで足を向け、あの氷室と出会ったのである。

その氷室が、燻っていたものに再び火を点《つ》けたのである。

氷室は、ガラスのコップの縁《ふち》を指ではじき、ガラスの破片《かけら》をはじき飛ばした。

人の肌に直接当たれば、肉の中に潜り込むほどの鋭いものがあった。

文成は、それをナイフではじいた。

炎が点いたのはその時である。

底の知れない男であった。

この男の底を見てみたい――そう思った。

もっと正確に言うなら、氷室と闘ってみたい、そう思ったのである。

己れの肉体を駆使《くし》して、氷室という男がその肉体の内に秘めてまだ見せていないものを、引きずり出してみたくなったのである。

そして、あの久美子に似た女――あの女にもう一度会ってみたかった。

意識を向けさえしなければ、そうとは気づかぬほどの炎であった。

しかし、今、文成は、眼を閉じ、葉擦れの音を聴きながら、己れの内部のその炎を見つめている。

女に会ってどうしようとも、氷室の敵になってどうしようとも、はっきりと決めているわけではない。

女に会いたい、氷室という男の底を見てみたい――そういう気持ちに素直に身体のほうが動いている。

――変わったな、おれも。

そう考えて、文成は苦笑する。

自分が、感情で動くようになっている。

あの蟠虎に指を喰《く》われて以来、はっきり自分に現われてきた傾向である。

いや、変わったというより、もともと自分の中にあったものが、表面に出てきただけのことなのかもしれなかった。

どうせ、することはないのだ。

目的があって生きているわけではない。

氷室という男の正体をさぐっていけば、上野公園で姿を消した女のことも、いずれはわかってこよう。

手をつけるとするなら、あの、氷室に連れられて行った、渋谷の店からである――

いつの間にか、そんなことまで考えはじめている自分に気づいて、文成はもう一度苦笑した。

——動きはすまい。

文成は、他人のように、その自分のことを考えている。

他に考えることがないから、そんなことを考えているだけなのだ。

もし、自分が動くとするなら、運命のほうが自分に手を差しのべてきた時である。

自分が、あの女や氷室と関わってゆくべき人間であるなら、その運命のほうが自分に近づいて来るだろう。

それを試すために、自分は、ここにいるのだと思った。

青山をうろつき、眠り、やがては自然に別の土地に流れて行く。

何かが起こるにしろ起こらぬにしろ、どちらでもよかった。

草に埋もれて、文成は風の音を聴いていた。

浅い眠りに落ちていた。


刻《とき》が過ぎた。

浅い眠りの中に、音が聴こえてきた。

風の音ではない。

葉擦れの音でもない。

小さな音だ。

それがゆっくりと近づいて来る。

それは、運命のほうから、文成に近づいて来る足音であった。

6

小刻みにアスファルトを駆ける足音が大きくなって来る。

男の足音ではない。

女の足音である。

男だとするなら、よほど小柄な男か、少年のものであろう。

その足音を追って、さらに数人の男の足音が近づいて来る。

空地の前で、女の足音と追手の足音が重なり、そして止《や》んだ。

女の荒い呼吸音だけが、響いている。

「足の速《はや》い女だな、あんた――」

男の声。

女の声は聴こえない。

「もどっていただきましょうか、鬼奈村さん――」

女の荒い呼吸音。

文成は、ゆっくりと草の中から巨体を起こした。

眠れる巨獣が、闇の中にようやく眼覚めたのである。

空地の前に、十人近い人間がいた。

男が七人、女がひとりである。

近くに街燈があり、女の顔が見えた。

あの女であった。

文成が上野公園で助けた女が、男たちに囲まれ、背を屋敷塀にあずけて、怯《おび》えた瞳を男たちに向けていた。

――来たのか。

文成は思った。

運命がである。

偶然とは思わない。

文成は捜し、待ち、そしてついに運命が向こうからやって来たのである。

悲鳴を上げかけた女の声が、すぐに跡絶《とだ》えた。

男のひとりが、掌《てのひら》で女の口を押さえたのである。

文成は、ゆっくりと立ち上がった。

ゆるく草を踏んで歩き出す。

まだ、誰も文成には気づいていなかった。

文成は、ことさらその巨体を隠そうとも見せつけようともしなかった。

真《ま》っ直《す》ぐに歩いた。

最初に文成に気がついたのは、女であった。

次に気がついたのが、女の口を手で押さえていた男である。

上から女の眼を覗き込んでいたら、女の視線が動いたので、自分の背後を見たのであった。

男が背後を振り返った。

その男の眼が細められ、すぐにその眼が大きく見開かれた。

草の上に立つ、黒い巨軀《きよく》に気づいたのである。

岩のように、文成は夜風の中に立っていた。

蓬髪《ほうはつ》を風が揺すっている。

髯面《ひげづら》であった。

ぼろ屑《くず》に似た衣服を身に着けていた。

生地が何であるのか、元の色が何であるのか、夜のためばかりではなく、判別することができないくらいに、シャツもジーンズも汚れていた。

むうっとするような腐臭が漂《ただよ》って来た。

口で呼吸するのが、怖いほどであった。その腐臭が、直接、大量に肺の中に入り込みそうであった。

人の汗や、排泄物、食物の臭《にお》い、土の臭い、ありとあらゆるものが混ぜ合わされた臭いである。どぶ泥をさらって、それを人形《ひとがた》にこねたようであった。

その臭いの中には、上野公園でかけられた酒臭い小便の臭いも混じっているはずであった。

異様な、ほとんど物質的な衝撃さえ感じられる臭気であった。

男たち全員が、後方を振り返った。

文成はそこに凝《じ》っと立ったまま、ただ女だけを見つめていた。

「誰だ？」

男たちのひとりが、低い声で問うた。

文成は答えなかった。

ゆっくりと、巨体を揺らしてアスファルトの上に足を踏み出した。

そのまま歩いて来る。

異様な迫力があった。

男たちが、文成を避けて、横へ腰を引きそうになり、それに反発するように、文成の前に立ちふさがった。

文成が立ち止まった。
男たちと、ほとんど身体が触れ合いそうになっている。
「何の用だ、きさま——」
男たちのひとりが言う。
文成は答えない。
女だけを見つめていた。
男たちよりも頭ひとつ高いため、見下ろす形になっている。
「おれを覚えてるかい」
男たちがまるでそこにいないもののように、文成は低い声で言った。
女が、男にふさがれた手の下で、小さく顎でうなずいた。
うなずいたものの、女の眼にも明らかな戸惑いがある。
この巨体と風体《ふうてい》を、忘れようとも忘れるわけはなかった。
しかし、なぜ、この男がここにいるのか。
女がうなずくのを見て、文成も、ごつい自分の顎を小さく揺すってうなずいた。
太い唇に、一瞬、微《かす》かな笑みが浮く。
「おれは、あんたとは他人だ。事情もなんにも知らねえ……」
女に向かってつぶやく。
男たちは、完全に文成に呑まれていた。
小さく唸《うな》るような声を、喉の奥に立ててただけである。
「……知らねえけれども、あんたを助けてやることはできる」
文成がそう言った途端に、男たちの身体が動いた。
そのうちのひとりが、文成の肉体《ボディ》に拳《こぶし》を叩き込んできた。
鈍《にぶ》い音がした。
文成は動かなかった。

顔をしかめさえもしなかった。

今の攻撃を、風ほども感じてはいないらしかった。

「ただし、おれは、余計なおせっかいだけはしたくない。あの晩だってそうだったし、今だってそうだ」

あの晩、上野公園で、この女が強姦されているのを見ても、文成には女を助けようという気はなかった。

それが、結果として女を助けることになったのは、女を強姦しようとしていた男たちが、文成に向かって来たからである。

彼らは、その時、狂気に取り憑《つ》かれたようになっていた。

いきがるだけで、喧嘩《けんか》の仕方さえろくに知らないようなガキが、骨を折られてなお、文成に向かってきたのである。

文成自身もまた、その場の異常な狂気の影響を受けたような気がしている。

その時のことを思い出しながら、文成は言った。

「あんたが、ここで強姦されて殺《まわ》されるにしたって、おれには関係のない話だ」

ゆるりと、文成は男たちに視線をめぐらせた。

「どうだい、あんた」

視線を女にもどし、文成は言った。

「しかし、あんたが頼むんなら話は別だ。あんたが、おれに助けてほしいと言うんなら、おれがあんたを助けてやる」

「野郎！」

いきなりひとりの男が文成に突きかかった。

文成はその男の右手首を握り、上にねじり上げた。

ねじり上げられた男の手に、ナイフが握られていた。

そのナイフが、男の手を離れ、男の背にぶつかってからアスファルトの上に音を立てて落ちた。

「い、い、痛……」

いてえ——とそう言うつもりの男の声が、最後まで言い終えない。痛いという言葉が、途中で苦痛をこらえる呻《うめ》きに変わってしまうのである。

「おれに頼んでみるかい？」

片手で、男の手首をねじったまま文成が言う。

「助けてほしいんなら、眼を、続けて二度閉じてみなよ」

女が、二度、眼を閉じた。

女が、二度目に閉じた眼を開く前に、男たちが文成に襲いかかっていた。

文成の太い右脚が一閃《いっせん》した。

金属の光芒《こうぼう》が、街燈の光を受け、くるくると夜の宙空に舞っていた。

ナイフで突きかかって来た男の手を、文成が下から蹴り上げたのである。

他の男の素手の攻撃を、文成はかわそうともしなかった。

文成が、ちょっと全身の筋肉に力を込めれば、その肉を叩いただけで、やわな拳のほうが骨折してしまう。

しかし、さすがにそれで骨折するような拳はひとつもなかった。

文成は、片手で、男の手首をまだ握ったまま、その手を上に持ち上げた。

男の身体が浮き上がる。

文成よりは小さいとはいえ、七〇キロはありそうな大の男である。その身体が、文成の片手で宙に吊り上げられているのだ。

「ひいい！」

男のだらしない悲鳴が上がった。

男の身体が、ぐうっとうねる。

いやな音がして、男が絶叫した。

男の腕が肩から上に真っ直ぐになっていた。肩の関節がはずれたのである。

その男の身体が、水平に伸ばした文成の腕の下で左右に振り子のように揺れていた。

その振幅が大きくなり、勢いが増してゆく。

凄い腕力であった。

男は、白眼を剝き、口から泡を吹いていた。

男の身体が地面と水平になった時、文成が手を離した。男の身体が大きく宙を飛んで男たちに襲いかかった。

男たちの頭上から、男の身体が落ちる。

男たちが散って、文成を包むように腰を落として身構えていた。

文成の手から放れた男の身体は、アスファルトの上に頭から落ちて、そのまま動かなくなった。

「くそっ」

男たちが、叫ぶ。

文成を囲んでいるのは、七人の男たちのうちの五人である。

ひとりは女を捕えて口を押さえており、もうひとりはアスファルトの上で動かない。

囲んでいる五人のうちのひとりも、文成にナイフを握っていた右手首を砕かれて、ほとんど戦力にはなっていない。

文成は、ゆるりと腰を落とした。

獰猛《どうもう》な獅子の笑みがその唇に浮いていた。

「ちいっ」

女を捕えていた男が呻いた。

それまで、女の口を押さえていた手に、ナイフが握られ、それが女の白い喉に当てられていた。

のけ反った女の顎の下に、あの黒子《ほくろ》が見えた。

「動くとこの女を殺《や》るぜ！」

男が言った。

ぎろりと、文成が男に視線を動かした。

「馬鹿か、おめえ――」

ぼそっと文成が吐き捨てた。

「殺る」

男が言う。

「助けるとは言ったが、そんなてに乗って、自分の身をやばくするつもりはねえぜ」

「殺る！」

男が叫んだ。

その眼が異様に光っていた。

何か、おそろしく不気味なものが、男の内部に育ちつつあるようであった。

文成を囲んだ男たち全員に、異様な殺気が膨《ふく》れ上がりかけている。

——あの晩の時と同じだ。

文成は思った。

夜の上野公園で、やはり同じようなものが、あの若者たちの内部に育っていた。

——何だ、これは？

文成はふいに気づいていた。

自分の内部に、溶鉄の赤い塊《かたまり》に似たものが生じていた。

ぶすぶすと肉を焦《こ》がしながら、その塊が溢《あふ》れ出す。


殺気の中で、ひとりの男が、動いていた。

文成に向かってではなく、女にナイフを突きつけている男に向かってであった。

やはり、その眼が獣のように光っている。

「その女を殺るなと、御子神さんに言われてるのを忘れたのか？」

男につめ寄った。

「うるせえ！」

女にナイフを突きつけたまま、男が咆《ほ》えた。

機会《チャンス》であった。

文成の巨体が動いていた。

暴風のように、男たちに向かって疾《はし》った。

脚が跳ね上がり、拳が大気を裂《さ》いた。

立て続けに、ふたりの男が地に沈んでいた。

ひとりの男は、爪先《つまさき》で顎を砕かれ、もうひとりの男は、拳で鼻をひしゃげさせられていた。

残ったふたりを、横に薙《な》いだ右脚の一閃で同時に倒していた。

その途端、文成は、左の軸脚《じくあし》に、しがみつかれていた。今、倒したばかりの男が、鼻の陥没した顔を上げて、文成を睨《にら》んでいた。血まみれの顔であった。

眼が野獣のように燃えている。

信じられないことであった。

眼の前に、顎の骨を砕かれた男が立ち上がって、迫っていた。

頬の肉が裂け、はずされた顎の重みで、縦《たて》に唇が伸び、顔が人間ではないほど縦長になっていた。折られて、欠けた歯を剝いて、文成の喉笛目がけて嚙みついてきた。

文成は戦慄していた。

その戦慄が背を駆け抜け、文成はおもいきり跳躍していた。

自分の喉から、獣の叫び声が上がっていた。

跳躍しながら、左脚にしがみついた男を宙空へ蹴り上げ、右足で、眼の前の男の、下に垂れた顎を真下から蹴り上げていた。

男の下顎が、男の上顎にめり込んでいた。

男の顔が、縦長から極端に短くなっていた。

宙に放り上げられ、地に落ちた男の胸の上に、文成は全身の体重をのせて着地した。

肋骨《ろっこつ》の折れる音がした。男の口から血がしぶいて、文成の脚にかかった。

その脚を、下から、さらに男が握ってきた。

凄い力であった。

その手をほどき、右足の踵で、文成は男の鼻の陥没した顔面を踏み抜いていた。

めかっ！

という骨の割れる音が、靴の底から響いて来た。

文成は咆えていた。

人の声ではなかった。

7

凶暴な獣が、文成の肉の中で荒れ狂っていた。文成自身の意志で、抑《おさ》えようとしても抑えきれないパワーを持った、獣であった。

その獣の筋肉が、文成の腹の中で躍動する。

その咆哮《ほうこう》が、こめかみを打ち、血管を膨れ上がらせる。

文成自身さえ知らない、肉の奥深くから姿を現わした黒い獣であった。

文成の全身がぞくぞくと震え、鳥肌が立っていた。

寒さに似た感触のものが、冷たく、薄く、文成の皮膚に張り付いている。

文成は、なぜ、自分が鳥肌を立てているのかわからなかった。なぜ、自分が震えているのかわからなかった。

それは、恐怖のためであるようであり、歓喜のためであるような気もしている。その両方でもあるように思う。

皮膚には寒ささえ感じているのに、文成の筋肉は熱く火照《ほて》っていた。

己れの喉からほとばしる声が、自分のものではないようであった。

文成の右足の踵が、足の下の男の顔面を、深く踏み抜いていた。

顔を踏み抜かれた男は、まだ死んではいなかった。

激しく胸を上下させ、荒い呼吸を繰り返していた。

呼吸をするそのたびに、男の顔面に潜り込んだ文成の踵の周囲に、ぶくぶくと血の泡が上がった。

振りほどいたばかりの男の両手が、再び文成の両脚を抱えた。

男は、ごうごうという唸り声を上げているのだが、文成の脚の底で塞《ふさ》がれているため、くぐもった、湿った泡の立つ音しか聴こえない。

しかし、その獣じみた唸り声は、靴の底を通して、その震動がじかに足の裏に届いて来る。

耳で直接聴くよりも、はるかに不気味であった。

文成の眼の前に、下顎を、上顎にめり込ませ、顔の短くなった男が立ち、苦しそうに身体をよじっていた。

肉と血で、鼻と口が塞《ふさ》がり、満足に呼吸ができないのである。

顔を振る男の一方の鼻の穴から、太い糸のような鮮血が、夜気の中にほとばしった。

地面には、三人の男が倒れていた。

ひとりは、最初に文成の片手で吊り上げられ、肩の骨をはずされて、アスファルトの上に放り投げられた男である。もうふたりは、文成が右脚の一閃で同時に倒した男である。

そのふたりが、起き上がっていた。

ふたりとも肋骨《あばら》が数本は折れているはずなのに、そのダメージを、ほとんど感じていないかのようであった。

文成の横で、もうひとつの争いが始まっていた。

女にナイフを突きつけていた男が、女を殺すなと注意した仲間に、ナイフで切りつけたのである。

何かが狂っていた。

異様な興奮が、そこにいる全員を包んでいた。

文成は、己れの全体重を右足に乗せ、その足を左右にねじった。

めりめりと骨が折れる音が、靴底の下から響いた。

ふいに、急な痙攣《けいれん》が男の全身を襲った。

手を文成の両脚から放し、陸に放り上げられた魚のように、男の身体がびくんびくんと大きく跳ねた。

顔を地に踏みつけられているため、おそろしくグロテスクな動きになった。

急に、男が動かなくなった。

その時には、文成は、顔の短くなった男と、立ったまま組み合っていた。

殴りかかってきた男の右腕を、文成が左手で握り、大きくねじり上げたところであった。

文成の左腕に、瘤《こぶ》のような筋肉が膨れ上がっている。

凄い力が込められているのである。

膨れ上がっているのは、左腕の筋肉だけではない。文成の全身が膨れ上がっているのだ。

顔面が充血し、太い首が、さらに太くなっている。

全身がぶるぶると震えていた。

内側から押し上げて来る力に、文成の肉体が膨れ上がり、爆発しそうになっているようであった。

その力を、文成が全身の力で抑え込んでいるのだった。

内から猛《たけ》り上げて来る力に身をゆだねると、そのまま自分は獣と化してしまうような気さえした。

立ち上がったふたりが、全身を震わせている文成に向かって、歯を剝いていた。

「けひいっ」

「きひゃっ」

怪鳥《けちょう》の声を上げて、ふたりが突進して来た。

文成の内部で闘っていた力の均衡《きんこう》が崩れた。

自分の声ではない、何かの塊のような咆哮が、自分の喉から天にほとばしるのを、文成は耳にした。でかい肉の塊をおもいきり外に吐き出したようであった。

文成の手の中で、男の手首の骨が折れる音が響いた。

文成の三本指が、男の手首の骨を砕いたのだ。

脳天がしびれるような音であった。

そのまま右手で男の後頭部を抱え、下へ引き下げながら、その顔面に向けて、おもいきり左の膝頭《ひざがしら》を跳ね上げていた。

文成は、一個の殺戮《さつりく》マシンと化していた。

一番速い、一番確実な方法で、相手を倒すことのみに、文成の巨軀が動いたのだ。

突進して来た男の顔に右肘を叩きつけ、もうひとりの男のこめかみに、跳ね上げた左足を叩き込んだ。

文成の攻撃が打撃《ヒット》した順に、三人の男が地に沈んでいた。

並みの男なら、もうそれだけで死んでしまう破壊力のものを、その三人は受けたのである。

そのうちのひとりが、凄い声を上げて起き上がってきた。

ふたつの眼球が、転げ落ちていた。

見えないはずの手をめちゃくちゃに振り回しながら、向かって来た。

悪夢を見るようであった。

いや、悪夢を見つつ、自分自身もその悪夢に参加しているのだ。


何が起こっているのか——

もはや、文成には、自分の身に何が起こっているのか、わからなかった。

ただ、立ち上がって来る眼の前のものを、おもいきり叩きつぶし、自分の拳で叩きのめした。

肉がひしゃげ、骨が砕ける。

歓喜が文成を包んでいた。

射精さえしてしまいそうであった。

もはや、起き上がって来るものがなくなった時、ようやく、文成は、女——鬼奈村典子のことを思い出していた。

〝くうっ〟

さっきまで、女が立っていた場所に、文成は視線を向けた。

女は、まだそこに立っていた。

男に抱えられ、ナイフを突きつけられてではない。

女は、独《ひと》りでそこに立っていた。

両手を口に当て、いっぱいに見開いた瞳で足元を見つめていた。

女の脚が、がくがくと震えていた。

女の足元には、ふたつの、血まみれの肉塊が転がっていた。

それが人間であることは形状からわかるものの、誰であるかは、その友人や家族でさえわからないような有様になっていた。

ふたつの肉塊は、街燈の明かりの下で、びくとも動かなかった。

赤黒い血の輪が、急速に成長してゆく何かの生き物のように、その肉塊の下からアスファルトの上に広がってゆく。

文成の肉体から、憑きものが落ちていた。

興奮はしているが、さっきまで自分を支配していた興奮とは、明らかに別の興奮であった。

「どうした!?」

文成は、女に走り寄った。

女は答えなかった。

呆然《ぼうぜん》と下の肉塊を睨んでいた。

眼をそらせたくとも、そらせられないらしかった。

「何があった?」

文成は低く叫んだ。

「わからない——」

やっと女がつぶやいた。

眼を肉塊に向けたまま、いやいやをする幼児のように首を振った。

「わからない……」

もう一度つぶやいた。

鬼奈村典子の顔面に、血がしぶいていた。

顔だけではない、髪の毛、服、手に握ったバッグにまで血の跡《あと》が飛んでいる。

凄い血臭であった。

文成が、女の肩に手を載せた瞬間、女の膝が崩れていた。

文成は、その太い両腕に、女の身体を抱えた。

鬼奈村典子は、意識を失っていたのであった。

文成は典子の身体を抱え上げた。

「この女――」

呻くように言った。

文成の全身が震えていた。

なぜ自分の身体が震えるのか、文成にはわからなかった。

「やってやる!」

つぶやいて唇を噛んだ。

何をやるのか、口にした文成にもわからない。

〝この女を守る――〟

事情もわからない。

誰から、何からこの女を守るのかもわからない。

ただ、腕の中のこの柔らかな肉体を守ってやるのだという、そのことのみがあった。

長い、暗い暗黒のトンネルをさまよい続け、ようやく、どの方向に進めばよいのか、その標《しるし》となる光を見たように思った。

その光の先は、文成仙吉にとって、あらたなる修《しゅ》羅《ら》への道であった。

文成は、腕の中に、女の心臓の鼓動と、女の温かな体温とを感じていた。

4章　獅子吼《ししく》

1

深夜だというのに、その部屋には、まだ灯《あか》りが点《つ》いていた。

二LDKのマンション。

女の独《ひと》り住まいには、かなり贅沢《ぜいたく》なスペースがあった。

北野涼子《きたのりようこ》——それが、このマンションの部屋の主人の名前であった。

デザイナーである。

居間が、そのまま仕事場になっており、窓側に寄せてデザイン用の机が置いてあった。

机の前の椅子に、涼子が腰を下ろしている。

涼子は、デザイン机の上にかがみ込み、右手に握ったロットリングで、さかんに何かの線を入れていた。

二十代後半の顔つきをしていた。

やや線が強いが、目鼻立ちの整った女であった。

肩よりやや長めの髪が、仕事の邪魔にならないように、後方で束《たば》ねて止めてある。

化粧はあまり濃くない。

仕事中に来客があっても、そのまますぐに顔を出せる程度のものである。

笑えば、かなり魅力的な顔になりそうだった。

大人のつき合いをしている男のひとりやふたりはいてもおかしくはない。

脚の動きの楽そうな麻のパンツの上に、無造作にやや大きめの綿のシャツを着ていた。シャツの胸元を大きく開け、ざっくりと身につけている。袖《そで》を肘までめくり上げており、白い二の腕が見えている。

居間には、さまざまなものが置いてあった。

イラストボードや、パネルが壁に立てかけてあり、木の床には、いつでも寝転がれるように、二畳分ほどのインドふうの絨緞《じゅうたん》が敷かれ、その上に大きなクッションが転がっている。

涼子が向かっているデザイン机の横に、カラーボックスが立てられ、棚に、雑多なデザイン用具が置いてあった。

リキテックスらしい、使いかけの絵具のチューブが、棚の何カ所かに転がっていた。

雲形定規《くもがたじょうぎ》、デザイン用の黒インク、筆、コンパス、カラーのサインペン、色コンテ、ペーパーセメント、まだ版下《はんした》に貼り込む前の写植《しゃしょく》の文字——

椅子にすわったまま涼子が手を伸ばせば届く所に、細々《こまごま》としたものが散らばっている。

部屋も、テーブルの上も、一見は乱雑そうに見えるが、持ち主には、何がどこにあるかきちんとわかっている——そんなことまでが感じられる部屋であった。

イラスト、広告デザイン、写植の貼り込み——ひととおりのことは、仕事としてこなせるらしい。

飲みかけの紅茶が半分残ったままのティーカップが、カラーボックスの上に載《の》っている。

涼子の正面に、開け放たれた窓がある。

そこから、冷たい三月下旬の夜気が、半分引いたカーテンを、内側に大きく膨《ふく》らませて入り込んで来る。

その風が、額《ひたい》にかかった涼子の髪を、小さく揺すっていた。冷たい風が、仕事中にはかえって快《こころよ》かった。

その時、ふいに電話のベルが鳴った。

顔を上げ、手を伸ばせば届く所にある電話に視線を向け、その視線を手元のイラスト原稿の上にもどす。

深夜である。

真夜中を過ぎている。

この時間にかかってくるのは、まず仕事の電話である。

今とりかかっている原稿が、あとどれくらいで出来上がるか、それを確認するための電話であろう。ベルが、三度目を鳴り終える前に、涼子は、ロットリングを置いて、受話器を手に取っていた。

「はい、北野ですが――」

ややハスキーな声で、涼子が言った。

受話器の向こうは、沈黙したままであった。

「もしもし？」

涼子が言うと、わずかの沈黙を置いて、低い声が響いてきた。

「涼子か……」

男の声であった。

今度は涼子が沈黙した。

聴《き》き覚えのある声であった。

その声をもう一度確認するように、

「もしもし!?」

やや高い声で涼子は言った。

「涼子か――」

男の声。

今度の〝涼子か〟は、訊《き》いているというより、電話に出た相手が涼子であることを確認したという意味の〝涼子か〟であった。

「はい――」

涼子は、微《かす》かに自分の声が震えるのがわかった。

「おれだよ」

懐《なつ》かしい、あの声が響く。

この半年以上もの間、待ち続けた声であった。

「文成仙吉だよ」

その声が、自分の名を告げた。

「どこにいるの、今？」

「青山だ」

「青山？」

「ああ」

「これまでどうしてたのよ」

「どうもしてやしない、息はしてたみてえだぜ。まだ生きてるんだからな――」

文成が言うと、涼子が小さく喉をつまらせた。

「ところでよ、おれの金はまだ残ってるかい」

「残ってるわ。全部、そっくりそのままよ」

「頼みたいことがあるんだが、かまわねえかな」

「もちろんよ」

「金が欲しい――」

「お金？」

「持って来てもらいたいのさ。とりあえずは、今、かき集められるだけでいいんだが、どのくらい集められる？」

「今すぐに？」

「すぐにだ」

「銀行が開いてれば全額大丈夫なんだけど、今すぐなら三〇万くらいかしら――」

「それでいい」

「わかったわ」

「それと、あとは車だ。車で来てもらえば助かるんだが、車は持ってたっけ」

「レオーネがあるわ。私が仕事で使っている車だけど」

「充分だ」

「どうすればいいの」

「まだそろえてもらいたいものがあるんだが、おれが着れるようなものを手に入れることができるか」

「あなたが着ていた半袖のサマーセーターと、ジーンズがまだあるわ」

「それでいい。そいつと、あとは、女物の服を一着持ってきてもらいたいんだ」

「女物？」

「ついでにバスタオルを頼む――」

「何があったの？」

涼子の口調が変わっていた。

女のことを耳にしたからではなく、久し振りに文成の声を聴いた驚きから醒《さ》め、事の異常さにようやく気がついたからである。

深夜、あの文成から電話があり、金と、そして車を用意してくれというのである。

よほどのことが、あったらしい。

「何があったのか、おれにもよくわからねえ」

「――」

「そいつを、これから確かめてやろうってわけでな――」

「女の人が一緒なの?」

「ああ」

ややあって文成がつぶやく。

「あたしの所に来たっていいのよ」

「あんたを面倒に巻き込みたくない。もうあんな目に遭《あ》うのは二度とごめんだろう。こうして電話をしてるのさえ、気がとがめてるんだ――」

その声を聴いて、涼子が小さく笑った。

「おかしいか?」

「気がとがめているあなたが、ね。顔を見たいものだわ」

「見せてもいいんだが――」

「見せて」

「かなり汚い。顔だけじゃない。身体じゅうがだ」

「かなり?」

「ああ」

相当に汚そうであった。

つぶやいた文成の声が、再び、低く鋭いものになった。

「車と、金と、服――。今回あんたにかける面倒は、それだけにしておくよ。金と服を受け取り、どこかのモーテルまで運んでもらって、それでさよならというのがいい――」

「冷たいのね」

「あんたのためだ」

「とにかく行くわ。場所はどこ?」

文成は、その場所を涼子に説明し、

「どのくらいで来れる?」

低い声で訊いた。

「三〇分はかからないと思うわ」

「頼む」

電話が切れた。

涼子は、文成の声が消えた後、数秒の間、受話器に耳を押しつけていた。

受話器をもどし、立ち上がった。

鏡の前に行き、自分の顔を見、手で髪を撫《な》でた。

鏡の前に置いてあるヘアブラシに手を伸ばしかけ、あわててその手を引っ込めた。

今、自分が何をしなければならないかだけは、少なくともきちんと判断できる女であった。

文成の言ったものを用意し、それを旅行カバンにつめ込んだ。

出かける前に、手で軽く髪を撫でつけ、口紅だけを引き直した。

「文成……」

鏡の中の自分の唇が、自分に向かって小さくつぶやいた。

2

指定された通りを、室内灯を点けたままゆるい速度で車を走らせていると、ヘッドライトの光芒《こうぼう》の中に、巨大な人の影が、ゆらりと姿を現わした。

見間違えようのない、文成の巨軀《きょく》であった。

涼子はブレーキを踏んで車を停《と》めた。

ヘッドライトの灯りの中で、文成は、両腕に女を抱えていた。

すごい髯面《ひげづら》だった。

その髯の中で、文成は、片方の唇の端を吊り上げて、にっと笑った。

歩み寄って来ると、後部座席のドアを開け、女の身体をシートの上に横たえた。

二十代初めらしい、あどけなさを残した女であった。

助手席のドアを開け、文成の巨軀が、窮屈《きゅうくつ》そうに助手席に乗り込んできた。

凄《すご》い顔と、臭気であった。

生乾《なまがわ》きの血が、文成の顔に飛び散っている。

後部座席の女の顔はさらに凄かった。

死んだばかりの動物の腹の中に首を突っ込んで、その腸《はらわた》を喰《くら》ったばかりのようにさえ見える。

「バスタオルが欲しいと言った理由がわかったわ」

文成の顔に、涼子がバスタオルを投げかけて、車を発進させた。

助手席のドアの窓を、文成が開ける。

少しでも自分の臭気を外に逃がそうというつもりらしい。

「これほどとは思わなかったわ」

涼子が言った。

「わかっていたらば、来なかったか」

と、自分の顔をバスタオルでぬぐいながら言った。

どす黒い色と赤い色がバスタオルを汚したにもかかわらず、文成の顔の汚れは少しも変わらなかった。

「まあ、ね」

「ご挨拶《あいさつ》だな」

「どこへ行くの?」

「二〇号線までやってもらおうか。そのあたりで手頃なモーテルを見つけてくれ」

文成が言った。

「何があったの」

涼子が、電話で訊いたことをもう一度繰り返した。

「言ったろう? それがわからねえのさ」

「凄い血と臭《にお》いよ」

「わかってる」

文成は、バスタオルを手に持ってつぶやいた。

以前よりも、文成の風格が増したようであった。

さらにどっしりとして、重みが出てきている。

この半年余りの間に、じつにいろいろなことがあったに違いない。

涼子は、以前に、文成が人を殺す現場を目撃している。

殺されたのは、涼子がかつてつき合っていた宗方《むなかた》というルポライターを捕え、"ぱんしがる"という組織に渡した、尾崎《おざき》というごろんぼ探偵である。

(『魔獣狩り』暗黒編参照)

文成の顔面に飛んだ血を見て、ふいに涼子が思い出したのは、そのことであった。

「これからどうする気?」

涼子が訊いた。

「まず、モーテルで風呂に入って、髯を剃《そ》る。その後で、眠くなければ、後ろで倒れている女に、いろいろと訊いてみようと思っている」

「訊く?」

「そうさ。電話で言ったのは嘘じゃない。まだ会ったばかりで、この女のことは何も知らない。知っているのは、黒子《ほくろ》の数くらいかな——」

「充分よ——」

涼子の頭の中には、真っ黒になった風呂の湯の色が浮かんでいた。
二、三度湯を替えたくらいでは、とても落ちそうには見えないほど、文成は汚かった。
「ところで、何か、ご褒美《ほうび》が欲しいわね」

「褒美?」

「大事な仕事を放ったままにして、わざわざここまで来てあげたのよ——」

「——」

「お風呂から出て、きれいになった身体で、まず最初に女を抱いてもらえるかしら」

「女?」

「添い寝でいいの。あ、い、あたしを抱いてくれる?」

細い声で、涼子が言った。

「悪くはない考えだが——」

文成が後方へ視線を投げる。

その視線に涼子が気がついた。

「彼女が気になるの？」

「ああ」

「ぬけぬけと言うわね」

「あまり、とぼけるのがうまくなくなっちまったんだ」

「どういう関係なの？　彼女とは――」

「まだ何もしちゃいないよ」

「そのくらいはわかるわ」

涼子がそう言った時、後部座席で、鬼奈村典子が、小さく呻《うめ》き声を上げた。

「あら――」

ようやく、典子が蘇生《そせい》しかけているらしかった。

3

その浴槽は、真珠貝の形をしていた。

普通の家庭用の浴槽に比べ、かなり大きい。

大人ふたりが、ゆったりと手足を伸ばして沈めるだけのスペースがある。

その浴槽のほとんどを、ひとりの男のごつい巨軀が占領していた。

太い蛇口《じゃぐち》から、大量の湯が出しっ放しになっている。

浴槽の縁《へり》から、泡の混じった湯が溢れ出ている。

おそろしく汚い湯であった。

灰色のどぶの色をしていた。

浴槽の中で、どぶ泥を掻《か》き混ぜているような色である。むろん、浴槽の中に沈んでいるのは、どぶ泥ではない。しかし、ほぼ同じようなものと言ってもさしつかえはないかもしれない。

浴槽の中に沈んでいるのは、汚れに汚れた一四五キロの肉体である。その肉体が、日向水《ひなたみず》以上の温度の湯の中に入ったのは、百数十日ぶりであった。

文成仙吉であった。

湯の表面に、大量の泡が浮いていた。

その泡の上に、小山のような、文成の両肩がそびをたたえている。

湯の中で胡座《あぐら》をかき、底に尻をついているのだが、胸の半分以上が、湯の表面より上に出てしまうのである。

文成の身体がでかすぎるのだ。

文成は、湯の中にすわって、頭を洗っているのである。

太い、八本の指を、泡にまみれた髪の中に突っ込んで、おもいきりごりごりと搔《か》き回しているのである。

これまでに、浴室に備えつけのシャンプーの半分近くを使っていた。文成が今、頭を洗っているのは六度目であった。

立て続けの六度である。

初めに大量のシャンプーを使ったが、頭髪は、どぶ泥の中に頭を突っ込んだような状態になっただけだった。髪そのものが、よじれ合い、小さな束になっている場所が、何カ所もあった。

その堅《かた》さが少しもほぐれない。

ようやく泡が立ち始めたのは、四度目からであった。

気持ちがよかった。

後から後から出て来る泡が、顔や喉や肩に伝い、湯に落ちてゆく。

濃い湯気が、浴室いっぱいに広がっている。

文成は、頭を洗う手を止めて、泡の浮いた灰色の湯の中に頭を沈めた。

その頭を持ち上げて立ち上がる。

浴槽の栓《せん》を右足の指で抜いた。

鎖のついた栓を、右足の指でつまんで浴槽の縁にかける。

そのまま浴槽をまたいで洗い場に出る。

広い洗い場も、文成の巨軀が立つと小さく見えた。

熱いシャワーを頭からかけ、全身の泡を落とす。

洗い場のタイルの上に腰を下ろし、桶《おけ》に熱めの湯を溜《た》める。

新しい石鹸を手に取ると、丹念に全身を洗い始めた。

手の指先から脚の指の間、耳、ペニスの皮まで伸ばして洗う。肛門の皺《しわ》の間まで、太い指先でほじるようにして洗った。

四度、洗った。

石鹸の大きさが半分になっていた。

タイルの上を流れた湯が落ちてゆく排水口に、小山のように垢《あか》が溜まっていた。

立ち上がり、シャワーから湯を出して、浴槽の中を覗《のぞ》く。浴槽の底に、排水口に向かって何本もの黒い筋が走っていた。それまで文成の髪に染《し》みついていた汚れだ。

シャワーの湯を全開にして、その黒い筋を洗い落とす。

綺麗になった浴槽に再び栓をして、熱い湯を注《そそ》ぎ込む。

もうもうと湯気が上がる。

湯を出しっ放しにして、その音を聴《き》きながら、洗い場のタイルの上に尻を落として、胡座をかく。

正面に、湯気で曇った鏡がある。

桶に湯を溜め、その桶を手に持って、顔の下半分、髯に覆《おお》われた鼻のすぐ下まで熱い桶の湯の中に沈めた。

たっぷり時間をかけたあと、その湯を、正面の鏡にぶちまける。

曇りが取れて、その鏡に、文成の喉から胸が映《うつ》る。顔の位置が常人よりも高すぎて、鏡に映っているのは、顎から下である。

尻を軽く後方へずらせ、鏡から距離をとって顔を下げると、ようやく顔の全部が映った。

髯にたっぷりとシェービングクリームを塗りたくる。

きれいな泡が立った。

二枚刃の安全カミソリで、髯を剃る。

五度、刃を代えた。

髯の失《な》くなった顎を、三本指の左掌でつるりと撫で上げる。

太い唇が、にっ、と獰猛《どうもう》に吊り上がる。

次が歯であった。

新しいブラシと、歯磨きのチューブを、鏡の下の棚から手に取った。

ブラシの上に、おもいきり太く、歯磨きをひねり出す。

すでに湯がいっぱいになった浴槽から大量の湯が溢れ出している。

きちんと湯の匂いがする湯気が、さらに濃くなっている。

その湯を止めようともせずに、文成は歯を磨いた。

歯を磨いたのは三度であった。

立ち上がり、蛇口から落ちる湯で音を立てている浴槽の中へ、足をまたぎ入れる。

熱い湯であった。

泡の立っていない、灰色でない、透明な湯の中へ、仰向《あおむ》けに寝ころぶように、文成はその巨軀を沈めた。

透明な大量の湯が、浴槽から大きく盛り上がってこぼれ落ちた。

眼を閉じる。

熱い湯の温度が、じんじんと肉の奥に染み込んで来る。

それを全身で味わうように、文成は、何度も息を吸い込んだ。

己《おの》れの呼吸を噛みしめるように、文成は数えた。

かっ、と眼を開ける。

ゆっくりと立ち上がった。

文成の巨軀の表面を湯が滑《すべ》り落ちる。

惚《ほ》れぼれするような文成の肉体であった。

肌の上に、汗のように湯の玉が光っている。胸の厚みは、常人の肩幅くらいはありそうだった。

上腕は、瘦《や》せた女のウェストほどもある。しかも無駄肉がない。盛り上がった尻の肉も締まっている。

文成が、浴槽の縁をまたぐと、全身の筋肉が、その皮膚の下で見事にうねった。

4

素肌に何もまとわず、文成は浴室の外に出た。大きな円形ベッドがあり、そこに女が横たわっていた。

鬼奈村典子である。

典子は、静かな寝息を立てていた。

ベッドの横にテーブルとソファーがあり、そのソファーに、ひとりの女が、すわっていた。

麻のパンツを穿《は》いた脚を組んで、浴室から出て来たばかりの文成を見つめていた。

「一時間と十二分ね——」

その女、北野涼子が言った。

文成が、風呂に入っていた時間のことを言っているらしかった。

「そんなにかかったか」

文成がつぶやいた。

「女の化粧よりも時間がかかってるわ」

「へえ」

文成は、涼子を見た。

髪に、きれいにブラシが入っており、口紅《ルージュ》も引きなおしてあった。素顔に近かった涼子の顔が、心なしか先ほどよりは艶《つや》やかになっている。

どこをどう化粧《いじ》ったのかは文成にはわからないが、涼子の目鼻立ちの輪郭《りんかく》が、きれいに見えている。

急いでマンションを飛び出して来たためにできなかったことを、文成が風呂に入っている間にやったのだろう。

「眠ったか——」

と、文成が、ベッドの上の女に軽く視線を走らせた。

「かなり疲れてるみたいね」

涼子が言った。

「今は寝かせておけばいい――」

そう言った文成の身体を、涼子が舐《な》め回すように見ている。

「何だ?」

文成が言うと、涼子が、軽く唇をすぼめ、そして微笑した。

「あなたの身体を、こんなふうに見るの、初めてよ――」

「――」

「これまでは、暗い所だったり、もっと近い所からだったり、横になっていたりとか、そんなふうな時だけ――」

遠いものを思い出すように、つぶやく。

「あなたの身体の輪郭は、わたしの眼よりも手のほうがよく記憶《おぼ》えてるわ」

三日間――食べることと眠ること以外の時間のすべてを使って、爛《ただ》れたように互いの肉体を求め合ったこともあったのだ。

涼子の肌の感触や、その舌の動きを、文成もまだ記憶《おぼ》えている。

文成は、どっしりとそこに立ったまま、涼子を見つめていた。

涼子も不思議そうな眼で、文成を見つめている。

「変わったわね」

ふいに、涼子が言った。

「変わった?」

「前よりも、なんて言うのかしら、重くなったみたい」

「重くはなっちゃいねえよ、痩《や》せたということはあってもな」

「そうじゃないわ、雰囲気がよ――」

涼子は文成を見る。

昏《くら》い光を帯びた双眸《そうぼう》はそのままであったが、かつて、その表情全体を包んでいたもの、鬼相《きそう》が抜け落ちていた。

文成の顔が、柔和になったという意味ではない。鬼の相が抜け落ちたそのあとに、太い鋼《はがね》に似たものが入り込んだようであった。

それが、風格のようなものになって、文成の肉の周囲に漂《ただよ》っている。

そんな涼子の視線を感じたのか、

「けっ」

文成は、むず痒《がゆ》いものを吐き出すように短く言った。

珍しくこの男が照れているらしい。

しかし、たちまち、その表情が嘘《うそ》のように文成の顔から消えた。

「おれの服は？」

「そこにあるわ」

涼子が、テーブルをはさんだ向かい側の椅子の上を指差した。

そこに、文成が涼子と初めて会った時に身につけていたジーンズと、サマーセーターがたたんであった。

その上に、新しいブリーフが載っている。

「どうした？」

「あなたがお風呂に入っている間に、車で買い出しに行ってきたのよ。車で五分くらいの所に、二十四時間営業のマーケットがあるのを、ここに来る途中で見ていたの。ＬＬがなかったけれど……」

「充分さ——」

文成は、手を伸ばしてそれを身につけ始めた。

その姿を見ながら涼子が言う。

「綺麗になっちゃって、少しもったいないわね」

「もったいない？」

ジーンズに足を通しながら、文成が涼子を見た。

「あれだけの汚れ、もう少しそのままにしておいてもよかったのに」

「欲しけりゃ、くれてやるから、ゴミ箱の中からおれが着ていた服を持っていくかい。たっぷり人の血も染み込んでるがよ——」

文成が言う。

〝人の血〟

という言葉が、涼子の心臓にぞろりと潜《もぐ》り込んだらしい。

涼子が、軽く背をすくませて、首を振った。

「他にも買ってきたものがあるわ——」

涼子が、テーブルの下から大きな紙袋を取り出した。

「何だ⁉」

麻のサマーセーターを着終えて、文成がその紙袋を見る。

「お腹《なか》、空《す》いてるでしょう?」

紙袋の中から、太い丸太のようなハムを取り出した。

それだけではなかった。紙袋の中からは、次々に涼子の手によって、テーブルの上に食料が引き出されてきた。

紙パックされた牛乳一リットル。

同じく、一〇〇%果汁のオレンジジュース一リットル。フランスパン二本。トマトが五個。きゅうり。レタス。リンゴ。海苔《のり》とセットになった握り飯が一〇個。ドレッシング。パックされたキムチ。バター。チーズ。鶏《とり》の空揚《からあ》げ——

「わたしの好みも入れて、こんなものだけど、足《た》りるかしら——」

「充分さ」

文成が言った。

涼子は立ち上がって、部屋に備え付けの冷蔵庫の前まで歩いてゆき、扉を開けた。

中からビールを二本取り出した。

「最初はこれで乾杯ね」

いっぱいになったテーブルの上に、ビール瓶《びん》で隙《すき》間《ま》をつくり、そこにビールを置いた。

「コップもあるわ」

コップを重ねて、一本のビールの上にかぶせる。

「栓抜きは……」

涼子が、冷蔵庫に視線を向けた時、

「いらねえよ」

文成が言って、コップのかぶさってないほうのビール瓶を、ひょいと右手でつまみ上げた。

左手の人差し指をビールの瓶に当て、軽く力を込める。

小気味のいい音がして、栓が飛んだ。

軽くグラスを合わせ、飲んだ。

文成は、ひと息でビールを飲み干した。

自分の好みも入れたと涼子は言ったが、涼子が口にしたのは、ビールの最初の一杯だけであった。

あとは黙って、ただ文成が食べるのを見つめていた。

嘘のように、文成の胃袋の中に、次々と食料が消えてゆく。

おそろしいくらいの食欲であった。

単に、胃の中にものを詰め込んでいるようにさえ見える。

残りのビールを飲み干した後、まず、ハムが姿を消し、チーズ、フランスパン一本、牛乳一リットルがたちまち姿を消した。

逞《たくま》し過ぎるほどの白い歯が、ハムを丸ごと嚙みちぎり、豆腐ほどの大きさのチーズを齧《かじ》り、それを呑み込んでゆく。

リンゴ、トマト、レタスは、涼子が軽く洗ってきたものを、そのまま丸齧りにした。握り飯を齧りながら、手づかみで、赤いキムチを口に放り込む。オレンジジュースを、紙パックの注《つ》ぎ口に唇を当て、そのまま胃の中に流し込む。その合間に鶏《にわとり》の空揚げが口の中に消える――

惚れぼれするほど見事な喰いっぷりであった。

それを、凝《じ》っと眺めていた涼子が、ふいにテーブルの下に潜り込んだ。

脚が長すぎて、テーブルの下には収まらない文成の膝頭《ひざがしら》が、テーブルの手前で上に出ている。

その膝と膝との間に、涼子は、顔を上げ、上半身を入れた。

文成の腰に腕を回して、臍《へそ》のあたりに頬をすり寄せた。

文成の腰の半分も涼子の手は回らない。

押しつけた頬を小さく揺する。

「どうした?」

オレンジジュースを流し込みながら、文成が言う。

涼子は、答えない。

頬を放して、ジーンズの布越しに軽く歯を当てる。

噛んだ。

歯を放し、ジーンズのファスナーに、右手の白い指を伸ばした。

小さな金属をつまんで、それをゆっくりと下に引き下ろしてゆく。

ズボンの合わせのボタンをはずし、左右に開く。

さっき穿いたばかりのブリーフが見えた。

布越しに、そこの膨らみを、軽く唇でついばむ。

口紅の赤がそこに付いた。

その間に、涼子の手は、ゆっくりと文成のサマーセーターを、上にめくり上げてゆく。

短い毛に覆われた臍、鳩尾《みぞおち》、厚い胸、乳首と、文成の肌が露《あら》わになってゆく。

膝立ちになって、涼子は、文成の腹に唇を押し当てた。

次にまた、さっきとは逆の頬を当てる。

文成の肌の感触と、毛のちりちりとした感触が頬に当たる。

懐かしい感触であった。

その感触をうっとりと味わうように、頬を上げてゆき、文成の右の乳首を唇に含んだ。

舌で転がすと、男の乳首も、小石のように小さく尖《とが》った。

逆の乳首を、右手でつまむ。

文成が、ものを嚙む音、ジュースを呑み込む音が、涼子の唇に、頬に、直接響いてくる。その音をこうして聴くのは初めてのはずなのに、たまらなく懐かしい気がした。

文成は、涼子のするがままになっていた。食べ続けている。

涼子の左手が、ブリーフの中に潜り込んだ。

その手が、一瞬、ぴくんと震えて動きを止めた。

次に、ゆっくりと、その、熱い、堅い、脈打っているものを握ってきた。

その大きさは、涼子の片手には余るほどの容量があった。

「なおったの?」

顔を上げて、文成を見た。

ジュースのパックをテーブルの上に置いて、

「ああ」

文成が言った。

テーブルの上に、食料がほとんど失くなっていた。

バターが少量、レタスの芯《しん》、ドレッシングが半分、トマトのへた、鶏の骨——残ってるのはそれくらいであった。

「そのつもりはなかったんだけど、これじゃ、おとなしくは帰れないわ」

文成を握った手が、上下にゆっくりと動き出した。

涼子が、初めて手にする、文成の男の感触であった。

何度も口に含み、柔らかいまま、放出させた肉柱であった。

萎《な》えたままのこれを、もどかしげに涼子の股間に押しつけてきたこともあったのだ。

吸い、吸われ、それで涼子自身も何度も昇りつめたこともあった。

「どうして黙ってたのよ」

「どうしてかな」

「そこの彼女がいたから？」

「どうかな」

「好きなんじゃないの？」

「惚れてるのかどうか、そこのところがよくわからないんだが」

「――」

「この女のことが気になってるんだ」

「気になってる？」

「そうだ」

文成は言った。

死んだ久美子に、その面影《おもかげ》が似ていたからか――と、文成は口には出さずに自問する。

――そうではない。

いや、そうではあろうが、それだけではない。

鬼奈村典子が久美子に似ていたというのは、単にそのきっかけということだけで、じつは、この女の持つ奇妙なものに、自分は吸い寄せられているのだと文成は思う。

上野公園で、学生に犯されていた典子の、ほの白い肢体が眼に浮かぶ。

この典子を助けようというつもりなどかけらもなかったのに、いつの間にか、学生たちをぶちのめしていた。

あの時、自分の肉の底深く、何ものかが取り憑《つ》いたのだ。

その取り憑いたものが、おれを青山まで引き寄せ、再びこの女と出会わせたのだ。

久美子と、そして蟠虎《はんこ》とに対する負い目――いや、憎悪とも嫉妬ともつかないどす黒い血泥《ちどろ》の塊《かたまり》のような思い。

その思いの隙間に、この女の何かが取り憑いたのだ――そう思っている。

それが、あの青山で一気に噴《ふ》き上げたのだ。

「この女は狙《ねら》われている」

「狙われて？　誰に？」

涼子は手の動きを止めずに訊いた。

「わからねえよ」

文成は、ベッドの上に眼をやった。

鬼奈村典子の横に、典子が持っていたバッグが置いてあった。

そのバッグの中を、さきほど、文成と涼子は眼にしている。

中に入っていたのは、一枚の銅鏡であった。

いつの時代のものかはわからないが、かなり古そうなものであった。

裏に、何かの彫りものがしてあった。

詳しい事情を、涼子は知らされてはいない。

それでも、顔面を赤く染めて自分を待っていた文成の姿は、まだ鮮烈に脳裏《のうり》に焼きついている。

「彼女に義理だてする必要はないんでしょう」

「ああ。こいつは、まだ誰のためにも使っちゃいない」

「信用してあげるわ」

「しかしなあ――」

文成が、あの九門鳳介のような声を出した。

「何なの」

「あんたとは、せっかくこれまで清い関係でいたんだ」

「ばか」

と、涼子が文成を強く握った。

涼子の指をはね返すように、文成のそれは、堅い弾力があった。

〝清い〟も何も、単に、文成のそれを、涼子の中に入れなかったというそれだけの意味でしかない。

「あんたを巻き添えにしたくない」

「もう巻き添えにしてるわよ」

頭を下げて、ブリーフを押し下げながら、文成のそれに唇をかぶせた。

まず、先端に唇を当て、小さく顔をねじる。ねじりながら、ゆっくり唇を沈めてゆく。先端の膨らみを咥《くわ》え終えたところで、その動きに舌の動きが加わった。

「ああ――」

声を上げたのは、文成ではなく、涼子であった。

唇を放し、両手にそれを握って頬ずりをする。

両手でひとつずつ握っても、まだひと握り分は先端が外に余っていた。

涼子の身体が小さく震えていた。

「わたしに、わたしに……」

これを頂戴《ちょうだい》、という言葉を呑み込んだ。

膝立ちのまま、黙って上半身を覆っている綿のシャツのボタンに指をかけた。

その手を、文成の右手がつかんだ。

涼子は顔を上げた。

文成の双眸が、涼子を見下ろしていた。

「それにゃ、およばねえよ」

文成が言った。

太い指が、二番目まではずしてある、シャツの三番目のボタンをつまんだ。

「おれがはずす」

三番目のボタンがはずされ、文成の大きな右手が、涼子の胸許に滑り込んできた。

おもいがけない強い力で、涼子の左の乳房がつかまれた。

痛さと、甘い痺《しび》れとが、同時に涼子の背を走り抜けた。

痛みだけがたちまち駆け去り、その甘みだけが、全身に広がった。

そのまま、文成の左腕が涼子の背に回され、軽々と、涼子は抱き上げられていた。

「風呂場でだ――」

文成が涼子の耳元で囁《ささや》き、ふわりと立ち上がった。

「おれもいい子でいるつもりはねえ。あんたの腸《はらわた》がめくれ返るまで、死ぬほど突っ込んでやるさ。思う存分にな」

そう涼子の耳に吹き込む。

肩をすぼめて、涼子が文成の巨軀にしがみついた。

風呂場のタイルの上で、文成は涼子を素裸にした。

自《みずか》らも再び全裸になり、涼子の両手を洗い場の壁のタイルにつかせた。

涼子を前にかがませ、両脚を大きく開かせた。

涼子の見事な膨らみを持った尻の頬肉を両手でつかみ、左右に大きく開いた。

濡れた秘肉が、あからさまな姿をそこに現わした。

その間に顔をねじ込むようにして、文成は舌を差し込んだ。

下から上へ——肉の花びらの合わせ目から肛門までを、一気に舐め上げた。

涼子が高い声を放った。

尻を振った。

二、三度、文成の舌が同じ動きを繰り返しただけで、もう、涼子の膝《ひざ》が震え始めていた。
崩れそうになった涼子を、立ち上がった文成が背後から抱え込んだ。

右手で下からすくい上げるように乳房をこね、左手の三本の指で涼子の顎をはさみ、顔をねじりながら上に仰向かせる。

文成が真上から涼子の唇に、唇を合わせてきた。

互いの舌が、互いの口の中に激しく送り込まれる。

文成の堅くなったものが、涼子の尻の上部に当たっている。

火のように熱い。

乳首をつまんでいた文成の右手が、下に滑り下りて、涼子の花びらの中に指を潜《もぐ》り込ませた。

涼子が、呻《うめ》きに似た声を、文成の口の中に送り込む。

いったん腰を落としてから、文成は、強張《こわば》りの先端を、背後から涼子の花びらに押し当てた。

右手の指で、涼子のぬめりをその先端にたっぷりとかぶせてやる。

そして、ゆっくりと、肉襞《にくひだ》の隅々までめくり返すように、肉の奥の奥までそれを沈めていった。

涼子にとっては、初めての文成の感触であった。

「ああ」

声を上げた。

こんなにも届くものなのか、と思う。

まだまだというように、さらに文成の巨大なものが押し入って来る。

恐怖のような強烈な快感が、ぞくぞくと涼子の身体を震わせた。

これが動き始めたら、いったい自分はどうなってしまうのか。

そう思った途端に、ゆっくりとそれが動き始めた。

「もう、おれにかまうんじゃねえ。その代わりに、今日はたっぷりと、やってやるぜ——」

文成の顔に、強烈な笑《え》みが浮いていた。

涼子の高い声が、浴室にはじけた。

5章　毒獣《どくじゅう》・氷犬《ひょうけん》

1

十二畳ほどの洋室であった。

南側に窓があり、北側の壁に寄せて、セミダブルの寝台《ベッド》が置いてある。

かなり金のかかった部屋であった。

調度品も、高級なものばかりらしい。

壁に取り付けてある姿見《すがたみ》や、さりげないテーブルや応接セットも、北欧製のものである。

床に敷いてあるのは、カシミールあたりのものと思われる絨緞《じゅうたん》である。かなり分厚い。

単に高級であるというだけではなく、それらの調度品のどれもが、上品であった。統一された審美眼のもとに選ばれた、その場所にもっともふさわしい家具が、そこに置かれているのである。

ベッドの上に、独《ひと》りの男が仰向《あおむ》けになって眼を閉じていた。

かなり身長のある男であった。

一メートル八〇センチを、だいぶ上回っている。一九〇センチ前後はあるであろう。

両脚を広げ、両手を頭の下で組んでいるのだが、その身体が、大きく寝台《ベッド》に沈んでいる。

三十歳前後に見える。スーツを着ていた。

しかも、靴を履《は》いたままである。

濃紺の地に、白いストライプの入ったスーツである。部屋の調度品に劣らぬ高級品であった。

下ろし立てのように、折目の線がぴっちりと出ている。

〝イギリスのチェスター・バリーで仕立《つく》らせた〟と、この男が言ったとおりの品物である。

靴は、バレンチノである。

覗《のぞ》いている靴下は、真紅である。

渋い赤のネクタイを、ややゆるめに締めている。

一度は、ビールでずくずくに濡れてしまったものだが、クリーニングがすんでいる。

ぎりぎりの所で、趣味がいいとそう言えるだけのバランスを、かろうじて保っているコーディネイトである。

それは、この男が身にまとっている強烈な個性が、そう見せてしまうのだ。

眼を閉じていた男が、眼を開いた。きれいな二重《ふたえ》瞼《まぶた》の眼であった。

真っ黒ではない、やや灰色がかった瞳をしていた。女の眼のようであった。

眉が濃く、太い。

高い鼻梁《びりよう》が通っていて、唇が赤い。

きちんと櫛《くし》の入った髪が、ゆるくウエーブしている。

美男子《ハンサム》と、そう呼んでも、誰もが納得する貌立《かおだ》ちである。


テレビのコマーシャルによく出ている、混血の、背の高い俳優がいるが、その男に似ていなくもない。

それ以上であるかもしれなかった。

刺すような、強烈な美貌と呼んでもいいものがある。

しかし、この部屋の高級で上品な調度品とは異質なものが、ただ一カ所だけ、この男にはあった。

高級で、趣味のいい服。

靴。

美男子《ハンサム》な貌立ち。

しかし、その男がまるで持ち合わせていないものが、ひとつだけ、あるのだ。

それは、上品さである。

下品なのである。

美しいが、それだけその下品さが、たまらなくその眼つきや口許《くちもと》にあらわれてしまうのである。

目許、下品。

口許、下品。

性格、極《きわ》めて下品。

下半身、節操が皆無《かいむ》。

それが、この男の特徴である。

眺められた女が、どう間違っても誤解しようのない眼で、この男は女を見る。

——やりたい。

——おまえはやらせてくれるか。

——いくらならやらせてくれるのか。

——いくらなら股を開くのか。

——いくらなら入れていいのか。

——いくらなら動かしていいのか。

——いくらならしゃぶってくれるのか。

——何回やらせてくれるのか。

——おれはおまえの後ろから入れてみたい。

——おまえの尻を舐《な》めさせろ。

——おまえのおまんこはこういう形をしてるんだろう。

——おれのはでかい。

——だから気持ちがいい。

——ひいひい言うぞ。

——みんな舐めてやる。

——肛門を舐めるのはおれは好きだな。

——だからやらせてくれ。

——やりたい。

——やりたい。

——やりたい。

これだけのものが、いっぺんにこの男の視線から放たれて、女の顔面に張りつくのである。

叩きつけるのである。

半数の女が逃げる。

残った半数のさらに半数がこの男に興味を持ち、残った女のうちの一部は怒り、一部は泣きそうな顔をする。

ごく稀《まれ》に、その男と眼が合っただけで、たちまち腰を抜かすほど欲情してしまう女もいる。

怒った顔をする女のうちの、約一割がそうである。

眼を見れば、そういう女はすぐにわかる。

眼がうるんでいるからだ。

そういう女の場合は話が早い。

それでも上品な女に限って、最初は抵抗する。いや、と言う。

しかし、いきなり女の股に手を差し込んでみれば、すぐにそれが嘘だとわかる。手が洗えるほど股を濡らしているからだ。

胸をいきなりつかんでもいいし、頬を叩いてもいい。しかし、一番早いのが股に手を差し込む方法である。

そのような女が乱れた時が、一番凄《すさ》まじい。

男に対して女がやれることのほとんどをする。女に対して男がやれることのほとんどをさせてくれる。

たまにそういう女に出会って、種《たね》が枯れ果てるまでやりまくるのが、この男の一番幸福な時である。

この男にとって、いい女をランク分けした場合、上から三番目までは決まっている。

一番は、やらせてくれる女である。

二番は、たくさんやらせてくれる女である。

三番は、金を請求しない女である。

四番目からやっと人並みの項目が加えられる。

この男が女と接する場合、この女は自分に股を開くかどうかが、まず初めの関心事であり、開くならいつ開くのか、それまでにどのくらい金がかかるのか、股を閉じた後でどれだけ金がかかるのかが、その後に続く関心事なのである。

毒島獣太。

それがこの男の名前であった。

2

洋室には、強烈なサウンドが鳴り響いていた。

ベッドの足元の方の壁に、ステレオが置いてある。

そのスピーカーから、音が割れないぎりぎりの大音量のサウンドが飛び出しているのである。

床には、三台の大型のカセットラジオが置いてあり、その三台からも、目いっぱいにボリュームを上げた音が、部屋の空気を殴りつけている。

ビバルディの『忠実なる羊飼い』

ベルリオーズの『幻想交響曲』

グリーグの『ピアノ協奏曲』

そしてビートルズ。

それらの音が同時に毒島の耳を叩いている。

毒島は、開いた眼で、音を見ていた。

音を自分なりに映像に翻訳して見ているのであった。

フルートは、のったりとした、ピンク色の蛇である。

ピンクといっても、一色のピンクではない。赤に近いピンクも、白に近いピンクも、どピンク、も、ピンクもある。柔らかく揺れているピンクも、パール状の光沢を持ったピンクもある。そして、蛇といっても蛇でもない。蛇状の、立体的な形をした蛇である。頭がなかったり、ふいに頭ができたり、太くなったり、細くなったり、薄くなったり、透明になったりする。

それが、のったりと動き、身をくねらせる。

一度、音のイメージを、色と形に変えて頭の中に叩き込んでおくと、それが、自由な生き物のように脳の内部を動き出す。

ピンク色の蛇が、天井と毒島との間の宙を泳いでいる。

ヴァイオリンの音の群れが、揺れる青い叢《くさむら》を造っている。高音と低音に合わせて、草が伸び、縮《ちぢ》み、黒に近い青から、明るいブルーに変化する。

それが、さわさわとピンク色の蛇にからみつき、蛇の肌に青い染《し》みをつける。蛇が、うねうねとのたうつ。

ティンパニーは、蛙《かえる》の顔をした犬である。

音が叢に潜《もぐ》り込む度に、もこ、もこ、と蛙の形の犬が現われ、跳《は》ねる。

チェロは、青白い女の肌である。

その肌が、切れるように細くなり、また平らになる。くるりと裏返り、もう一度裏返る。

首も手も足もない、ただ女の肌のみの存在である。

シンバルは、獣の顎《あぎと》である。

オーボエは、暗い色をした樹《き》。

ピッコロは、鳥。

ピアノは、高音が女の乳首、低音が女の肛門である。

音の大きさで、その乳首や肛門の大きさが変わる。

低音から高音へピアノが跳《は》ね上がってゆくと、肛門が次々に風景の中へ並んでゆき、途中で女の乳首に変わる。さらに音が高音になると、ピアノの音は、乳首から女陰に変わってしまう。

陰毛のない、つるりとした、幼児の女陰。

ピアノが高音から低音へなだれ落ちてゆくと、毛のない女陰が、たちまちぽつんとした乳首になってゆき、中音部では、肛門と乳首とが重なりあった奇怪な形状のものに変わる。それが、低音になり、肛門になり、さらに低音になると、ただれた、毛の密生したどす黒い女陰に変わる。

ピンクの蛇が肛門を舐める。

乳首を喰う。

女陰に潜り込む。

ヴァイオリンの草がしなしなと動き、樹がどろどろと溶け始める。

犬が唸《うな》る。

からみ合う。

そこに、ビートルズの風が吹いている。

毒島は、それらのほとんどの音を耳で聴《き》き、目で聴き分けることができた。

同時に聴いて、曲がすぐにわかるだけではなく、事前に音のイメージを造っておき、生《なま》の演奏であれば、たとえ、まったく違うタイプの五曲を同時に聴いても、使われている楽器の種類を言い当てることができる。

精神《サイコ》ダイバー毒島獣太にとっては、音は、ダイビングの際、ひじょうに役に立つ代物《しろもの》なのである。

毒島が、再び眼を開き、ピンク色の蛇のうねりに意識を乗せかけた時、部屋にノックの音があった。

普通の者ならまず聴き取れないその音を、毒島は、音の風景の中に投げ込まれた、茶色の小石として捉《とら》えていた。

女が入って来た。

ドアを開けるなり、女は、その顔をしかめた。

音で、顔面を張り飛ばされたようなものであった。

美しい女だった。

均整の取れたプロポーションをしていた。

身体の線をことさら強調するようなデザインの、黒いスーツを着ていた。

霊光《オーラ》にも似た気品が、その女の全身を包んでいる。

この部屋には、その女こそが似つかわしかった。

御子神冴子——毒島獣太をこの家に連れて来たのが、この女であった。

「——」

冴子が、何かを言った。

しかし、音に消されて、ほとんど聞こえない。

毒島はその声を、黄色い光として、耳に捉えていた。

その意味まで理解するには、もう少し大きな声で、もう一度、同じ言葉を言ってもらうしかない。

冴子は、部屋に入って来ると、次々にカセットと、ステレオのスイッチを切っていった。

急に、静寂が、出現した。

「なんて人なの、あなたは——」

冴子は言った。

「苦情が出てるわよ」

毒島は顔を上げた。

「よう」

起き上がった。

軽く髪に手を当てて、

「やっとはめられる決心がついたか——」

下品極まりない笑《え》みを浮かべた。

冴子は、刺すような鋭い笑みで、それを受けた。

「子どもね——」

小さく言った。

「子《ガ》ども《キ》？」

「同じことしかいつも頭にないからよ。アメが欲しいといえば、もらえるまで同じことを言い続ける——」

「どんな皮肉を言われたって、おれはこたえねえぜ。ガキの頃から性根《しょうね》がこうできてるんだ。おれの助平《これ》は、生まれつきよ。筋金入りさ——」

「そのようね」

「何と言われようと、できればいい。やったが勝ちさ」

長い脚を、床に下ろした。

毒島が言った。

「昨夜はさんざんだったな——」

「——」

「女には逃げられるわ、男たちはひでえ目に遭《あ》わされるわ、よ」

「そうね」

「ひでえものだ」

毒島はつぶやいた。

毒島も、昨夜、この家に担《かつ》ぎ込まれてきた男たちの形状を見ている。

〝ひでえ目〟に遭った男たちは、全部で七人いた。

逃げ出した女——毒島が潜る予定であった鬼奈村典子を追って行った男たちである。

まともな形状をしているものが、やっとふたり、いるかどうかであった。

本来、ちゃんとあるべき場所に、無傷で残っていた目玉が、七人合わせてもわずか六つであった。

半数以上の目玉が、外へ出るか、眼球とは呼べない形状になってしまっていた。

内臓が見えていた者は三人。

あばら骨が無事だった者がひとり。

歯が無事だった者はなし。

ひどい者は、顔の半分が潰《つぶ》され、きれいにふたつの眼が転がり出ていた。

発見された時に生きていた者が三人である。

——何が、あったのか。

女がやったとは思えなかった。

しかし、男ならそれができたのか、とも思う。

「生き残っていたのが、たったの三人とはな——」

毒島が言った。

「違うわ」

「違う？」

「ええ。ついさっき、ひとりが死んだわ」

「何があったんだ」

毒島は言った。

しかし、女は答えない。

「死ぬ十分くらい前に、意識を取り戻してね。その男が話してくれたわ——」

「何をだ？」

「奇妙な男が出て来たんだって——」

「奇妙な男？」

「大男よ。身長が二メートルくらいはあったらしいわ」

冴子が、自分の身長には自信のあるらしい毒島に、からかうような口調を向けた。

「二メートル？」

「だそうね」

冴子が言うと、毒島は不満そうな顔をした。

「その男に、大の男が七人も、のされちまったのか

――」

「必ずしもそうではないみたいだけれど、大まかに言えばね」

「大まか？　細《こま》かに言うとどうなんだ」

「そのうちの何人かは、その大男に殺されたんじゃないかもしれないってことよ」

「じゃ、その鬼奈村とかいう女がやったってことか」

毒島が言うと、冴子は小さく含み笑いをした。

「答えろよ、おい――」

「そのへんを、あなたに、調べていただきたかったのよ」

「おれに？」

「そう」

冴子は、ソファーに腰を下ろした。

毒島の眼を見つめながら、小さな声で、歌うように、記憶している何かの文章のようなものを、囁《ささや》きはじめた。


〈倭人《わじん》は帯方《たいほう》の東南の大海の中に在《あ》り、山島に依《よ》りて国邑《こくゆう》を為《な》す……

其《そ》の国、本《もと》亦《ま》た男子を以《もっ》て王と為し、住《とど》まること七、八十年。倭国《わこく》乱れ、相《あ》い攻伐《こうばつ》すること歴年、乃《すなわ》ち共に一女子を立てて王と為す。名づけて卑弥呼《ひみこ》と曰《い》う。鬼道《きどう》に事《つか》え、能《よ》く衆を惑《まど》わし、年已《すで》に長大なるも夫婿《ふせい》なく、男弟あり佐《たす》けて国を治む〉

「何だ、それは――」

「『魏志倭人伝《ぎしわじんでん》』」

「ぎしわじんでん？」

「聴いたことくらいはあるでしょう。『三国志《さんごくし》』という、古代中国の文献の中にある〝倭人〟の項目に当たる部分のことを、そう呼んでるの――」

「なに？」

「その中に、今、私が言った文章が載《の》っているの――」

「だからそれがどうだっていうんだ」

「女王国というのは、〝邪馬台国《やまたいこく》〟のこと。女王というのは、〝邪馬台国の女王の卑弥呼〟のことよ」

「名前くらいは、聴いたことはあるぜ。しかし、これでもおれは音楽家《アーチスト》でよ。歴史はまるでおよびじゃねえのさ」

毒島は言った。

冴子が、軽い溜息をつく。

「〝鬼道〟というのがあるでしょう?」

「〝鬼道を能《よ》くし〟のところか?」

「そう。〝鬼〟の〝道〟と書く鬼道よ――」

「その〝鬼道〟がどうしたい?」

「その〝鬼道〟で、あの男たちが死んだのかもしれないの――」

「なに⁉」

毒島は、ますますわからなくなったという顔つきになった。

「おめえ、ここに、歴史のおさらいをさせるためにやって来たのかい」

「違うわ」

「何だ」

「あの騒音を止めさせるためと、これからのことを相談するためよ」

「これからのことも何も、あの女がいなくちゃ、おれの仕事はねえんだろうが――」

「そうね」

「お払い箱にするのはいいが、女を抱いた分は、おれのやり得だぜ。あと、別に一日十万の、拘束手当てを払ってもらいてえな――」

「拘束手当て――」

「一流のダイバーを拘束すりゃ、そのくらいの銭《ぜに》はかかるってことさ――」

「それが一日十万円――」

「あんたを抱かせてもらえるんなら、一日七万五千円にしとく――」

「そう」

「どうした」

「考えなおしたくなってきたわ」

「考えなおすだと?」

「ええ」

「何を考えなおすんだ——」

「あなたを雇うことにしたことをよ」

「なに!?」

「九門鳳介というあなたと同様の精神《サイコ》ダイバーが、いるそうね」

「らしいな」

「そちらのほうが腕が立つんじゃないかしら」

「よそのダイバーの名前なんぞを出して、値切ろうってつもりかよ」

「せこいのね、あなた。もう少し違う発想はできないの?」

「おれは、おれの性格を変えるつもりはねえよ」

「聴きなさい」

冴子が鋭い声を上げた。

「何だ?」

「あなたには、あの鬼奈村典子に潜ってもらって、いろいろと調べてもらうつもりだったのよ。〝鬼道〟の秘密もわかり、わたしたちの思うように事が進んだら、あなたが盗まれたお金に、五百万円は上乗せしてあげてもいいと思ってるのよ——」

「九百万だぜ」

「そういう計算はよくわかるのね」

「ああ」

毒島は、にやつきながら立ち上がった。

「行ってくるぜ、おれはよ——」

大きくのびをして言った。

「行く?」

「そろそろ夕方なんでな、池袋《いけぶくろ》のあの〝和歌紫〟へだよ」

「——」

「おれの金を盗んだ、〝葵〟って娘がいた店だよ」

「何をしに行くの」

「今頃は、もう、とんずらこいてやがるんだろうがよ。店の人間を締め上げて、居所《いどころ》を吐かせて、あの女をふんづかまえてやるのさ」

「――」

「四百万。利子は一日で一回だ」

「一回？」

「あの女に突っ込む回数のことだよ。使ってやがったら、使った分だけ、突っ込む――」

言ってから首をひねる。

「おい」

と、冴子に声をかける。

「使った分の回数だけどよ。七千五百円で一回にするか、一万円で一回にするか、どっちがいいと思うかな」

真顔《まがお》で訊《き》いた。

「数の多いほうにしたら？」

冴子が言うと、

「そりゃあ、そうだぜ」

毒島が、下卑《げび》た笑みを浮かべた。

冴子に背を向けた。

その姿勢で冴子に声をかける。

「夜半《よなか》までにゃ、もどって来る。それまでに決めておけよ」

「何をなの」

「一日十万にするか、七万五千円にするかをだ」

ドアを開けた。

3

毒島は、ゆっくりと歩いていた。

青山通りである。

原宿の方に向かって歩いている。

急ぎ足ではない。

勤め帰りのOLや、若い女の姿を、にやついた眼で眺めながら歩いているのである。

着ているものが、ようやく薄くなりかけている季節である。

コートや、厚いジャケットを着ている女もいるが、そうでない女もかなりの数、歩いている。

原宿駅への軽い登りにかかったあたりで、毒島は足を止めた。

唇に張りついている薄笑いはそのままだが、眼つきが鋭いものに変わっていた。

後を尾《つ》けて来る者がいるのである。

毒島が足を止めると、背後のその気配も足を止めた。

ゆっくりと、また歩き出す。

背後の気配もまた動きを再開した。

〝——馬鹿がよ〟

毒島は、胸の内でつぶやいた。

精神《サイコ》ダイバー——それも、超のつく一流の精神《サイコ》ダイバーの後を、気づかれずに尾行するには、よほど腕の立つ人間か、かなりの距離を置いてやらねばならない。

それを、この毒島の後を尾行している人間は、わずかに一〇メートルほどの距離しかとっていない。


——何者か。

と、毒島は思う。

冴子が、誰かにおれの後を尾行させているのか。

その可能性はある。

他に心当たりはない。

「ふん」

小さく口に出して、毒島は、意識を向けて後方の気配の数を数え出した。

——ひとり。

——ふたり。

〝三人か——〟

かなり凶暴な笑みが、毒島獣太の顔に浮いていた。

尾行して来る人間を、軽く脅《おど》かしてやるつもりになっている。

成行きでは、銭くらいはふんだくってやるつもりであった。

〝どこにするか〟

毒島は歩きながら考える。

できるだけ人のいないところがいいか。

毒島は小さく歯を剝《む》いた。

4

毒島獣太は、後方を振り向かなかった。

人混みの中へ、一九〇センチ以上はある長身で、軽々と分け入ってゆく。

決心はついていた。

——とりあえず、仕事を済ませてからだ。

そう考えている。

仕事——〝和歌紫〟へ乗り込んで、葵の居場所を突き止める。

突き止めたら、金を取りもどしにゆく。

葵には、四百万という金を盗まれている。その金がどのくらいまだ残っているか。

それが、当面の、毒島の心配事である。


葵に盗まれたのは、ブラジルで稼《かせ》いだ金のほぼ三分の一である。

残りの金は、銀行に預けてある。

定期預金であった。

毒島は、自分が金に汚いとは思ってはいない。

きちんとしているだけなのだと思っている。

ただ正直なだけなのだ。

女のことにしてもそうだ。

女は男とやりたがっているに決まっているし、男は女とやりたがっている。何度、自分の胸に手を当てて、真剣に考えてみても、同じ結論しか出ない。

それは、人間という生き物がそのように造られているからだと考えている。そこから先が、複雑なだけなのだ。誰とやりたいのか、誰にやられたいのか、それが個人によって違うからだ。やりたい女が、自分にやられたがっているかどうかも、わからない。

それぞれの立場による社会的な制約もある。

その社会的な制約を、単純にしてくれるのが金だと、毒島は考えている。

好きも嫌いも、社会的な立場もない。

金で女を抱く。

金で男に抱かれる。

女を抱き、男に抱かれるにも、愛だの恋だのというものよりは、金のほうがずっとわかりやすい。金が、男と女との間を、単純明快で綺麗なものにする。

そう思っている。

その金を盗まれた。

思い出すたびに、腹が立ってくる。

その金があれば何人の女とやれるか。

切ない。

忘れていられるのは、女のことを考えている時くらいである。

葵を見つけたら、たっぷりとおしおきをしてやるつもりだった。金がなくなっていれば肉体《からだ》で返してもらうつもりでいる。四百万円分は、きっちり葵とやる。

後方の気配をちらちらと読みながら、毒島はそんなことを考えている。

〝和歌紫〟で話をつけてから、ゆっくり、後方から尾行して来る連中の相手をしてやるつもりだった。

美しい、女性的な唇に、かなり凶暴な笑みをへばりつかせたまま、毒島は背筋を伸ばし、悠々《ゆうゆう》と雑踏の中を歩いていた。

5

毒島の姿を見つけた途端、たちまち女たちが集まって来た。

店は開いたばかりで、まだ客の姿はない。

毒島は、最初に寄って来た女の、大きく開いたドレスの胸許へ、あきれるほどの素早さでもう手を差し込んでいた。

やあ、と握手をする以上の何気なさである。

「元気だったか、おい」

毒島の大きな手にも余るほど、胸が発達した女だった。

軽く揉《も》みながら、親指と人差し指で乳首をつまんでひねる。

こってりとルージュを引いた唇に、笑みを浮かべ、女は、左手の甲《こう》で、そろりと毒島の股間を撫《な》で上げた。

布地の下に、木の棒をはさんでいるような感触があった。

「ここほどじゃないわ」

女は、掌《てのひら》のほうで、軽く上下にそこを刺激した。

「今日は金がなくてよ」

毒島が言った。

「少しくらいはあるんでしょう？」

「少しならな」

「あとは昨夜の分のお釣りで充分よ」

女は、毒島の股間を手でさすりながら席に案内した。握られているわけでもないのに、その手の動く方へ、股間を引かれて毒島が歩いてゆく。

女が、ボーイにビールを注文した。

毒島は、席に腰を下ろした。

この前と同じ席であった。

その間も、女の手は離れない。

毒島は、集まって来た女たちの顔を、ゆっくりと見回した。

やはり葵の姿はない。

「葵というのはどうした？」

毒島は、軽く声をかけた。

「なによ」

布地の下の強張《こわば》りを、女が指先ではじいた。

「昨日《きのう》の晩は、さんざ葵ちゃんといいことをしてきたんでしょう」

毒島に、というよりは毒島の股間に話しかけるように、女は言った。

ファスナーを下ろし、窮屈そうな毒島をそこから取り出した。

それは、毒島の腹の方角に向かって反《そ》り返っていた。幼児の拳《こぶし》ほどの大きさはありそうだった。

それは、毒島の表面上の美しい顔からは想像できないほどの凶相を帯びて、膨《ふく》れ上がっていた。

女は、白い指をそれにからめ、小さく上下させた。

「商売を忘れちゃいそうよ——」

濡れた眼で、うっとりとそれを見つめる。

四人がけのボックス席に、すわりきれないほどの女が集まっていた。

「葵ちゃんは、今夜いないわよ」

毒島の左横にすわった女が、言った。

ビールをコップに注《つ》ぐ。

「どこに住んでいるか、知ってる者はいないかい」

毒島は言った。

さすがに、すぐには女たちは答えない。

客に訊かれて、そうあっさりと同僚の住まいを教える者はいない。

毒島は、懐《ふところ》から札入れを取り出して、一万円札を抜き取った。

それを、ビールが運ばれて来たテーブルの上に置く。

ゆっくりと女たちを見やった。

「最初に教えてくれたやつのもんだ」

毒島の強張りを握っていた女の手が、そこから素早く離れて動いた。

「杉並《すぎなみ》にある六畳ひと間のアパートよ」

言いながら、伸びかけた他の女のどの手よりも速《はや》く、テーブルの上の札をつかんでいた。

「ずるい」

周囲の女たちが声を上げた。

あからさまではないが、さすがにややしらけた響きがその声の中にある。

「あとでおごるわよ」

人差し指と中指の間にはさんだ札を、ひらりと宙で揺らしてから、女は、それをさっきまで毒島の手が入り込んでいた胸許に押し込んだ。

「でも、もういないかもしれないわね」

周囲の女たちの視線を無視するように、女が、毒島の強張りをおしぼりでぬぐう。

「どうしてだ」

「お店を辞《や》めるって電話が、今日あったらしいわ」

「やっぱりな」

「何がやっぱりなのよ」

「ほかに、葵は何か言ってなかったか」

「電話をかけてきたのは葵ちゃんじゃないわ」

「なんだと――」

「男よ」

「なに!?」

「子どものような話し方をする男だったわ」

「くそっ」

毒島は、ぎりっと唇を嚙んだ。


「何かあったの、葵ちゃんと？」

「やりそこねたんだよ」

毒島は吐き捨て、急に、子どものように情けない顔つきになった。

やりそこねたあげくに、女に大金を盗まれ、しかもその女には男がいたというのであっては、コケにされるにもほどがある。

鮮やかと言えば鮮やかである。

いっそすがすがしいほどである。

どうせ、ホテルで毒島の隙《すき》を見はからって、金を盗み、そのまま逃げるつもりで毒島の誘いに乗ったのだろう。

「この世でおれほど哀れな男はいねえよ――」

つぶやいた。

しかし、言葉とは別に、毒島の強張りは哀れという表現とはほど遠い状態になっている。

むしろ、その硬度を増したくらいであった。

「わたしは、ヒモ付きじゃないわよ」

女が、かがみ込み、尖《とが》らせた舌先で、毒島の先端を軽く突いた。

「おれが信用してるのは、やらせてくれたあとの女だけだ」

「そうよね」

「あの女、本名はなんてんだ」

「青木風子《あおきふうこ》。確か、金沢《かなざわ》の出身らしいって話は耳にしたけど、そんなに詳しいことはわからないわ――」

一万円札を手にしたのと、最初に毒島の強張りを握ったこととで、この場の主導権はすっかりこの女が取っている。周囲の女たちは、うなずくだけである。

「支配人だって、そのくらいのことしか知らないわよ」

最後の女の〝わよ〟は、言葉になっていなかった。

すでに毒島のものを頬ばっていたからである。


たっぷりと女の口に放ったあと、毒島は自分でファスナーを上げた。

「今日はこんなところで充分だ。すっきりしたところで、誰か支配人を呼んできてくれねえか。ちょっと話があるってよ――」

「話？」

「銭を盗まれたんだよ、あの葵って女にな」

6

「それじゃ、おめえ、何も知らねえってのかい」

毒島が、宇津木《うつぎ》に向かって言った。

毒島の尻の下で、みしっと椅子《いす》が音を立てた。

声を出すたびに、毒島の身体に力がこもる。そのたびに、鉄パイプで造られた折りたたみの椅子が音を立てるのだ。

下の店内に比《くら》べ、質素すぎるほどの狭い事務室だった。

色気のない事務机がふたつあり、その上に電話がふたつ載っている。壁に、場違いのような風景写真のカレンダーが下がっていて、各日付の間に、無数の書き込みが、赤鉛筆で入っている。

ガラス戸の付いた書類棚の中がきちんとしているだけで、机の上には伝票の束《たば》や、ノート、雑誌が散らばっている。床の隅には、新聞や週刊誌がかなりの量、積み上げられている。

もう少しマシな部屋もあるのだろうが、あまりおだやかではないものになりそうな話をする時には、この部屋が使われるらしい。

机をはさんで、四十歳ぐらいの男が、毒島と向き合ってすわっている。

前夜、この店で、毒島が客と立ち回りを演じた時に姿を出した人物とは別の人間である。小心そうなあの時の男よりは、どっしりとした落着きがある。

毒島に宇津木と名乗ったこちらの男のほうが責任者らしい。

部屋には、もうふたりの人間がいた。

窓を背にして、凝《じ》っと黙ったまま、毒島と宇津木とを見つめて立っている。

毒島ほどではないが、かなりの身長があり、胸が分厚い。

話がこじれた場合のための、荒っぽいほう専門の、、、裏方さんらしかった。

「知らないと言っているのではありません。わかっていることがそこまでだと申し上げているだけです」

宇津木が言った。

「杉並の住所と電話番号だけじゃねえか」

「そうです」

「実家のほうはわからねえんだな――」

「まさか、こういう店で働いている人間は、皆、素《す》性《じょう》のはっきりした者ばかりだと思っておられるのではないでしょうね」

小さな笑いを口許に浮かべ、宇津木は平然と言った。

「てめえ、学者か――」

いきなり毒島が言った。

「は――」

さすがに宇津木には、毒島の言っている意味が、呑み込めないらしい。

「どこの大学を出たって訊いてんだよ。インテリぶった話し方をしやがって――」

「――」

「おれはよ、東大の出だぜ。東大だぜ、東大。このスーツだって舶来品だぞ。イギリス製よ。驚いたか――」

宇津木は、まだ毒島の言っていることを判じかねているらしかった。

本気で言っているのだとしたら、あまりにも子どもじみている。

葵は、半月ほど前、伊藤岳央《いとうたけのり》というやけに身体の大きな男と一緒にこの店に顔を出し、働かせてくれと言った。

表の、ホステス募集の張り紙を見てやって来たのだという。

顔立ちもよく、はっきりしたものの言い方をする女だった。このような商売は初めてではないと言った。

愛敬《あいきよう》があり、客のあしらいもうまそうだった。

それで雇《やと》うことにした。

住所は、男と一緒に暮らしているため、そちらのものになっている。

知っているのは、あとは金沢生まれということだけである。それも本人が言っただけで確認したわけではない。本人の名前にしても、男の名前にしても、本名ではないかもしれない。

「申し訳ありませんが、あとは警察にでも行っていただくほかはありませんな。こちらにとっても、あまりありがたいことじゃありませんがね――」

「おれだって、おまわりは大嫌《でえきれ》えだよ。女は自分で捜《さが》す」

「では、そうなさってください――」

宇津木は、あっさりと言ってのけた。

窓側に立っているふたりの男は、黙ってふたりのやりとりを聴いてはいるが、毒島がおかしな素振《そぶ》りを見せれば、すぐにも荒っぽい手段に出てきそうな気配がある。

「わかったよ――」

毒島は言った。

「あとはこっちでやる。あんたがおれの銭を盗んだわけじゃねえんだしな」

「はい」

「ところでよ、おめえのとこじゃ、いつもこういうのを、置いとくのかい」

毒島が、窓側のふたりに向かって、顎をしゃくってみせる。

「まあ、そうです」

「昨夜はどうしてたんだ。派手にやったんだが、このふたりは出て来なかったじゃねえか。まさか、奥で震えてたってわけじゃないだろうが――」

「このふたりは、この店の、というよりは、私個人の秘書みたいな人間でして、昨晩はたまたま私がこの店を空《あ》けておりましたものですから――」

「ふうん」

毒島は、ふたりの男を、刺すような視線で睨《ね》め上げた。

ゆっくりと立ち上がった。

そのまま、ふたりの男の方に向かって歩き出した。

ふたりの男の身体に、緊張が走った。

下げていた腕が上がり、軽い戦闘体勢に入った。

まだ、毒島の真意をつかみかねているのが、その構えに現われている。

そのふたりを無視するように、毒島は、背筋を伸ばしたまま歩を進めてゆく。

ふたりの前で立ち止まり、すっと右手を前に持ち上げた。

人を攻撃しようという動作ではない。

知人に向かって握手を求めるような動きであった。

その手が、握手の位置よりもさらに上に上がった。

掌と手の甲とで、左右の男の頬を一度ずつ軽く叩く。

「どきな」

毒島が言った。

顔をそむけるようにしたふたりの眼の色が変わった。

声を上げて、毒島に飛びかかろうとするふたりの間に、毒島の左右の手が入り込んでいた。

「どけよ」

両の手の甲で、並んで立っていたふたりの男を、左右に押しのける。

それほど力を込めたとも見えないのに、ふたりの男の身体が左右に動いた。

心憎いほどのタイミングで、ふたりの男の中にたわみかけた力が、はぐらかされているのだ。まるで、ふたりの男の心をきっちり読んでいるような毒島の動きだった。

ふたりが、自分に攻撃をして来ないのがわかっているように、毒島は窓の前に立った。

窓の鍵をはずす。

淡々とした動作ではあったが、それだけに不気味であった。

こみ上げてくる怒りを、無理に抑《おさ》え込んでいるようにも見える。

「なにをするんですか——」

宇津木が声をかける。

「窓を開けるんだよ」

宇津木を振り返りもせずに、毒島は、ゆっくりと窓を開いた。

「ちょっと、身体を動かしたくなってきたんでな

——」

言ってから、そろりと窓から顔を出す。

ビルとビルの間の、狭い谷がそこにあった。身を乗り出して手を伸ばせば、指先が反対のビルの壁面に触れそうである。

毒島は、下を見下ろした。

左側が通りの方向である。

通りといっても、一方通行になっている、それほど広くない道であった。

毒島の見下ろしている下方の、すぐ左側が、通りから、この狭いビルの谷間に入ってくる角になっている。

普通の民家の二階よりは、かなり高い。

「いやがったか」

低く、毒島はつぶやいた。

革ジャンパーを着たふたりの男が、暗いビルの谷間に立っていた。

ひとりは、角のぎりぎりの所に立って、通りの方へ視線を向けていた。谷間の入口近くに出してあるポリバケツの横であった。反対側のビルの壁面に背をあずけ、煙草《たばこ》を吸っていた。

その男の視線が向いているのは、毒島のところからは死角になっている〝和歌紫〟の入口の方角であった。

もうひとりの男は、その男と向かい合うように、こちら側のビルの壁面に背をあずけていた。こちらの男のほうは、煙草は吸っておらず、両手を、革ジャンパーのポケットに突っ込んでいる。毒島が顔を出している窓の、真下に近い位置に、その男は立っていた。

青山から、毒島を尾行して来た男たちのうちのふたりである。

毒島の唇が、きゅっと吊り上がった。凶暴な笑みが浮いていた。

何か、理由《わけ》もなく、腹が立っていた。

いや、理由もなくではない。

葵とやりそこねたからであった。

葵に金を盗まれたからであった。

しかも、葵に男がいたからであった。

しかし、それだけでもない。

もっと理由《わけ》がわからない。いや、考えることが面倒なのだ。ごちゃごちゃしたことを、インテリ野郎の前で考えるのは面倒だった。

面倒だと腹が立ってくる。

考える代わりに腹が立ち、考える代わりに身体を動かしたくなってくるのだ。

さっきの情けない気持ちが、そのまま怒りに変わっている。

毒島に言わせれば、〝女の又《また》にも心がある〟と書く怒りが、たまらなく、今、こみ上げているのである。

凶暴な笑みを唇に浮かべたまま、毒島は振り返った。

「じゃあな」

宇津木に向かって言った。

「お帰りになるのですか?」

「ああ」

毒島は、窓に手をかけた。

「まさか――」

宇津木が、何かを言いかける。

自分の中に浮かびかけた言葉を、あわてて自分で否定したらしい。

その宇津木の顔を眺めていた毒島の唇が、さらに吊り上がった。

窓に長い脚をかける。

「派手な喧嘩《けんか》が好きなんでな」

つぶやいて、にっと笑った。

楽しいことをする寸前の子どものように、興奮して、その眼はぎらぎらと輝いていた。

「毒島さん――」

ようやく毒島のやろうとしていることを理解したらしく、宇津木が腰を上げかけた。

「あばよ」

その声を放った時には、もう毒島の身体が動いていた。

毒島の身体は、地上二階の狭いビルの谷間に飛び出していた。

気狂《きちが》いじみた男であった。

「馬鹿たれがっ！」

男の頭上に、真上から落下しながら毒島は吠《ほ》えた。

下の男たちのどぎもを抜く——その男たちのどぎもの抜かれぶりが、毒島の脳裏《のうり》に、はっきり浮かんでいた。

毒島の眼は、嬉々《きき》と輝いていた。

7

真上から、毒島の巨体が下の男の上に落下した。

真下の男は、頭上に毒島の叫び声を聴き、顔を上げた。

その眼が、上から落下して来る毒島の、笑みを浮かべた凄い形相《ぎょうそう》を捉えていた。

次の瞬間には、覆《おお》いかぶさってくるもので、すぐに毒島の顔は見えなくなっていた。男が見たのは、大きく顔前に広がった靴底であった。

「この馬鹿っ！」

驚きの表情を浮かべる前に、男の顔面は、落下してくる毒島の、右足の靴底を受けていた。

男と毒島の身体が、もつれるように地面に転がった。

毒島は、大きくバランスを崩し、四つん這《ば》いの姿勢で地面に落ち、そして転がった。

「くそ！」

転がりながら呻《うめ》いた。

呻きながら立ち上がった。

「てめえ、このっ——」

呆気《あっけ》に取られていた男の顔面に向かって、起き上がりざまパンチを叩き込んだ。

「服が、服が汚れちまったじゃねえかっ！」

頭を下げ、ブロックした男の左腕に、毒島の繰り出した右の拳がぶち当たった。

凄《すご》いパワーであった。

そのパワーを受けきれず、拳を受けた男の左腕が、男自身の顔を叩いていた。

よろけた男の全身に、毒島が拳をぶち込んでゆく。

「イギリス製の服だぜっ」

この。

この。

この。

と、パンチが当たるたびに、リズムを取って男の身体が崩れてゆく。

でたらめにパンチを繰り出しているように見えるが、毒島の拳は、倒れてゆく男の身体に正確にヒットしてゆく。

男はうつ伏せに倒れ、そのまま動かなくなった。

「けっ」

毒島は、動かなくなった男の背に、唾《つば》を吐き捨てた。

高価そうな革ジャンパーの背に、大量の唾がへばりついた。

毒島は、飛び降りざまに顔面を蹴《け》り潰《つぶ》した男の方に、ようやく向きなおった。

もうひとりの男のほうは、仰向けになり、きれいにばんざいの姿勢でのびていた。

鼻と、半開きになった口から血が溢れ、顔が赤い血のだんだらに染まっていた。

男の口から、上下の前歯がきれいに失《な》くなっていた。

唇の端に、折れた前歯のうちの一本が、血にまみれて、張りついていた。

「醜男《ぶおとこ》のくせしやがって——」

その男に向かって吐き捨てた。

「美男子《ハンサム》でよ、ケンカも強い男がいるんだぜ、馬鹿」

男の腰の上に、右足を乗せて、靴の底の汚れをこそぎ落とすように、そこにこすりつけた。

かまうものかと思っていた。

もしも、御子神冴子がこの男たちに、自分の後を尾行させたのだとしても、それは、尾行させるほうがいけないのだ。

通りからの灯《あか》りと、ビルの谷間をつくっている壁面にある窓からの灯りが、倒れた男の上に注《そそ》いでいた。

思い出したように、毒島は顔を上げた。

「よう」

毒島は言った。

頭の上に、つい今、自分が飛び出してきた窓があって、そこから三人の男の顔が見下ろしていた。

宇津木と、あのふたりの男であった。

「何があったんですか」

宇津木が言った。

「おたくらにゃ、関係のないことだ。ほっといてくれ――」

毒島が言う。

「わかりました。店の外でやってもらう分にはそちらの勝手ですからね。ごたごたに巻き込まれるのは、こちらもごめんです――」

「せいぜい稼ぎやがれ」

毒島が言うと、小さく苦笑して、宇津木と、ふたりの男の顔が窓から消えた。

窓が閉められた。

毒島は、窓が閉まるのを確認してから、溜めていた息を吐き出した。

足元の、気絶した男の顔を見下ろしながら、もう少し手加減しておくべきだったかと思う。

せめて口くらいきけるようにしておくべきだったか――

〝もうひとりいたはずだったな〟

毒島は、腹の中でつぶやいた。

青山から後を尾行してきた男は、全部で三人いたはずであった。

その気配を数えているし、途中で、その姿も確認している。

残ったひとりは、別の場所で、〝和歌紫〟の入口を見張っているに違いない。

〝捜しに行くまでもないか〟

そう思う。

仲間の姿が見えなくなったのを不審に思えば、向こうのほうからこの場所までやって来よう。

奇跡のようにまだ倒れずに立っていたポリバケツを、少し奥に移動して、その陰に、毒島はふたりの男の身体を足で押し転がした。

ただ通りを歩き過ぎるだけの通行人には、そこにふたつの身体が転がっていることはわかるまい。

ふたりをのすまでにかかった時間は、一〇秒ほどである。毒島が地面に降り立った時にはすでにひとりは気絶をし、残ったひとりを叩きのめすのにも、ほとんど時間をかけてはいない。

一〇秒もかかってはいないかもしれなかった。
二、三人の通行人が、毒島が何かをポリバケツの陰に蹴り転がしているのを見た程度である。
毒島は、顔を上げた。

ビルの谷間の入口に、ひとりの男が立っていた。

「来たな――」

毒島が言った。

男は、ポリバケツの陰に転がっているものに眼を留《と》め、毒島を見た。

「殺したのか――」

やや乾いた声で言った。

「殺しちゃいねえよ」

「ならばいい」

数歩、男が入り込む。

「なに⁉」

「殺したとなれば、まとまる話もまとまりにくくなるからな」

「まとまる話だと。何を言ってやがる。勝手に後を尾行《つ》けて来やがったくせに――」

凶暴なものが、毒島の眼の中に跳ね上がった。

「待て――」

慌《あわ》てて、男が後方に下がる。

三十歳くらいの男であった。

サラリーマンふうに背広を着、ネクタイを締めている。

毒島の後を尾行するのに、そんな格好をしたのであろう。男の動きからは、サラリーマンらしからぬ物腰が見て取れた。

足を後方に退《ひ》くにも、油断がない。

「うるせえっ。おれはあんまり機嫌がよくねえんだ。これからてめえをぶちのめす――」

「待て――」

男が手を上げる。

「安心しろ、気絶するまではやらねえよ。口がきける状態で、ゆっくりてめえの首を絞《し》めてやる。息ができるうちに、何でおれの後を尾行しやがったのか白状しやがれ――」

「待て。荒っぽい真似《まね》をしなくても、ちゃんとあんたに話す――」

「ほう」

唇を吊り上げて、そう言ったとたん、毒島の唇がその形のまま凍りついていた。

強烈な寒気が、毒島の背を疾《はし》り抜けていた。

脳天から尾骶骨《びていこつ》まで、鋭利な刃物で一気に切り下ろされたようであった。背骨に沿って、小さな痛みさえ、毒島は感じ取っていた。

「ぬうっ」

凍った唇から呻き声を洩らし、毒島の身体は大きく前方の宙に跳ね飛んでいた。

ポリバケツを、長い脚で跳《と》び越え、後方に退《さ》がりかけた男の顎の下に左手を差し込んで、その男の後方に回り込んでいた。

男は、ほとんど毒島に逆《さか》らわなかった。

毒島は、ビルの谷間の入口を背にして、その奥を、男の背後から睨《にら》んでいた。

ビルの谷間の、狭い暗がりの奥——さっきまで毒島が背にしていた反対の入口のあたりに、黒い人影が立っていた。

「てめえっ」

毒島は言った。

毒島が今感じたばかりの殺気は、明らかにその人影が発したものであった。

冷たさと、痛さとが、まだ背の皮膚の上に残っている。

その人影が、ゆらりと動いた。

ゆっくりと、暗い通路を歩き出した。

ほとんど気配を断《た》っている。

無造作な足取りのように見えるが、猫のように動きがなめらかであった。

さきほどの強烈な殺気が、嘘のように消えていた。

しかし、その男に意識を向けたとたん、今のような殺気でいきなり切りつけられるのはたまらなかった。

歩いて来る男のリズムをさぐるように、毒島は、頭の中にリズムを流し始めた。2《ツー》ビート、4《フォー》ビートと、頭の中でスティックを叩き込んでゆく。

早い曲を、わざと遅回しで流す感じであった。

いや、わざとではない。

自然に身についている動きであった。

肩から上の動きは、ビバルディの曲の中にありそうだった。

『四季』——〈春〉の第二楽章の二小節までの繰返しのようだ。それよりもやや遅い……。

凄い早さで、毒島の頭の中を、数百の曲の楽譜がスライドしてゆく。

頭。

手。

足。

肩。

膝。

それらの動きのすべてを楽譜に置き換えてゆく。

その人影の動き方次第では、めまぐるしくその曲目が変化し続けてゆく。その動きに瞬時に応じてゆかなければならない。

ある程度までのパターンを読み切れば、その人影の動きを捉えることはできそうだった。

しかし、その人間の動きが、未知の曲を秘めていた場合、その動きにどこまで対応してゆけるか——

人影は、男であった。

男が、数メートルの距離まで近づいて来た時、毒島は言った。

「停《と》まれ——」

男は、停まらなかった。

それを、あらかじめ読んでいたように、毒島は、足元のポリバケツを、男に向かって蹴り上げていた。

凄いスピードで、ポリバケツが男へ向かって跳ね飛んだ。

男がそれを払いのけるにしろ、よけるにしろ、その瞬間に、隙ができる。

リズムを乱しておいて、そこに、つけ込むつもりだった。

左右によける動きはない。

払い落とすにしろ、よけるにしろ、上か下である。

一瞬、男の上半身が、ポリバケツの死角に入って見えなくなった。

〝ぼくん〟

という、乾いた音がした。

信じられないことが起こっていた。

ポリバケツが、宙に静止していた。

毒島の位置から見て、男の顔を隠す空間に、ポリバケツが浮いて止まっていたのである。

「く──」

毒島が唇を噛んだ。

停まっていたポリバケツが、ゆっくりと下に動いた。

〈春〉の第二楽章が再び流れ始めた。

ポリバケツの陰から男の顔が現われた。

中年と見える顔の男であった。

灰色の皮膚の上に、通りのネオンの色が映《うつ》っていた。

無表情な眼が、毒島を見ていた。

濁った、魚のような眼をした男であった。

薄い唇が、小さく笑っていた。

精神《サイコ》ダイバー毒島獣太の背に、戦慄が走った。

男の右手の先を眼にしたからであった。

男の右手の指──人差し指と中指の先が、第二関節まで、ポリバケツの中に潜り込んでいたのだ。

ごとん
と、ポリバケツが地面に落ちた。


「妙な技を使うじゃねえか」

毒島が言った。

「はい」

低く、男が答えた。

「おかしな真似をすると、この男の喉仏《のどぼとけ》を潰しちまうぜ」

毒島が、捕えた男の顎の下に差し込んだ指先に力を込めた。

毒島の腕の中で、男の筋肉が堅《かた》く強張った。

「何でおれの後を尾行《つ》けやがった?」

「あなたとお話をしたかったからですよ」

死んだ魚の眼をした男が言った。

「おれと?」

「そうです。毒島獣太さん──」

「──」

「わたしは、氷室犬千代という者です──」

低い声で、男が言った。

8

　氷室犬千代は、グレーのスーツを着ていた。

　特別なスーツではない。
　四、五年は着込んだと見える、かなりくたびれたスーツである。
　中年サラリーマンが、ごく自然に肌に馴染《なじ》ませてしまったようなスーツだった。

　やや、額《ひたい》が薄くなっている。

　まるで場違いな出現の仕方であった。

　勤め帰りのサラリーマンが、偶然、この路地にまぎれ込んで来たようにしか見えない。今にも口を開いて、どこかの飲み屋まではどう行ったらいいのかと、そう、毒島に問いかけそうであった。

　しかし、この男は、はっきり毒島の名前を口にして、話をしたいのだと、そう毒島に告げたばかりなのだ。


「氷室犬千代だと?」

　毒島は言った。

　男を抱《かか》えたまま小さく後方に退《さ》がる。

　背後から男の首に回された左腕に力がこもる。

　気管が塞《ふさ》がったらしく、男は喉の奥でむせた。

「そのままでいいんです」

　氷室が言った。

　毒島に、そのまま男の首を絞める行為を続けていても、いいという意味らしい。

「その代わりに、話は聞いていただきますよ」

「話だと?」

　毒島は、氷室の顔に向かって牙《きば》を剝いた。

　濁った氷室の眼が、毒島を見ていた。魚の眼のように、表情がない。

　氷室が、自分に対してどのような意志を抱いているのか、それがわからなかった。

　敵意を抱いていれば、精神《サイコ》ダイバーの毒島にはそれはわかる。

相手が、自分の気配をコントロールする法に長《た》けていない場合は、である。

相手が、自分に対して敵意を抱いていれば、その敵意は、自然に気配となって届いてくるものなのだ。

眼を見れば、たとえダイバーでなくても、相手が自分に好意を抱いているのかいないのか、そのくらいの判断はつく。

しかし、氷室の場合は、どこか常人とは違うものがあった。

動きのリズムすらつかめないのだ。

毒島の感覚で言えば、男は、すべて敵であった。

自分の後を尾行《つ》けて来る男や、この氷室のような現われ方をするやつは、特にそうである。ものも言わずにいきなりきんたまを蹴り潰してやりたいくちである。

「鬼奈村典子のことですよ」

氷室は、毒島が潜るはずだった女の名前を口にした。

「——」

「ご存じでしょう」

「あの女か——」

「あなたが潜ることになっていた女のことです」

「その女がどうした」

「いろいろとね、その女のことについてお訊きしたいんですがね」

「馬鹿か、てめえ——」

ぼそりと言って、毒島の唇が吊り上がる。

「馬鹿？」

氷室も、さすがに毒島の言う馬鹿の意味を捉えかねている。

「おれはよ、しゃぶらせてもいいねえ、突っ込んでもいいねえ女のことについて訊かれたって、何も教えてやれることたあねえんだよ」

唾《つば》こそ吐かなかったが、その代わりに、毒島は下品極まりなく舌を鳴らした。

常人が言ったのなら、冗談とわかる言葉も、強烈な美貌と下品さとがギラギラと顔面から噴《ふ》きこぼれているこの男の唇から洩《も》れると、そうとは聴こえない。

のろりとした微笑が、氷室の唇に浮いた。

どうやら、氷室は苦笑したらしかった。

冷たいナメクジが、そこを這ったような、ようやく微笑とわかるほどの笑みであった。笑みの型だけがそこに現われただけで、その本体はとても唇までも姿を現わしてはいないようであった。

表情のつかめない男であった。

「それはそれは――」

つい、と、半歩、前に出る。

毒島が、同じ距離だけ後方に退がる。

「動くんじゃねえ、この野郎」

毒島が言う。

毒島と氷室の間には、まだポリバケツが転がっている。

氷室が何を仕掛けてくるにしろ、その動きの中には、ポリバケツを越える動作が含まれることになる。

ポリバケツを越える動作が、そのまま攻撃の動作につながるような動きならば、限られている。

毒島は、頭の中で、再びスティックを叩き始めていた。

二秒に八っつの速度で、スティックが延髄《えんずい》のあたりにリズムを叩き込んでゆく。

急速に、その叩く速度を増した。

一秒に六っつである。

一秒の中に入っている音の数を、九つまでなら、毒島は、まず間違いなく耳で聴いただけで数えることができた。

一秒に四コマ程度の〝絵〟しか使ってないアニメであれば、眼で、その四っつのストップモーションの画面を確認しながら見ることさえできるのだ。

この速度でスティックを入れておけば、瞬時にどのような攻撃を受けようとかわすことができる。

氷室の動きがどんなものであれ、最悪でも、腕の中の男を楯《たて》にすれば、いいのである。

氷室の唇には、まだ、あの笑みが冷たく張りついたままであった。

「だいぶ、女性をお好きとみえますな」

笑みを残したまま、氷室が言った。

これほど近くに来ても、外見はどこかの中年サラリーマンにしか見えなかった。

「生き甲斐《がい》みてえなもんだぜ」

毒島が言う。

「その生き甲斐を、われわれがあなたに提供して差し上げてもよろしいのですがね」

「なに!?」

つい、と、氷室が前に出る。

毒島は動かない。

氷室の脛《すね》が、ポリバケツに触れていた。

さらに、氷室が前に出た。

ずっ、と、ポリバケツが地を擦《す》った。

氷室は、ポリバケツを越えずに、毒島との距離をつめていた。

しかし、毒島は動かなかった。

頭の中で鳴っていたスティックの音が、ピアノの高音に変わっていた。

自分の中のメンタルなものが、たちまち、精神的な作業の中に反映してしまうのである。

精神《サイコ》ダイバーにとっては、マイナスの要素であるが、この男は、そんなことをまるで気に留めていないらしい。

「女とやらせてくれるのかい」

「はい」

氷室が前に出る。

ついに、ポリバケツのこちら側が、毒島が抱えている男の脛に触れた。

脚の攻撃ならば、そのままの位置から届く距離であった。

「あんまりうまい話には乗らねえぜ。他人に、ただで股を開く女には用心することにしてんだよ——」

「いい心がけです」

「金でさせてくれる女のほうが信用できる」

「わたしは、何も、ただであなたに女を差し上げるとは申しておりません——」

「ほう」

「それは、あなたが、われわれに提供できる情報がどれだけのものかということによります」

「させずぶったくりはごめんだぜ」

「もちろんです」

「——」

「話次第では、お金の用意も考えているのですがね——」

「へえ——」

「いかがですか」

「何を知りたい」

「御子神冴子があなたを使って、何をしようとしていたかを知りたいのですよ。もっと正確に言えば、あなたを鬼奈村典子の中に潜らせて、何を知ろうとしていたかをです——」

「——」

「まだ、潜ってはいないのでしょう?」

氷室の言葉に、毒島は、あからさまな下卑《げび》た笑みを浮かべた。

「ほほう」

「御子神冴子が、あなたにさせようとしていたことを、そっくりそのまま、われわれのところでしていただこうと思っているのですがね」

「おもしれえな」

「——」

「おもしれえと言ったんだよ」

「どうおもしろいと?」

「両天秤《りようてんびん》にかけたくなってきたってことだよ」

「——」

「どっちがたくさんの金を積むか、どっちがいい女の股をおれの前で開かせてくれるのか、それを両天秤にかけたくなってきたんだよ」

「なるほど」

「どうだい。え、おれはわかりやすい男だろう?」

「はい」

「言ってみろよ」

「――」

「てめえらが、おれにどれだけの金と、どれだけの女を用意してくれるのかをだよ」

「向こうはどれだけ用意すると言っているのですか――」

「そうだな」

毒島は、もったいぶって、言葉を止めた。

「まあ、悪いもてなしじゃなかったぜ。やり放題だったしよ、金だって二千万出すと言ってるぜ。二千万だぜ、二千万――」

嘘をついた。

「高額ですな」

「股を開く女次第じゃ、まけてやってもいいんだぜ」

「どのような女がお好みです?」

「そうだな」

頭の中に、ピアノの高音が駆け回っていた。毒島は、本気で女のことを考えているらしい。

御子神冴子の、刺すような美貌と、まとった服の生地を内側から押し上げている肉体《ボディ》ラインが浮かんだ。

「御子神冴子――ああいう女はいねえのか――」

毒島がそう言うと、氷室の唇に浮いていた冷たい微笑に、もうひとつ微笑が重なった。

唇の形はそのままに、含んだ笑みの量が倍になっている。しかし、それにしても、その笑みの量はわずかなものであった。

死んだ魚が笑みを浮かべられるとしたら、こんなものであるかもしれなかった。

「あのような女がお好みなのですか――」

「けっ」

毒島は、本当に唾を吐いた。

「ああいうつんけんした女を見るとよ、おれは、女のはらわたがめくれ返るまで、突っ込んでやりたくなるんだよ。あの口に咥《くわ》えさせて、たっぷりしゃぶらせてやりたくなるんだよ。ひいひい言うまで尻を振らせてやりたくなるんだ。わかったか、畜生め！」

眼を剝いて言った。

「いいでしょう」

氷室が言った。

「なに⁉」

「あなたが、われわれに協力してくれれば、望みをかなえて差し上げましょう」

「――」

「御子神冴子に似た女ではありません。あの女本人を、いくらでもあなたが自由にしていいように、とりはからいましょう」

濁った眼からは、氷室の真意はつかめなかった。

冗談ぽい口調ではむろんない。

「おれはよ、他人からつかれる嘘は嫌《きれ》えなんだぜ。特に男の嘘はよ」

「嘘ではありません」

「本当か――」

「あなたがわれわれに協力するのなら、そういうことは充分に可能でしょう」

氷室がそこまで言った時、毒島は、氷室に向かって、おもいきり、腕に抱えていた男を突き飛ばしていた。

ポリバケツに足をすくわれ、男は前につんのめっていた。

両手をつき、みっともない格好で地面に頰をこすりつけていた。

右足の爪先《つまさき》をポリバケツに乗せたまま、男は、地面に腹這いになっていた。

氷室は、もうそこにいなかった。

毒島が男を突き飛ばすのと同時に、氷室は後方に退《さ》がっていたのである。

「乱暴な方だ――」

氷室が、倒れた男の頭の先に立って、毒島に向かってあの笑みを浮かべていた。

「手加減したんだ、馬鹿」

「――」

「糞《くそ》ガキ、てめえはそこを動くんじゃねえ」

毒島が、起き上がりかけた男に言った。

「ポリバケツなんぞをはさんでいるより、てめえがそこに転がっていてくれたほうが、安心して話ができるってものよ」

毒島は、さきほど、上から飛び降りざまぶち倒したふたりの男の身体を、平気で踏んで後方に退がった。

すぐ背中が、もう通りである。

何かあればすぐに逃げることができる。

「おめえと話をするには、このくらいがちょうどいいってものよ」

「――」

「なあ、おい」

「は――」

「さっきの話さ。本当ならば、考えてみなくもねえ。本当ならばな――」

「本当です」

「馬鹿、それじゃ、今日びの女子中学生だってだませやしねえぜ。証拠を見せてみろよ」

「証拠？」

「だからよ、おれが、おめえに協力したら、あの冴子の女《あま》に、おれが突っ込んでもいいっていう証拠をだよ」

「どこかで、ゆっくりと話ができますか――」

「どこかじゃだめだ。おめえは油断がならねえからな」

「しかし、この場所はいかがなものでしょうかな」

氷室は、ふたりの間に立っている男の背後から、身体半分ずらせて、毒島の足の先に転がっているふたりの男に眼をやった。

「こんなものが転がっている場所で、長い立ち話もできないでしょう」

「ふむ」

「しかし、こちらがどうぞと言って、のこのこついて来る方とは見えませんしね」

「――」

「よろしいでしょう」

氷室が言った。

右手を、スーツの内ポケットに入れた。

毒島の膝が、軽く曲がり、腰が落ちる。

「待てよ」

毒島が言った。

氷室の手が、半分背広の内ポケットに差し込まれたかたちで止まった。

「どうしました」

「ゆっくりとだ。ゆっくりと手を動かすんだぜ」

「拳銃などを出すつもりじゃありませんよ――」

氷室が薄く笑う。

「尻の青いガキだってだませねえ、と言ったろうが――」

氷室は、毒島に言われたように、ゆっくりと手を動かした。

そろそろと、内ポケットから手を引き出してくる。

出て来た右手の指先に、何かがつままれていた。

黄色い、金属光を放つものであった。ウズラの卵をひと回り小さくしたくらいの大きさであった。

氷室の掌の上で、それがころころと転がった。

「それは――」

毒島がそうつぶやいた時、氷室の掌から、それがいきおいよく飛び出していた。黄色い金属光が、ふたりの間に立った男の右腕をかすめ、毒島の顔面に向かって走った。

右手で、顔に当たる寸前のその塊《かたまり》を、毒島は捕えていた。

「どうぞ、ご自分で確かめてください」

氷室が言った。

毒島は、氷室を睨んだまま、ゆっくりと右掌を開いた。

その手を前に差し出して、自然に、氷室を見つめている自分の視界の中に入るようにした。

あらためて、ちらりと掌の上に視線を走らせた。

「金《きん》、か――」

ぼそりと毒島はつぶやいた。

「混じりけなし、純度一〇〇パーセントのね――」

毒島は、用心深く、氷室と自分の手の上のものとの間に視線を走らせた。その視線の振幅を、可能な限り小さく取っている。

「用心深い方だ……」

氷室が言う。

そんな毒島を、楽しげに見ているような言い方であった。しかし、声そのものに楽しげな響きがこもっているわけではない。

「性分《しょうぶん》でよ――」

毒島が言った。

掌の上で、その小さな黄色い塊《かたまり》を転がしていた。

「それが、まあ、証拠です」

「証拠だと?」

「はい」

「どう、証拠なんだ」

「それと同じものを、もっとたくさんあなたに差し上げられるということですよ」

「もっと?」

毒島は、唇を鳴らした。

そのまま、その金の塊を自分のポケットの中にしまい込む。

「もらっておくぜ。おめえの言っていることが本当かどうか、ゆっくり確かめさせてもらうよ。それから話をしようじゃねえか――」

「それで結構です」

「話がわかるじゃねえか――」

「その代わりにね、あなたがわれわれに協力するかどうかはともかく、ひとつ、教えていただけませんか――」

「なんだ」

「さきほどの質問に答えていただきたいのです」

「――」

「御子神冴子が、あなたを使って何をしようとしていたかを教えていただけますか」

毒島が、にっと笑って、氷室を見た。

「あんた、鬼道というのを知ってるかい」

氷室がうなずいた。

「なんだい、その鬼道ってのはよ――」

「今、うなずきはしましたがね、鬼道のことは、われわれもよくわかってはいないのです」

「へえ」

「その鬼道がどうかいたしましたか――」

「あの冴子って女はよ、おれを、鬼奈村典子に潜らせて、その鬼道の秘密を、さぐらせようとしてたのさ――」

「やはりそうですか」

「やはりとは、おめえ、知ってておれに訊いたのかい」

「いえ、われわれも、御子神冴子と同じことを、ちょうど考えていたということですよ」

「――」

「それで、何かわかったのですか」

「わかるも何も、潜る前に、女のほうはとんずらよ」

「身体の大きな男が、女を連れて逃げたそうですね」

「よく知ってるじゃねえか――」

「その大きな男――その男のことは何も知らないのですか――」

「知っちゃあいねえよ。だいたいがよ、身体が大え《でけ》男なんぞは、たいてい血の巡《めぐ》りが悪いってことになってるんだ。もっとも、例外がここにひとりいるけどよ」

毒島は、訊かれてないことまでをしゃべった。

自分よりも身体が大きいらしいその男に、何か含むものがあるらしい。

「文成仙吉という名前に、心当たりはありませんか」

「ないね」

そっけなく毒島が答えた。

「その身体の大《でけ》えのの名前が、文成仙吉だというのかい」

「たぶん……」

「たぶんだと?」

「われわれもね、その男が何者なのかわからないのですよ。捜しているのですがね――」

「おめえ、何者なんだい。おめえと冴子とは、どういう関係なんだよ――」

「さて――」

「まさか、おめえが、あの女の男《いろ》だったってわけでもあるめえがよ」

「そんなところかもしれませんよ」

「なにい」

毒島の声が高くなった。

「今日のところは、そんなところでしょうかな――」

毒島の声が高くなったのに気がつかない口調で、氷室が言った。

「そのうちに、われわれのほうから連絡を取りますよ。それまで、ゆっくりと先ほどの話を考えていてください」

「おめえの子分になるって話をかい」

「子分じゃありません。われわれのほうの仕事をしていただけるかどうかということです」

「考えとくさ」

「今お渡しした金《きん》ですがね。われわれは、あなたの体重と同じだけ、同じものをあなたに差し上げることができると思いますよ――」

「それとあの女だぜ――」

「はい」

「天秤にかけて決めさせてもらうよ。あの女に、今日、おめえと会ったことを話してみるさ。どんな話をしたかもな。それで、金が上乗せされて、あの女が股を開いてくれりゃ、今日、おめえのまずい面《つら》を見たことも帳消しってとこだ――」

「それもいいでしょう。まんざら、知らない仲ではありませんからね。あなたが、今日、ここで氷室犬千代と会ったことを、そのままあの女にお話ししてください――」

「あの女とどういう仲なのか、まだ、おめえは答えてなかったな」

「そのことも、あなた自身の口からあの女に訊《たず》ねてみることです」

「ふん」

「では、そろそろおいとまする ことにしますよ。私どもの連れも、そろそろ息を吹き返してきたことですしね」

氷室の言うとおり、倒れていたふたりの男のうちの一方が、頭に手を当てて、小さく呻き声を上げていた。

「そのようだな」

毒島は、ゆっくりと後方に退がった。

通りへ出る。

そのまま、背を向けずに横へ動き、姿を消した。

転章　黒い獣

1

広い、和室であった。

十二畳くらいはあるかと見える。

桜材を使った座卓が置いてあり、床の間に水墨画が掛かっている。黒々とした筆致で、梅の幹《みき》が描かれている。

その太い幹から、細い枝が伸び、梅の花がある。ほとんどが蕾《つぼみ》で、花が咲いているのはほんの数輪である。

そのうちの、一番太い枝の中央から、奇妙な黒いものがぶら下がっている。

鼠《ねずみ》よりもやや大きいくらいの黒いもの——

どこか、凶々《まがまが》しい黒である。どうやら、それは、逆《さか》さに枝からぶら下がっているらしい。それがぶら下がった大枝だけが、他の枝よりも下に曲がっている。

その曲がり具合が、その黒いものの重さを、奇妙に存在感のあるリアルなものにしている。

それは、動物らしい。

かっと眼を開いている。

その眼だけに、あるかなしかの緑色が、淡彩で入っている。

妖《あや》しい光をたたえて、その眼が画を見る者を正面から睨《にら》む。

大きな耳があった。

——蝙蝠《こうもり》。

梅の枝からぶら下がっているのは、一匹の蝙蝠であった。

その絵を背にして、座卓の前に恰幅《かっぷく》のいい男がすわっていた。

和服を着ていた。

白髪の混じった髪を、後方に撫《な》でつけている。
黒髪と白髪とは、ちょうど半々くらいであった。
耳と、鼻が潰《つぶ》れている。
小太りの顔に、柔和《にゅうわ》な光をたたえた細い眼がある。
見るからに好々爺《こうこうや》といった感じの皺《しわ》が、その眼尻に刻《きざ》まれている。
小さな唇が、何か飴《あめ》でもしゃぶっているようであった。
その男の前に、灰色のくたびれた背広《スーツ》を着た男がすわっていた。
濁った魚の眼をした男。
氷室犬千代であった。
氷室犬千代の左側——和服を着た男の右側が障子《しょうじ》戸《ど》になっている。
それが開け放たれていた。
障子の向こうに廊下があり、そのさらに向こうに庭がある。
松や、梅が植えられた広い庭であった。
子どもが泳ぐには充分な広さの池がそこにある。
しかし、まだ、一度も子どもはその池で泳いだことはない。
明るい陽光が、障子に当たり、部屋の中はふわっと明るい光に包まれていた。
廊下に近い畳の上にまで、陽光が這《は》い込んでいる。
「そうですか——」
和服の男がつぶやいた。
その眼と同じ、柔和な声であった。
自分の孫に向かって話すのも、きっとそのような声の調子であろうと思える。
「はい」
犬千代が答えた。
「鬼道の秘密、そうたやすくはわかりませんか——」
「そのようです」

犬千代が答えた。

「毒島獣太とかいう、精神《サイコ》ダイバー――」

「はい」

「使えそうな男ですか？」

「有能だとは見ましたが――」

「――」

「なんとも判断しかねます」

「ふむ」

「単純そうに見えますが、そのとおりに、受け取るわけにはいかんでしょう。見たとおりの男なら――」

「ならば――」

「珍品でございますな」

「珍品か」

「はい」

犬千代の唇が、わずかにほころんだ。

「その男、来ますか、こちらに？」

「さて」

「わかりませんか」

「わかりませんが、可能性ならば充分なものがあります」

犬千代の言葉に、和服の男が、小さく顎を引いてうなずいた。

うなずくと、顎の下の肉がゆるみ、二重顎になる。

「文成仙吉ですか――」

和服の男がつぶやいた。

犬千代を眺める。

「もう少し早くその名を聞いていましたらね――」

「こちらだけで、処理しようと思っておりましたので」

「仕方がありませんか。聞いていたところで、すぐに打つ手があったとは思えませんからね――」

和服の男が立ち上がった。

廊下までしずしずと歩み出て、犬千代を振り返った。

「餌《えさ》の時間です」

微笑しながら言った。

「おまえもつき合いなさい」

犬千代がのっそりと立ち上がり、和服の男に続いて廊下へ出た。

和服の男の立った廊下のすぐ下の庭に、大きな表面の平たい石が置いてあり、下駄《げた》が置いてあった。

和服の男が、その陽《ひ》の当たっている下駄の上に、白い足袋《たび》を穿《は》いた足を乗せる。

芝生の上に降り、池の方に向かって歩き出した。

「おい」

歩きながら、声をかけ、ぽんぽんと手を叩く。

その合図を、待っていたかのように、家の裏手から、ひとりの男が出て来た。

手に鳥籠《とりかご》に似たものを下げた、老人であった。

スーツこそ着ていないが、きちんと白いシャツを着て、一番上のボタンまでしっかりと嵌《は》めている。

そのシャツの袖《そで》の上から、肩まである厚い革の手袋を嵌めている。

「今日は何ですか、伊羽《いば》？」

和服の男が、訊《き》いた。

「猫でございます」

老人が答えた。

無表情な老人であった。

頭が、見事なほどつるりと禿《は》げている。

籠の中に、一匹の猫が入っていた。

「ほう」

やって来た老人の持った籠の中に、和服の男が眼をやった。

その中に入っている猫は、とまどったように籠の中に立ち、周囲にぎらつく視線を放っていた。

興奮しており、体毛が半分逆立《さかだ》っている。

白い猫であった。

「そうか、今日はおまえか――」

和服の男は眼を細める。

和服の男の横に、氷室犬千代が立った。

「久しぶりに見物していきなさい」

犬千代に顔を向けずに、和服の男が言った。

眼をまだ猫に向けている。何か異様な気配を感じ取ったらしく、猫が爪を尖《とが》らせて鳴いた。

「しゃーっ」

牙を剝《む》いた。

老人が、芝生の上に籠を置いた。

「やりなさい」

和服の男が言うと、老人が、右手でポケットから見事なナイフを取り出した。

どこにも刃こぼれのない、鋭いナイフであった。

胸の皮膚の上に、切っ先を当てただけで、たやすく自分から肋骨《あばらぼね》の間に滑《すべ》り込んでいきそうなナイフであった。

籠の扉を開き、老人が中に左手を差し入れた。

ぎいっ！

と、猫が咆《ほ》えた。

老人が嵌めた革手袋に、爪を立てる。


しかし、その手袋は何重にもなっているらしく、老人の素肌にまでその爪は達しないようであった。

手袋の表面に、新しいのやら古いのやら、無数の傷が浮いている。そして、黒っぽい染《し》み——

老人は、猫の首をつかんで立ち上がり、あばれる猫の喉の下方に、ナイフの切っ先を当てた。

銀光を放つ鋭い先端が、すっと毛の中に潜《もぐ》り込んだ。

猫がけたたましく咆え始めた。

野生獣の声に近い。

普通の猫の声からは想像できない声であった。

そのナイフが、すうっと音もなく下へ移動した。

臍《へそ》まで切り下げた。

胸のあたりの白毛がたちまち噴《ふ》き出した血で赤く染まった。毛の少ない腹のあたりでは、ピンク色の肉の裂《さ》け目まで見える。

「池の真ん中ですよ」

和服の男が言った。

「はい」

うなずいて、老人が、鳴き叫ぶ猫を抱えて池の縁《ふち》に立った。

老人は、はずみをつけて、猫を池の中央に放り投げた。

ざん
と水に落ち、しぶきを上げた。

その途端であった。

それまで静かだった池の表面が、ざわっ、と、泡立つようにささくれた。そのささくれが、たちまち猫の周囲に集まった。

猫が咆えた。

もがく猫の周囲に、水音を立てて銀鱗《ぎんりん》が躍《おど》った。

ピラニアであった。泡立つように上がるしぶきが、ピンク色に染まっていた。

渇《かつ》。

渇《かつ》。

という、魚が生肉を貪《むさぼ》る音が、はっきり耳に届いてきそうだった。

すぐに猫は沈んだ。

猫の見えなくなった水面が、下に動くもので揺れるだけである。

水面が静かになるまで、五分とかからなかった。

揺れの去った水面の下に、白い猫の形を残した骨が見えていた。

よく見れば、澄んだ水底に、無数の白骨が沈んでいる。

明らかに人間のものと思える骨もある。

柔和な眼を細めて、池を見ていた和服の男が、小さく首を振った。

「どうもあっさりとしすぎているようですね」

犬千代を見た。

「最近は、別の楽しみができてしまいましてね。どうにも困ったものですよ」

あまり困っているようには見えない顔つきで和服の男が言った。

「いけませんね、人間というやつは——」

「いけませんか」

と、犬千代が答えた。

「いけません。ひとつの刺激に慣れると、次の刺激が欲しくなるようにできているようです——」

和服の男と犬千代が話をしている間に、老人が頭を下げ、空《から》になった籠をぶら下げて、家の裏手へ姿を消した。

「次の刺激ですか——」

「そうです。まだおまえには見せていませんでしたか——」

そう言って、和服の男は、楽しそうな視線を遠くに向かって放った。

高い空の中空を、風が吹いていた。

遥《はる》かに、都心の風景が広がっている。

地上二〇〇メートル。

和服姿の男の屋敷は、高層ビルの屋上に建てられていたのである。


「そちらの餌の時間には、まだ少し時間がありますが、見て行きますか」

微笑しながら和服の男が言った。

「拝見させていただきます」

氷室が答えた。

「そちらはね、地下なんですよ」

「地下？」

「専用のエレベーターがあります。来なさい——」

そう言って、和服の男は、家の方に向かって歩き出した。

2

堅《かた》いコンクリートに囲まれた部屋であった。床と天井と四方を、灰色のコンクリートの壁が包んでいる。

壁の一方に、ドアがある。

重い、鉄製のドアであった。

壁を背にして、若い男が床に腰を下ろしていた。
どす黒く痣《あざ》が浮き出た顔が、膨《ふく》れ上がっている。
知人が見ても、本人かどうかわからないような顔つきであった。
まだ、若い。
二十《はたち》そこそこの年らしかった。
鉄のドアが、小さく軋《きし》み音を上げて、内側に開いた。
黒い作業衣を着た、ふたりの屈強そうな男が入って来た。
続いて、和服の男と、氷室犬千代が入って来た。
若い男が、顔を上げた。
それだけの動作で身体に痛みが走るらしく、男は顔を歪《ゆが》めた。
唇の内側に、歯のない歯茎《はぐき》が見えた。
作業衣の男が、左右からその若い男の脇に、腕を差し込んだ。
強引に起き上がらせる。
その瞬間に、若い男の身体が動いた。
ふたりの男の腕を払いのけて、右の男の顔にパンチを叩き込んだ。
しかし、そこまでがその男のできた抵抗であった。
一方の作業衣の男が、背後から若い男を抱え込んでいた。
殴られた男が、若い男の鼻先に、拳をひとつ叩き込んだ。
それで若い男はすぐに静かになった。
「くそっ」
赤い唾《つば》を床に吐いた。
「うちの縄張《シマ》で、悪さを働いた男でね――」
和服の男が言った。
「なんだよ、こんな真似《まね》をしやがってよ――」
若い男が言った。
まだ、少年のような口のきき方をする。
「すみませんね」

和服の男が言った。

「女をコマして、逃げただけじゃねえか。ひどすぎるじゃねえかよう」

泣いているとも、おこっているとも取れる声で言った。

「きちんとお金を払わなくっちゃね、坊や——」

孫に諭《さと》すような口調で、優しく和服の男が言った。

「知らなかったんだよ、怖いのがバックにいるなんてよ」

「知らなかったでは、通らないことが世の中にあるんだよ。もっとも、学校じゃあまり教えてはくれないけどねえ」

「助けてくれよ。もう、やらねえからさ。金だって払うからよ」

「心が痛みますねえ。こんないい子をひどい目に遭《あ》わせようというわけですからね」

「殺すのかよ——」


男の問いに、和服の男は、たまらない微笑で答えた。

「坊やは、いい勉強をした。けれど、その勉強をしたことを、これからの人生で生かす機会《チャンス》をもらえなかったことは、残念でしたね——」

男の耳には、和服の男の言葉の意味が届いてないらしかった。いや、届いているその言葉の意味を、何度も頭の中で確認しているらしかった。

しかし、それは、出来の悪い冗談のように、男にはよく理解できないらしい。

男がもがきだした。

頭では理解できなくても、肉体のほうが理解して、反応を示しているらしかった。

男の爪先《つまさき》が、床をこする。

その身体が、ドアの外へ運ばれた。

「行きますか——」

コンクリートの廊下を歩き出した。

天井には、剝き出しの蛍光灯が点《つ》いている。

二度、角を曲がると、大きな鉄製のドアの前に出た。

男が閉じ込められていた部屋のドアよりも、ずっと頑丈《がんじょう》そうで、まだ新しいドアであった。

禍々《まがまが》しい風圧に似たものが、むっと顔を叩く。

そのドアを見た途端に、男が、だらしなく喚《わめ》き出した。

「やめてくれよっ」

叫んだ。

「助けてくれよっ」

ドアが開けられた。

ドアの向こうは、濃い闇であった。

濃い闇が、廊下の方まで漂《ただよ》い出てきた。

血臭と、腐臭と、そして顔をそむけたくなるような獣臭を含んだ、湿った、冷たい闇であった。

低い、獣の唸《うな》り声が、闇の下方から届いて来た。

それは、明らかに、飢えた肉食獣の立てる声であった。

「ひいいっ！」

可愛い声を上げて、男が失禁をしていた。

3

コンクリートの階段が下っていた。

その階段を、ふたりの作業衣の男に両側から捕えられた若い男が、降りてゆく。

若い男の足は、ほとんど階段を踏んでいなかった。爪先だけが、階段の表面を掻《か》いている。

若い男の体重のほとんどを、両側のふたりの男が支《ささ》えているのである。

その三人の後方に氷室犬千代が続き、犬千代の後方に和服の老人が続いている。

天井に、小さな灯りが点いているが、粘液質な闇に光量の大半を奪われていた。

降りれば降りるほど、闇が濃くなってゆくようであった。

濃くなってゆくのは、闇ばかりではなかった。血臭と獣臭も、耐えられないほどに強くなっている。

——そして腐臭。

どちらへ顔をそむけようとも、呼吸を停《と》める以外には、それは避け難《がた》かった。

暗く、長い階段であった。

若い男は、すでに叫ぶのをやめていた。喉の奥から、ひゅうひゅうと笛に似た声を洩《も》らしているだけである。若い男は、それで叫んでいるつもりらしかった。

「どうですか——」

老人が、背後から、犬千代に声をかけた。

「人の世ではない場所へ下ってゆくような気がします」

犬千代が言った。

ふふ

背後で老人が含み笑いをする気配があった。

濃い瘴気《しょうき》が空気の中にわだかまっていた。

犬千代の眼の前に、ふっ、と白いものが出現した。白い肌をした、女の映像であった。白蛇のような裸身が、犬千代の眼前で、尻を揺すってうねった。

前を行く三人と、犬千代との中間のあたりである。

白い乳房の向こうに、三人の姿が同時に透《す》けて見えている。

実体ではなかった。

その裸身には、首がなかった。左の肩から右の肩までが真っ直ぐで、その中央に赤い穴が口を開けていた。

その穴から、ふいにどろどろと這い出て来るものがあった。

太い血の筋に見えた。

血の筋と見えたそれは、見ている間に何かの触手のように変化していた。その首の穴から、蜘蛛《くも》のように、血みどろの女の生首《なまくび》が這い出て来た。

触手と見えたものは、今は髪の毛のように見える。

〝気持ちがいい――〟

赤い唇がそう言ったように見えた。犬千代の頭の中に、その言葉が残像となって尾を引いた。

ふっ、と、その姿が消えた。

「これは?」

と、犬千代が言った。

わずかに数秒のことである。

濁った魚の眼は、少しも表情の変化を見せない。

「ふふん――」

老人が小さく声を上げた。

「幻ではないぞ、あやかしよ――」

老人が言った。

「あやかし?」

「前の三人には見えぬ」

「――」

「見えたのならそれでよい。今日は、見たものだけは信じておきなさい――」

「はい」

爬虫類《はちゅうるい》の微笑を浮かべて、犬千代が頷《うなず》いた。

さらに階段を下った。

どろりとよどんだ闇の底に着いていた。

そこにまた鉄の扉があった。

錠が下がり、鍵が掛かっていた。

「開けなさい」

老人が言うと、作業衣の男のひとりが、片手をポケットに入れて鍵を取り出した。重い軋《きし》み音を上げて、扉が開いた。

中へ入った。

暗い不気味な部屋であった。

調度品の類《たぐい》が、いっさいない。コンクリートが剝き出しになっている。

部屋――というより、牢獄という印象に近い。いや、それは檻《おり》であった。

その部屋をふたつに仕切って、天井から床、左右の壁まで、太い鉄格子《てつごうし》が埋め込まれていたからである。
その鉄格子の内側が、さらにまた鉄格子で仕切られていた。
ライオンか象なみのパワーを持った動物を入れるためのものである。
檻の扉が開けられた。
そこに、若い男が押し込められた。
すぐに扉が閉まる。
「なにすんだよう」
若い男が言った。
言って、鉄格子をつかんだ。
鉄格子を握ったその時、若者は、背後の不思議なその気配に気がついていた。
顔が引き攣《つ》っていた。
後方を見た。
後方には、さらに鉄格子があり、その奥に闇があった。
右手の奥の隅に、黒いものがわだかまっていた。
闇が、そこにさらに濃く凝固《ぎょうこ》したようであった。
それは、低く呼吸をしていた。
闇を吸い、闇を吐いている。
それが内部から出て来る時には、闇がさらに濃くなっているようである。
ぴくんと、若い男の身体は強張《こわば》った。
その闇が、その呼吸が変化していた。
息づかいが早くなり、湿った音が混じるようになっていた。
もぞり、と、それが動いた。
しゅう
と、呼気を洩らした。
鼻を刺す糞尿《ふんにょう》の臭気が、その黒い影から漂って来る。
このコンクリートの床の上に、それは、糞尿を垂《た》れ流しにしているらしかった。
ごふっ

と、それが喉を鳴らした。

「ひいっ」

若い男が声を上げた。

暗がりのなかで、それと若い男とをへだてている鉄格子がゆっくりと上に動いていたのである。

「何だ、どうするんだよう！」

若い男が引き攣れた声を上げた。

犬千代の見ている前で、きれいに鉄格子が上に開いていた。

もっそりと、それが立ち上がった。

どん、と、若い男の背が、こちら側の鉄格子に当たった。

ふいに、何かに引ったくられるように、若い男の身体が、闇の奥に前のめりに倒れ込んだ。

その身体が、斜めの状態で宙に停止していた。

何者かが、宙で、若い男を抱き止めているのである。

高い悲鳴が上がっていた。


その悲鳴が、ふいに途切れた。

若い男の首が、信じられない角度に曲がっていた。その首が、こんどは、ぎりっとねじくれる。

爪先で地を蹴るようにして、がくんがくんと若い男の身体が強く痙攣《けいれん》していた。首が、完全に後方に向いていた。

ぞぶり
と、いやな音がした。

それが、若い男の首に啖《くら》いついた音であった。

血汁《ちじる》のたっぷり詰まった肉の中に、牙《きば》が埋め込まれてゆく音。肉が、骨から引き剝《は》がされる音。

ごり、ごりと、骨が砕ける音がした。

ごろんと、後方に若い男の首がぶら下がった。わずかの筋と皮とで、その首はまだ胴とつながっていた。

ぼたぼたと、コンクリートの床に水音がした。

大量に滴《したた》る血の音であった。

ごぶ

ごぶ
と、血濡れた肉を嚥下《えんか》する音が響く。

若い男の身体が、仰向《あおむ》けに床に倒れた。

服の布地が引き裂かれる。

腹を割って、それが、腹の中に頭部を埋め込んでゆく。

獣の顎《あぎと》が獲物の内臓を啖う不気味な音がし始めた。

「どうですか――」

老人が言った。

どこかに幼児のような嬉々とした響きがある声であった。

「これが、新しいお楽しみですか――」

犬千代が、濁った魚の眼を檻の中に向けながら言った。

「これを見ていると、他の楽しみもかすんでしまいます」

犬千代は、なおも、無表情な視線を、檻の中に向けていた。

それは、人ではありえなかった。

獣でもありえなかった。

闇よりもなお暗い周囲の闇に、その肉体が半分溶けているようであった。

どんなに眼を凝《こ》らしても、実体がつかめなかった。

「何なのですか、これは――」

犬千代が訊いた。

「おいおい話してあげましょう」

老人が答えた。

見ていると、知らぬ間に、犬千代の唇が堅くなっている。嫌悪感《けんおかん》に似たものが、その唇に刻まれていた。

「こいつはね、人の肉以外は喰えないようになってしまっているのです」

老人が言う。

「なぜですか――」

「よくわかりません。しかし、それが人間の本性であるのだと、そう、これが言うているようではありますね」

「――」

「鬼道の秘密とも、こいつはどこかで関わっているような気もしているのですがね――」

「鬼道ですか」

「鬼道ですよ」

きっぱりと言って、老人は、ふいに、けくけくと笑い始めた。

血の饗宴《きょうえん》はまだ続いていた。

下巻 巨獣咆《ほう》哮《こう》

1章　鬼道《きどう》

1

女の尻は、気持ちがよかった。

何度頬ずりしても、何度舌を這《は》わせても、倦《あ》きるということがない。

女には、どこかに取柄《とりえ》があるものだと、毒島獣太は考えている。

顔がまずくとも、尻が大きい女がいる。腰が、両手で回るほどくびれていて、涙が出そうなほど尻が張っている女がいる。

胸も薄く、顔がまずいその分だけ、尻美人の女がいるのである。

肌の肌理《きめ》が細《こま》かく、たっぷりと、重い。

尻の両頬に手を当てて揺すれば、たぷたぷと尻の肉が波打つ。

うつ伏せにしても、肉は両側に広がらず、上に盛り上がっている。尻と太腿との合わせ目に出来ている十文字の深いしわが、気が遠くなるほど色っぽい。

毒島が、今、顔を埋めている尻が、そういう尻であった。

女をベッドの上にうつ伏せにして、横から、上から、後方から、思う存分に顔を埋め、舐《な》めている。

それが、もう、一時間近くも続いている。

「可愛いな、可愛いな」

つぶやきながら舐める。

「畜生——」

呻《うめ》いて、鼻先を尻の中に潜《もぐ》り込ませる。

今、毒島は、女の両脚を閉じさせ、後方からその脚にまたがる形で、女の尻に顔を埋めているのだった。

脚を広げさせると、尻の合わせ目の肉の谷間が浅くなり、このたまらなく色っぽい眺《なが》めが半分になるため、毒島は、女に脚を閉じさせているのである。

自分の唾液でぬめっている尻の頬肉を、毒島は、両手の親指で左右に広げた。

薄茶色の肛門が、そこに露《あら》わになる。

まさに、尻の肉の谷の奥に咲こうとしている、バラの蕾《つぼみ》の風情《ふぜい》であった。

女は、さっきから声を上げ続けている。

女は、毒島が戻って来てから、ずっと尻を舐められているのである。

女には、毒島にあてがわれたという気分はもう、なくなっている。

早く入れて欲しいと、もう何度も毒島に頼んでいる。哀願している。

すでに何度かは達しているらしかった。

尻を揺すっている。

恥骨がシーツに触れていて、尻を揺するたびに、甘い刺激が肉の花びらの中にある敏感な肉粒に走るのであろう。

その刺激と、肛門と尻とに這う舌の動きで、女は達しているのである。

毒島は、舌を伸ばし、その肉の蕾を尻の中からほじくり出そうとするように動かした。

舌を使いながら、毒島は、盗まれた金のことを思い出した。

思い出すとくやしい。

しかし、ささやかながら、手はひとつ打ってある。

杉並《すぎなみ》の葵《あおい》の住んでいたというアパートへ出かけ、すでにそこが空《あき》部屋になっているのを確認した足で、毒島はもう一度、〝和歌《わか》紫《むらさき》〟にもどったのだ。もどって、女に声をかけた。

葵はどこに住んでいるのかという問いに、杉並だと答えて金を指でつまみ取った女にである。

思い出したことがあったからだ。ホステスたちの給料日がいつかということをである。もしまだであるのなら、まだ、葵を探す手立てはあるからだ。

「七日よ」

と、その女は言った。

「月末に締めて、七日払いになってるの」

「それは、手渡しかい？」

「手渡しでも、振込みでも、どちらでも好きなほうよ」

「葵は？」

「あの娘《こ》は、手渡しだったみたいよ」

「それで、葵は、まだ給料をもらってはいないんだな」

「ええ、ほとんど一ヵ月分ね」

「よし」

毒島は、にいっと笑って、財布から何枚かの札を取り出した。

その金を渡した。

もし、葵が給料のことで店に顔を出すようなことがあれば、連絡をたのむと言って、予約をした新《しん》宿《じゅく》のホテルの名を告げた。

それが、毒島の打った手であった。

毒島が尻を舌でほじっている女が、断続的に高い声を上げ出した。

いったん舌を戻し、毒島は、さらに尻の頬肉を左右に広げた。

秘洞の、肛門に近い部分までが見えている。

その周囲を飾るように、薄く陰毛がよじれ、濡れた場所に張りついている。

毒島は、合わさった太腿の方に舌を当てた。

そこから舐め上げながら、尻の奥にゆっくり舌先を潜《くぐ》らせてゆく。

その舌先が、尻の肉のもっとも深い部分で、違う味のものに触れていた。

しとどに濡れた秘肉の入口であった。

女が尻を持ち上げてきた。

もうたまらないというように、その尻をよじる。

シーツに触れていた恥骨が浮き上がる。

シーツに、掌《てのひら》ほどの丸い染《し》みが浮いていた。

浮いたその尻を押さえつけようとするように、毒島はさらに顔を潜らせる。

舌の先を広げ、その入口から肛門までを、毒島は、ぞろりと舐め上げた。

女が声を上げて、尻で毒島の顔を突き上げる。

毒島は、顔を離し、浮いた尻をさらに上に持ち上げた。

「入れてやるぜ、これからよ――」

女の後方に膝で立ち、両手で女の腰をつかんだ。

「来て――」

女の口と動く尻とが、同じ意味の言葉を発していた。

シーツに右頬を当て、女は、尻だけをさらに高く持ち上げた。

背をおもいきり反《そ》らせているため、後方からの眺めはあからさまなものであった。

毒島は、自分の強張《こわば》りを、右手に握った。


高さを調節して、先端を当てた。

女が、それを迎え入れようと、尻を動かした。

毒島は、女のぬめりを自分のそれにたっぷり塗りたくるように、花びらの中を掻《か》き混ぜた。

「いやあ――」

女が崩れそうになる尻を振って焦《じ》れる。

自分が、今、どんなに淫《みだ》らな姿態をしているのか、女の念頭からは消えているに違いなかった。

「どうして欲しいのか、それを言ってみな」

毒島が言った。

「どうした?」

毒島が、強張りを握った右手を動かした。

「それを、それを――」

女が声をつまらせる。

動かした。

「これかい」

「それをちょうだい」

「どこへだい」

毒島の顔に、喜悦の表情が浮いている。

美しい顔であるその分だけ、たまらなく下品な笑《え》みであった。

「早苗《さなえ》に——」

女は、言ってから、ああと声を上げて息を肺に吸い込んだ。

「それを早苗の中に、入れて！」

切羽《せっぱ》つまった声で言った。

言った途端に、もう、止めどがなくなっていた。

「入れて！」

と、女は叫んだ。

「いっぱい入れて。いっぱい突いて。死ぬほどやって！」

「可愛いな——」

毒島は言って、先端をくぐらせた。

女が、尖《とが》った声を上げた。

入れられて初めて、毒島のそれの大きさを知ったようであった。


「早苗ちゃんか」

両手で女の腰を握って、毒島はいっきに自分の腰を前に突き出した。

いっきに突き入れた。

女は、内臓を突き破られるような声を上げた。

むろん、苦痛を訴える声ではない。

「たまんなくしてやるぜ、早苗ちゃんよ」

毒島は動き始めた。

ここへ来てから、初めて、冴子以外の女の名前を覚えたことになる。

冴子の顔が、頭に浮かんだ。

女の声を、冴子の耳にまで届かせてやるつもりだった。

——やってやる。

と、毒島は思った。

——あの冴子にもこうしてやる。

腰を振った。

腰を動かすたびに、女——早苗は達しているかのようであった。

意味のある言葉を、ほとんど吐けなくなっている。

敏感すぎるほど、敏感な女であった。

顔も胸も標準並みだが、感度と尻だけは人並み以上のこの女を、毒島は気に入りはじめていた。

半分は、冴子を犯しているような気分になっている。

くそっ！

と、毒島は突いた。

くそっ！

くそっ！

くそっ！

「突いて、突いて！」

早苗が、切れぎれに、意味を持った言葉を吐いた。

その部分の俗称を口にして、自分のそこをめちゃくちゃにしてと言った。

毒島が動くたびに、内臓を口から突き出されるように、唇の間から舌を躍《おど》らせる。

——こうしてやるのだ。

と、毒島は思う。

冴子の顔を浮かべながら、その顔を睨《にら》むように、毒島は動いた。

「御子神冴子を呼んで来い」

もう、動けなくなった早苗に、毒島がそう言ったのは、二時間後であった。

2

毒島獣太は、革製のソファーの背もたれに、両腕を長く伸ばして腰を下ろしていた。

スーツに着替えてはいるが、ネクタイはしていない。

第二ボタンまでをはずしていた。

右手で、さかんに光沢のある革の表面を撫《な》でている。

右手の方に、身体をやや傾けている。

三人がけのソファーであった。

その中央に、毒島はひとりで腰を下ろしている。

その正面に、テーブルをはさんで、御子神冴子がすわっていた。

美麗と、そう呼んでもいい毒島の顔に、強烈な笑みがへばりついていた。赤い唇の内側から、獣の牙《きば》が生《は》え出てきそうな笑みであった。

御子神冴子の後方には、黒いスーツを着た男がふたり、無表情な顔で立っている。

冴子は、さえざえとした眼で、毒島の視線を受けていた。

まだ十代の娘なら、身の危険さえ感じそうな毒島の視線を受けても、たじろいでいない。

その視線は、全身の皮膚に熱っぽいものを感じそうであった。

毒島の脳裏《のうり》には、服を着た冴子の姿などは映《うつ》っていないに違いない。すわったその姿勢のまま、そっくり裸にされた冴子の姿が映っているに決まっていた。

己《おの》れの内に秘めた欲望が、そのまま視線に出てしまうのを、この男は少しも恥じてはいないらしい。

誇りらしいものさえ感じられる。

いきり立った己れの男根を、初対面の女の前で、平気で見せびらかすことのできるタイプの人間なのである。

テーブルの上には、黄金色の光を放つものが載《の》っていた。

氷室犬千代と名乗る、濁った魚の眼をした男から受け取ったものである。

「どうなんだい」

笑いを口許にへばりつかせたまま、毒島が言った。

「向こうはよ、おれの体重と同じだけ、そいつと同じものをよこすと言ってるんだぜ」

「それで――」

冴子が、表情を変えずに言う。

「女までつける、と言ってるんだぜ――」

「女ですか」

「こちとら商売だからな。いくらでも銭《ぜに》の高いほうに乗り換えると言ってるんだよ」

「それで――」

と、また冴子が言った。

「まず、全部をおれに聞かせることだ。こんなものが出て来るんじゃあな、せいぜい欲の皮を突っ張らせたくもなるじゃねえか――」

「――」

「いい機会だから、教えといてやる」

毒島が、ソファーの背もたれから右手をはずして、前へ突き出した。

人差し指、中指、薬指の三本がきっちりと立てられている。

「おれがこの世で信用しているものは三っつある」

「三っつ？」

「やらせてくれた女と、自分の銭。あとは死体の三っつさ――」

はっきりと言った。

言ってから、冴子の後方のふたりの男に向かって、ぎらりと視線を跳《は》ね上げる。

「あんたはいくら出す？」

毒島が再び視線を向けると、冴子がようやく台詞《せりふ》を吐いた。

「あなたの体重と同じだけの金《きん》――それがもらえると、本気で信じているのですか」

「信じちゃいねえよ、今言ったばかりだろうが。やらせてくれるまでは、自分のおふくろだって信用するつもりはねえよ」

「賢明なことです」

「あんたが約束してくれた金だって、もらうまでは信じちゃいねえ」

「何も信じないならば、わたしが何を言っても駄目でしょう。いくら出すと言ってもね——」

「だから、やらせろとおれは言ってんだよ」

「——」

「あんたに、好きなだけ突っ込ませてくれるんなら、金額は同じままで、あんたの仕事を引き受けたっていいんだぜ」

毒島が言うと、初めて、冴子が小さく苦笑した。

「なあ。やりてえんだよ。やらせてくれよ。土下座したっていいし、這いつくばったっていいんだ。先っぽだけでもいいんだ——」

背もたれに掛けていた手がはずれて、口調にふいに子どもっぽいものが混じった。

後方に立っているふたりの男の眼の中に、強い光が宿っていた。

顔が、かすかに赤く染まっている。

「あんた、あの氷室というのと、どういう関係なんだい。まさか、あいつの細くて臭いのを、さんざ入れられた仲じゃないだろうな——」

毒島がそう言った時、ふたりの男の喉《のど》に、押し殺した呻き声に似たものが上がった。

「きさま……」

右側の男が低く唸《うな》った。

「なんだ、てめえら——」

毒島が視線を上げた。

「この女に惚《ほ》れてやがるのか——」

声を出した男が、じりっと動こうとした瞬間に、冴子がそれを制した。

「やめなさい」

そのひと言《こと》で、男の動きが止まった。

「運がよかったな、てめえ。おれとやってたら、〝小鹿のバンビ〟の二小節までもたなかったところだぜ——」

毒島が言った。

赤い顔はそのままだったが、もう、ふたりの男は口を開こうとはしなかった。

ふたりとも、毒島より身長は劣るが、がっしりした体格をしていた。冗談にしても、からかってみたくなるタイプではない。

街でうろついているチンピラの二、三人は、ひとりで軽くあしらってしまうに違いなかった。

そのふたりの男が、冴子には従順な態度をみせる。

「へっ」

毒島が唇を吊り上げる。

視線を冴子に戻す。

「新宿によ、ホテルを予約してきた」

毒島が言った。

「ホテルを？」

「しばらくはそこにいる。やらせる気になったら電話をよこせ。それに、あの鬼奈村典子とかいう肝心《かんじん》の娘がいねえんじゃ、話にならねえ」

毒島は、テーブルの上の金《きん》を、ひょいと右手ですくい上げた。それをポケットにしまう。

「いい返事を待ってるぜ。どうせやられるんなら、自分からやられたほうが気持ちがいいってもんだ」

「どうせとは、どういう意味？」

「氷室というのが言ったんだよ。自分のほうの仕事をしてくれれば、あんたとやらせてくれるってな――」

「氷室犬千代がそう言いましたか」

「嘘は言わねえ。どうやら、あの、文成とかいう男に連れて行かれた女――よほど大事な女らしいな」

「文成？」

「言ってなかったか。氷室が言うには、そのでかい男というのは、文成仙吉というらしいぜ――」

「なぜ氷室が、その男の名前を――」

「知るかよ。しかし、氷室の身内じゃなさそうな口ぶりだったぜ。向こうも捜《さが》していると言っていたからな――」

そこまで言った時、さきほど〝きさま〟と声を上げかけた男が、口を開いた。

「文成仙吉という名前ならば、耳にしたことがあります」

「本当ですか――」

冴子が後方を振り返る。

「はい」

「どこで耳にしました」

「川口《かわぐち》です。川口が連れて来た岩倉という男が、文成という男の話をしていたのを聴《き》いています――」

「黒士軍《こくしぐん》のリーダーだったという男ですね――」

「そうです」

「すぐに連絡がつきますか」

「川口のところにいるならば、すぐにつくと思います」

「連絡を取って、川口と岩倉を、すぐにここに呼びなさい」

「わかりました」

背を向けかけた男に、冴子が声をかけた。

「他言は無用です」

振り返って、男がうなずいた。


「この家のことが、氷室のほうに洩《も》れているとなると、内部に通報者がいるかもしれません。毒島さんは、この家を出た直後から、あとを尾行されたということを忘れないように」

男が出て行ったあと、毒島がつぶやいた。

「早苗を借りて、すぐにホテルの方へ行こうと思ったんだが、もうしばらくここにいさせてもらうかな。その岩倉とかいうのが来るまでな――」

「この屋敷にいるのはかまいませんが、同席はさせません」

「客あつかいじゃなかったのかい」

「客は、他人の家のことには関わらないのが美徳です」

「美徳なんてものの持ち合わせは、おれにはなくてね」

毒島がそう言って、冴子を見つめた。

しばらくふたりが、互いの眼を見つめ合った。

声を発しないうちに、男が戻って来た。

「四〇分ほどで、岩倉と川口が来ます。文成という男の名前を出したら、川口の話では、岩倉の顔色が変わってしまったそうです」

「わかりました」

冴子が答えた。

「こいつはますます動けなくなったな」

毒島が、言う。

「話の内容次第では、この屋敷から生きて出られないかもしれませんよ——」

「いつだって気が向いた時に、おれは出て行くぜ」

にっと笑って、毒島が腕を組んだ。

岩倉と川口がやって来たのは、毒島が腕を組んでから、三八分後であった。

3

岩倉は、濃い茶の革ジャンパーを着ていた。

一見して、学者タイプの、知的なものがその顔に漂《ただよ》っていた。

名門大学の助手や講師に、このようなタイプがいそうであった。

細い金属フレームの眼鏡を掛けている。

その奥に、知的な風貌とは異質な、鋭い眼があった。どことなく蛇を思わせる双眸《そうぼう》であった。

それも、毒の牙を持った蛇の眼だ。

岩倉は、ドアをくぐって来ると、黙ってそこに立った。

毒島と、冴子とに、それぞれ一度ずつ、蛇の舌先のような視線を送っただけであった。

ドアは、後方から入って来た川口が閉めた。

「岩倉——」

冴子が声をかけると、岩倉が冴子に蛇の視線を送った。

「文成仙吉という男を知っているそうね」

無言で、岩倉がうなずいた。

その眼の奥に、ちろりと黄色い炎が燃え上がった。

陰湿な、昏《くら》い炎——憎悪の炎であった。

「知っています」

低く、岩倉が言った。

三十代前半の顔つきをしているが、皮膚の色には艶《つや》がない。

紙のような皮膚をしていた。

感情を無理に殺しているのか、驚くほど抑揚《よくよう》の少ない声であった。

「どういう男ですか」

「わたしを裏切った男です」

岩倉が答えた。

「裏切った?」

その質問に、岩倉は答えなかった。

「文成はどこにいますか——」

逆に、岩倉が訊《き》いた。

「それは、こちらが訊きたいことです」

「誰かが文成に会ったのですか」

「質問をしているのは、わたしです」

冴子が言った。

岩倉が、堅《かた》く押し黙った。

その眼の中に、蛇の毒牙が潜《ひそ》んでいる。

岩倉の脳裏に、ひとつの白い影が躍っていた。

よくしなう、女の形をした白い影であった。

岩倉の眼は、その女の影を見つめていた。

——久美子。

それが、その女の名前であった。

2章　巨獣

1

久美子の肉体は、敏感に、よく反応した。

どこにどう指を這《は》わせても、声が上がる。SEXに対して、奔放《ほんぽう》であった。SEXのみに限らず、生き方に対しても、タブーを持たない女であった。

――あの時の自分は、やはり久美子に溺《おぼ》れていたのだ。

岩倉はそう思う。

久美子の肉体にも、久美子自身にも――

久美子を最後に抱いた日のことは、まだよく覚えている。それは、その日が、久美子を最後に抱いたということ以外に、もうひとつ特別な意味を持つ日だったからである。

御殿場《ごてんば》に近い、林の中のモーテルで、岩倉は久美子を抱いた。

東和《とうわ》銀行から金を奪ったあと、どう逃げるか、その逃走に使う道を、現地で検討しての帰り、そのモーテルに寄ったのであった。

そこで、岩倉は、二度、久美子と交《まじ》わった。二度とも、久美子は声を上げ、淫《みだ》らに白い身体をうねらせて岩倉に応《こた》えた。

数度は、久美子は、頂《いただき》をむかえたはずであった。

その久美子が小さく含み笑いをしたのは、一度目と二度目のインターバルの時であった。

「どうした？」

と、腹這《ば》いの姿勢で、岩倉は久美子に訊《き》いた。

右手の、人差し指と中指の間にはさんだ煙草《たばこ》の灰を、枕許《まくらもと》の灰皿の中に落とした。

「何？」

仰向《あおむ》けになったまま、久美子が答えた。

「今、笑ったじゃないか」

「わたしが？」

「ああ」

「そうだったかしら――」

久美子は、自分が上げた笑い声に気づいていないらしかった。

もっとも、岩倉が耳にしたのは、それほどはっきりした含み笑いではない。呼吸のついでに、軽く笑《え》みが混じってしまったふうでもある。

何の気なしに笑みを浮かべて、それに本人が気づかないことは、よくあることであった。

今度は、はっきりと久美子は笑いを含んだ声を上げた。

「そうね、笑ったかもしれないわ」

「何を笑った？」

「特別なことじゃないわ。あなたがわたしを誤解してはいないということがよくわかるから、それがありがたいと思っただけ――」

「誤解？」

「誤解していないでしょう？」

「――」

「あなたが、わたしを、自分の女だと思ったことがないっていうこと――」

「そうだな」

言われて、初めて岩倉は気がついた。

この久美子という女が、自分に惚《ほ》れてはいないということを、岩倉は知っている。そういう意味でなら、まさしく久美子の言うとおりであった。

「頭のいい人は、好きよ」

「おれのことかい」

「他人のボスになることはできても、自分のボスになるということは、誰にでもできるということではないわ」

「おれのことを、馬鹿と呼ぶ連中もいる――」

「そうね。東大出の秀才で、しかも一流商社のエリートサラリーマンが、首を突っ込むことじゃないわ、革命なんてね」

「違うな」

「違う？」

「順序が逆さ。サラリーマンが、この革命ゲームに首を突っ込んだんじゃない。就職する前から、おれは、この革命《ゲーム》に参加してたんだ」

岩倉は、煙草を唇に咥《くわ》えて、軽く吸い込んだ。先端の赤みが、輝きを増して、すぐに元の赤色にもどる。

煙とともに息を吐き出しながら、岩倉は煙草を灰皿で揉《も》み消した。

表情に、ひどく醒《さ》めたものがある。

「あなたに興味があるわ」

久美子が言う。

「興味はあるが、惚れてはいない」

岩倉は、腹這いの姿勢から、久美子に向きなおった。

久美子が、岩倉の左腕の上に頭を載《の》せてくる。


「あなたは、他の男たちとは違うわ」

久美子が、小さく唇を引いて、白い歯を見せる。

小さくしぼった灯《あか》りを反射して、仄《ほの》暗い闇の中で、久美子の瞳が濡れて光っている。

「案外、あなたが興味を持ってるのは、革命なんてことより、別のことじゃないかって、気がしているの――」

「へえ――」

「その顔に書いてあるわ」

「何と書いてある」

「今さらこの国で革命なんて、時代錯誤《アナクロニズム》もいいとこだって――」

「――」

「あなたが興味を持っているのは、お金でしょう」

「だとしたら？」

「お金を好きな男は信用できるわ」

「ずいぶん危険な発言だな。武藤《むとう》や川口の耳に入ったら――」

「総括されてしまうかしら」

「彼らの前では、そんなことを口にしちゃいけないな」

「そうね」

「それから、おれの前でもだ」

言いながら、岩倉は、久美子の白い喉に右手を当てた。

指に力を込める。

力を込めながら、ゆっくり唇を押し当ててゆく。

唇よりも先に、突き出してきた久美子の舌に触れた。その舌を吸い込みながら、岩倉の唇が久美子の唇にたどり着いた。

再び勢いを取りもどした岩倉のものを、久美子は握っていた。

岩倉は、なお、右手に力を込めた。

喉《のど》で呼吸を停《と》めたまま、久美子が岩倉の上になった。

岩倉は、まだ手の力をゆるめない。


下から、久美子の顎の下に手を差し込んでいる。

久美子は、腹と平行になりたがっている岩倉のペニスを握り、垂直に上に向けた。

その上に、ゆっくりと尻を落としてゆく。

先端が、肉の花びらに触れた。熱を持って膨《ふく》らんだ肉の扉をくぐらせた。

すでにうるおい、道のついた秘洞に、それが半分埋め込まれた時、ようやく岩倉は手を離した。

「ああ」

という喘《あえ》ぎ声とともに、久美子が、大量の空気を吐き出した。

濡れた声であった。

それまで喉に当てられていた岩倉の手が、下から乳房を包んでいた。岩倉は、久美子の乳房を上に押し上げるようにして、強く両手で握った。

尖《とが》って突き出てきた乳首を、親指の腹で乳房の中に埋め込む。

久美子は、尻を落としたまま動かずに、凝《じ》っと手の感触を味わっているようであった。

痛いくらいに、岩倉は握った。

ゆっくりと、久美子の顔が歪《ゆが》んでゆく。

苦痛を訴えようか、快感を訴えようか、わからない顔であった。その苦痛か快感かが、さらに昂《たか》まってゆくのが、表情でわかる。

岩倉を包んでいた肉の襞《ひだ》が、ふいに、強く岩倉を締め上げ、うねった。

久美子が、尻を浮かせて、それを揺すり始めた。

岩倉が、手で乳房を揉《も》み立てようとすると、久美子が首を振った。

「駄目——」

眼を閉じたまま、舌の先を唇から覗《のぞ》かせた。

「動かさないで。そのままもっと強く握っていて——」

岩倉の胸に手を当てて、大きく腰をはずませせる。

岩倉の視界に、顎をのけ反《ぞ》らせた久美子の白い喉が見えていた。久美子の動きに合わせ、岩倉が下から突き上げる。

手の中の久美子の乳房が、さらに白くなっている。岩倉は、久美子の言葉を無視して、その手でおもいきり久美子の乳房を揉み立てた。

久美子が、長い髪を左右に振った。

入ってから、きっかり二時間後に、ふたりはモーテルを出た。

入ったのは夕方である。

出た時には夜になっていた。

御殿場インターから、東名《とうめい》高速に入るコースはとらなかった。日曜日のため、東京へ帰る車で、御殿場から東京まで混み合っているのがわかっているからである。

林の中の道を走って、246号線に出、そのまま渋谷《しぶや》に向かうつもりだった。

走りながら、岩倉は、バックミラーを覗き込んだ。

「どう？」

久美子が訊いた。

「いないな――」

低く岩倉が答えた。

いない、というのは、尾行して来るあのバイクがいない、という意味である。バックミラーの後方に、ふたつのヘッドライトが見えているだけである。

昼の間、何度か、後方に同じバイクの姿を見ていた。そのバイクが、自分たちを尾行していたのかどうかははっきり確認したわけではない。その可能性が濃いということである。

日曜日、独身のサラリーマンが、久しぶりに恋人を車に乗せてドライブに出た。岩倉と久美子はそういうふうを装《よそお》っている。

事実、そのとおりなのだ。

車を運転している岩倉は、どう見てもそれ以上の者には見えない。スーツこそ着ていないが、そのままネクタイをするだけで、大手商社のエリート社員が出来上がる。

細いチタンフレームの眼鏡が、岩倉の知的な風貌に似合っている。

眼つきの鋭さが、眼鏡のグラスで緩和《かんわ》されているのだ。

バイクに気がついたのは、午後になってからである。気がついたら、後方にそのバイクがいた。

ドライバーは、黒い、革のつなぎを着ていた。

途中で一度、姿が見えなくなり、しばらくしてまた姿を現わした。

同じバイクであることはわかっていた。

バイクにまたがっている男の体躯《たいく》が、並みはずれて大きかったからである。巨漢であった。ミラーで覗くだけでも、それがわかる。

ナナハンと思われるバイクに、質量負けしていないのである。

モーテルに入る一時間ほど前に、そのバイクは見えなくなった。

そのバイクが、また後方についているかどうかを、岩倉は確認したのである。

長い、直線の道であった。

ゆるい下りになっており、左右から雑木林がかぶさっている。

中天に上りかけた満月が、青い光を上から落としているが、強いヘッドライトの光芒《こうぼう》が、その光を左右に押しのけている。

窓は開けたままである。

五月後半の夜気が、車内に入り込み、久美子の髪をなぶっていた。

新緑の匂いを、たっぷりと染《し》み込ませた風であった。

直線が終わって、右のカーブになった。

軽くスピードを落とし、ハンドルを切った岩倉は、おもいきりブレーキを踏んでいた。

カーブの先に、道路を塞《ふさ》ぐようにして、乗用車が横に停まっていたからである。その乗用車の横腹にバンパーを接触させて、ふたりの車が停まった。

「くそ⁉」

岩倉は、ギヤをバックに入れて、おもいきりアクセルを踏んだ。

踏んだ途端に、がつんとショックがあった。

後方から走って来た車が、すぐ後方に停まっていたのである。

無線か何かで、連絡を取り合いながらでなければ、こうもうまくできるものではない。ふたりがモーテルに入っている間に、いくつかのケースが想定されて、計画が練《ね》られたのであろう。

「バイクは囮《おとり》か⁉」

前方の左側の林の中から、ふたりの男が出て来るのが見えた。

後方の車のドアが開いた。

「紅革派《こうかくは》だ」

岩倉が、シートベルトをはずして低く言う。

「右の林！」

久美子が叫んで、ドアを開ける。

逃げるとしたら、右手の林の中しかなかった。

岩倉が先に、すぐその後に続いて、久美子が林の中に走り込む。

久美子の右手に、金属光を放つものが握られていた。登山ナイフである。

濃く青い闇が、ふたりを包んでいた。

頭上で、ざわざわと新緑の梢《こずえ》が風に鳴っている。

すぐ後方に、追手が迫っていた。

立ち止まった途端に、背中に躍《おど》りかかられる距離である。

追手は、五人の男であった。

このうち、三人が、細い棒状のものを手に握っている。

鉄パイプらしかった。

後頭部におもいきり一撃をくらえば、頭蓋骨が陥没する。

灯りを持っているのは、岩倉だけであった。

岩倉が先頭を走り、後方に久美子が続いている。

岩倉が、草か木の根に足をとられて転べば、その時に勝負はつく。立ち上がる時間を、追手が与えてくれるとは思えない。

久美子が転倒すれば、あるいは岩倉に機会《チャンス》はあるかもしれない。

転倒した久美子に、追手のふたりがかかれば、岩倉が相手にする人数は三人になる。

追手が転倒した久美子の身体を避《よ》けている間に、追手との距離を開けることもできよう。

しかし、追手の目的は、久美子ではなく、岩倉である。

久美子を無視して、全員が岩倉を追って来ることも充分に考えられる。

岩倉のすぐ後方に、久美子の息づかいが聴《き》こえていた。

さっき、モーテルのベッドの上で耳にしたばかりの、生々《なまなま》しい息づかいであった。いや、さきほどよりもなお、久美子のその息づかいは、官能的で嬉々としていた。

不思議な女であった。

奇妙な野性と、飢《う》えを、そのしなやかな肉体に秘めている。

——もしかしたら、おれは、この久美子を一度も満足させてやったことがなかったのではないか。

ふと、岩倉はそう思った。

精神的にも、SEXの時でも、この久美子を満足させてはいなかったのではないか。

追われている最中に、そんな考えが頭をよぎるのが不思議だった。

久美子の息づかいが、闘いを望んでいた。

月光と、灯りがあるとはいえ、夜の林の中である。

下生《したば》えも、草に隠れた石も多い。

いずれは、走っていれば転倒する。

これまで何度も前につんのめってバランスを崩している。

走り出してから、まだ二分と経《た》ってはいないだろうが、それでも奇跡のようなものであった。

追手の人間は、何度か転がっているが、それでも、ふたり一緒に転ぶことはない。

「闘《やる》ぞ！」

岩倉が言った。

久美子の返事を待たずに、岩倉は右横に跳《と》んだ。

久美子は、そのまま真《ま》っ直《す》ぐ駆け抜けて、一本の樹《き》の幹《みき》の背後に回り込んだ。

「けやっ」

その樹を、鉄パイプの一本が、激しく音を立てて叩いた。

追手の先頭を走って来た男が、久美子に向かって鉄パイプで一撃したのである。

走りながらであるため、バランスを崩していた。

幹の陰から、久美子が、その男に向かってナイフを突き出した。

鉄パイプを握っていた男の腕を、深々とナイフがえぐっていた。

鉄パイプが落ちた。

その鉄パイプに、横から岩倉が飛びついた。

「岩倉!」

叫んで、ひとりの男が、岩倉の頭上から鉄パイプを打ち下ろしてきた。

両手に握った鉄パイプで、岩倉が落ちてくるそれを受けた。

鈍い音がした。

水平に受けたわけではない。

岩倉の鉄パイプを打った男の鉄パイプが、横に滑《すべ》り、鉄パイプを握っていた岩倉の左手の指をはじいた。

岩倉が立ち上がった。

左手の、人差し指と中指の感覚がない。

左手は使えない。岩倉は右手に鉄パイプを握っていた。


久美子と一緒に、同じ樹の幹を背にした。

五人の男が、その幹を中心に岩倉と久美子を半円に囲んでいた。

ひとりは、腕に傷を負っている。

まだ、新緑が空を覆《おお》いきっていないため、月光が林の中にまで落ちてきている。その暗い明かりに、男たちの手にしている武器が見えた。

鉄パイプを握っているのがふたり。

ナイフを握っているのがふたり。

六本ほど入れているらしい懐中電灯を持っていた。

その光芒が、まともに岩倉と久美子に向けられた。

強烈な光が、岩倉の眼を射《い》た。

「やっと見つけたぜ、岩倉——」

懐中電灯を持った男が言った。

「内田《うちだ》か!?」

岩倉は言った。

「捜《さが》したよ。いつの間にか、気の利《き》いたとこのサラリーマンになっていやがって——」

岩倉は答えない。

心臓の鼓動に合わせて、左手の指に、鈍痛がうずき始めていた。

「何をたくらんでやがる。武藤も川口も、もとは紅革派《うち》の人間だった男だ。黒士軍だと？　いったいどうやってやつらを洗脳しやがったんだ？」

「——」

岩倉は、右手に、鉄パイプを握り締めていた。

握りの所に、布が巻いてあった。

その布が、汗で濡れてくるのがわかる。

ふたりを囲んだ半円が、左右に広がり始めた。

幹の後方に回るつもりらしかった。

岩倉の右手に向かって動いていた男がふいに立ち止まった。

闇の中で何かにぶつかったようであった。

「ぐっ」

という低い呻《うめ》き声が響き、鉄パイプが草の中に落ちる音がした。

ぬうっと、黒い巨大な影が、その草の上に立っていた。

「誰だ!?」

内田が、その影に向かって灯りを上げた。

そこに、凄《すご》い巨漢が立っていた。

「あんた……」

声を上げたのは岩倉であった。

「よう」

その巨漢が、眩《まぶ》しそうに眼を細め、太い唇の一方の端を吊り上げた。

獰猛《どうもう》な獣の笑みが、そこに浮いていた。

革のつなぎを着た男であった。

その男が、右腕の中に、男の首を抱え込んでいた。

男の爪先《つまさき》が、宙に浮いていた。

苦しそうに、その足がもがいている。

太い腕の中に、顔を包まれているため、低い呻き声しか洩《も》らせない。呼吸をするのさえ、やっとのようであった。

巨漢の着ている革のつなぎも、特注品のようであった。

凄い量の肉が、その内側に収まっている。

その肉が、内側から大きくその革を盛り上げていた。

身長は、二メートルを下るまいと思われた。

羆《ひぐま》の質量と、それ以上の獣じみたものを、その男の肉体は有していた。

強烈な出現の仕方であった。

「ヘッドライトを消したまんま、後を尾行《つ》けてたんだ。わからなかったろうが――」

野太い声で巨漢が言った。

「誰だ!?」

内田が、もう一度同じことを訊いた。

「文成仙吉ってんだよ」

巨漢がぼそりと答えた。

「何だ――」

「何しに来た！」

男たちが呻いた。

「そこの岩倉というのと近づきになりたくてな。ちょうどいいところで出て来てやったんだよ」

無造作に吐き捨てた。

右腕に、巨漢が力を込めた。

ぶら下がっていた男が、猛烈にもがき始めた。

足の先や、拳が巨漢の身体を叩いた。

宙に浮いている状態のため、蚊《か》ほども巨漢にダメージを与えていない。

大人と幼児の闘いであった。

ごきん
という音がした。

ふいに、男が動かなくなった。

灯りに照らされ、闇の中に浮き上がった男の顔が、もの凄い微笑を浮かべた。

「ひとり——」

巨漢がつぶやいた。

巨漢の腕の中から、草の中に、男の身体が重い音を立てて沈んだ。

その音だけが、ざわざわと梢を揺する風の音の中に響いた。

誰も動く者はなかった。

岩倉は、横の、久美子に眼をやった。

久美子は、これまで岩倉が見たことのない表情を、その顔に浮かべていた。

深く貫《つらぬ》いて、気をやらせた時でさえ、そのような表情を久美子が浮かべたことはなかった。

おびただしく濡らした久美子の肉襞《にくひだ》の色が、一瞬、岩倉の脳裏《のうり》に浮かんだ。

久美子は、恍惚《こうこつ》とした光を、その瞳の中に宿していた。

気をやる寸前のように見えた。

燃えるような歓喜の表情をしていた。

ぞくりぞくりと、久美子の背に、たまらない震えが疾《はし》り抜けるのを、岩倉は眼にしていた。

この晩——

久美子と、そして岩倉は、初めて文成仙吉という男と出会ったのである。

2

四人の男が、ただ一人のその男に、完全に気圧《けお》されていた。

そのうちのひとりは、すでに久美子に腕を刺され、半分戦意を喪失している。残りの三人も、草に足をからめ取られたように、身動きしない。

魅入られたように、巨漢にその視線を向けていた。

強烈な吸引力を、その体軀《たいく》に宿した男であった。

その肉体から発する磁力に似たものが、男たちの視線を吸い付けているのだ。

眼をそらせようとしても、そらせることができない。

単純に大きいという、ただそれだけのことが、ある種の感動すら呼び起こすものらしい。しかも、この巨漢の場合、むっと鼻を衝《つ》くような獣臭すら、その巨体の周囲に漂《ただよ》わせているのである。

むろん、獣の臭いがその男の身体から発せられているわけではない。見ている者の鼻が、その臭いを嗅《か》いだと錯覚するほどのものを、その男の肉体が有しているのである。

すでにひとりが、その男——文成仙吉に、やられて草の中に沈んでいる。

「どうしたい？」

文成が言った。

両腕を、だらりと身体の両脇に下げている。

無造作な姿勢であった。

武器を持った男たちを前にして、何の構えも見せようとはしない。

双眸《そうぼう》に獣の光を溜《た》めた文成の視線が、鉄パイプを両手に握った男に向けられた。

「おまえからか——」

低く言った。

言った途端に、その男の身体が動いていた。

鉄パイプを上段に振りかぶり、草の上を文成に向かって疾《はし》った。

眼を剝《む》いていた。

唇から、わけのわからない怪鳥《けちょう》の声を上げていた。

文成に向かって突進した。

突っかけてきそうなその男の気配を察知して、〃おまえからか〃と文成が言ったためか、それとも、文成がそう言ったため、思わず男の身体が動いてしまったのか、それはわからない。

どちらにしろ、結果は同じであった。

真上から、文成の脳天目がけて、鉄パイプを打ち下ろしてきた。

それをよけられたらとか、受けられたらとか、他の一切の配慮を捨てた動きであった。全身の力が、ただその一撃にこもっていた。

「ひゅっ」

と、文成の唇から、呼気が洩れた。

文成の右足が、草の中から跳《は》ね上がっていた。

前から疾って来る男の顎に、文成の右足のブーツの先端が、真下から吸い込まれた。そのままブーツの爪先が、夜の中空に駆け抜けてゆく。

そのスピードには、わずかの鈍《にぶ》りもなかった。

障害物など、その爪先が疾り抜けた空間のどこにもなかったような鮮やかな動きであった。

めしゃっ――

音がした。

歯と歯とがぶつかる音であった。文成に鉄パイプを叩きつけてきた男の喉が、天に向かって垂直になっていた。

顔が、真上の空を向いていた。

その顔が短くなっている。下顎が、上顎にめり込んでいるためであった。

怪鳥の声は止《や》んでいたが、男の眼はまだ大きく見開かれていた。

自分に何が起こったのか、理解していない顔であった。

眼の前の巨漢を睨《にら》んでいたはずなのに、その風景が瞬時にして入れ替わった。視界の中にあるのは、黒い樹々の梢と、暗い天である。隅の方に月が見えている。

どうしたのか。

どうして正面に空が見えるのか。

どうして声が出なくなったのか。

その疑問の答えを、男が得たとは思えなかった。

それでも、やりかけた動作だけは、その肉体が続けていた。

額《ひたい》の間近に迫ったその鉄パイプを、文成は、ひょいと分厚い右の掌《てのひら》で受けた。

そのままその鉄パイプを握る。

男は、半分勢いのついたまま、いったんどんと文成の巨体にぶつかった。文成が後方に退《さ》がると、そのまま男の身体は前のめりに草の中に倒れた。

前に倒れたことにより、顎をのけ反らせている男の視界に、ようやく文成の姿が見えた。

すでに、自分のやろうとした動作を、自分の肉体がやり終えてしまったことを、まだ男は気づかなかったらしい。その続きをやろうと、草の上に倒れたまま、二、三度、走るような動作をその肉体がした。

それは、どう見ても痙攣《けいれん》のようにしか見えなかった。

眼を開いたまま、すぐに男は動かなくなった。

文成の右手の中に、一本の鉄パイプだけが残っていた。

「ふたり――」

ぼそりとした文成の声が、闇の中に響いた。


三人の男を見た。

ナイフとハンドライトを持った内田の顔が、青白くなっている。

「来いよ」

文成が言った途端、内田と、ナイフを持ったもうひとりの男の身体が同時に動いていた。

「へひっ」

「あやっ」

半分は悲鳴に近い。

逃げるか闘うか、どちらの判断をしようかと迷っている時に声をかけられ、肉体のほうが先に反応してしまったような動きだった。

逃げようとしたのに、たまたま逃げた方向が、文成のいる方向であったという感じであった。

正常な判断をしたのは、残った手負いの男だけであった。

「ひいいっ!」

背を向けて走り出した。

「ちいっ」

その男に向かって、右手に鉄パイプを握っていた岩倉が動いた。

文成は、迫って来るふたりが、眼の前へ迫るまで、動かなかった。

ぎりぎりのところで、ひょいと左に半歩身体を移動させ、無造作に、右手に握った鉄パイプを打ち下ろした。

いくらも力を込めたと見えないのに、その鉄パイプが夜気を裂《さ》いてぶんと唸《うな》った。

ずくっ
と、いやな音がした。

鉄パイプが、そのパイプの太さの分だけ、きれいに男の脳天にめり込んでいた。

しゅっ
と、男の鼻と口から血がしぶいた。

男の両眼が、半分、瞼《まぶた》を押しのけて外に出かかっている。

パイプを脳天にめり込ませたまま、男は数度、ナイフを握った手と、握ってないほうの手を振り回し、そのまま棒のように前にぶっ倒れた。

動かなかった。

もうひとりの男、内田は、まだ地面に立っていた。

内田のナイフを握った右手を、文成は左脇の下に抱え込んでいた。

もうひとりの男を鉄パイプで倒すのと同時に、内田のナイフをさばいて腕を抱え込んだのだ。

内田は、まだ、左手にハンドライトを握っていた。

右腕を、よほど強くしぼり上げられているのだろう。

内田は、顔を歪ませながら、文成の分厚い胸の間から、文成の顔を見上げていた。

内田の顔を見下ろしながら、文成が短く微笑した。

「さんにん――」

ゆっくりとつぶやいた。

「四人だ――」

その時、闇の中から声がした。

鉄パイプを下げて、草を鳴らしながらゆっくりと岩倉がもどって来た。

「五人目をどうする?」

文成が言った。

ひっ
と、内田が喉の奥で声を上げた。

「口だけきけるようにしといてくれればいいさ」

岩倉が言った。

内田の右腕を巻き込んでいた文成の、左腕に、わずかに力が込められた。

文成の腕の中で、鋭い、骨の折れる音がした。

女のような声を、内田が上げた。

ライトが草の中に落ちた。

内田は、それでもまだ右手に握ったナイフを放さなかった。

内田の右腕をはなし、ゆっくりと文成が後方に退がる。

内田の右腕が、だらんと下に下がっていた。

内田は、呻き声を上げながら、そこに膝をついた。

落ちたハンドライトが、草の中でまだ光を放っていた。

ライトの光が当たっている草が、きれいに葉脈《ようみゃく》を浮かせて緑色に闇に浮き上がっている。

その光の中に、文成に顎を割られた男の顔があった。

まだ眼を開いたままのその男の鼻先から、岩倉がハンドライトを拾い上げた。

久美子の横に並んだ。

久美子は、双眸に濡れた光を溜めて、まだ恍惚《こうこつ》とした表情で文成を見ていた。

その久美子にちらりと視線を走らせてから、岩倉は、光をまず内田に当て、そして文成に当てた。

「ふふん——」

文成が、眩しそうに眼を細め、唇を小さく吊り上げる。

「照れるじゃねえか」

低い獣の唸りに似た声で言った。

「礼を言わなくちゃいけないな」

岩倉が言った。

「礼なんかはいらねえよ」

「文成仙吉——だったかな」

「ああ」

「なぜ、後を尾行した?」

「言ったろう。あんたと知合いになりたくてよ」

「知合いに?」

「そうさ。ところが、後を尾行《つ》けてたのはおれだけじゃなかった。どうも、前々からの、そちらのお知合いのようだったたんでね。いい出番が来るのを待ってたんだよ——」

「なに⁉」

「あんたの顔馴染《なじ》みの紅革派の連中なんだろう——」

文成が、内田に向かって顎をしゃくり上げた。

ライトの光を、岩倉が内田に当てた。

内田は、膝を落とし、木の幹に背をあずけて、腕を押さえ、呻いていた。

逃げようとする気力も萎《な》えているらしかった。

「裏切りやがって——」

内田が、視線だけを上げてつぶやいた。

「裏切った覚えはないな」

岩倉が言った。

「川口と、武藤を洗脳した」

「洗脳じゃない。彼らは、ぼくに共鳴しただけだ」

「知ってるぞ」

「何を知ってる」

「おまえが興味があるのは、革命じゃない」

「では何だと」

「金だ」

内田の答えに、岩倉は小さな含み笑いで答えた。

「この男を、死なない程度に眠らせてもらえますか――」

岩倉が言った。

「ぼくがやると、加減を知らないから、殺してしまいそうでね。こういうことはあなたのほうが馴《な》れているみたいだ」

文成の眼を覗き込む。

「おれだって、加減を間違えることはあるんだぜ――」

つぶやきながら、文成の身体が動き出した。

「ひっ」

内田が、逃げようと背を向けた。

その内田の後頭部に向かって、文成の右手が動いた。

ふわりと、軽く、文成の手が内田の後頭部を撫《な》でたように見えた。

糸の切れた人形のように、そのまま内田が草の中に身体を崩した。

内田は、その右手にまだナイフを握っていた。

「こんなとこかな」

文成が岩倉に向きなおる。

「用件は？」

と、岩倉が文成に訊いた。

文成は、岩倉の視線を黙ったまま数秒受けて、ゆっくりと口を開いた。

「あんた、東和《とうわ》銀行を狙《ねら》ってるんだろう？」

文成は、覗き込むような視線で岩倉を見た。

沈黙があった。

「どこでそんなこと聴《き》きました？」

「聴いたんじゃない。調べたんだ」

「調べた？」

「おれも金には興味があってね。東和銀行のことを調べているうちに、同じようなことを調べてるあんたのことを知ったんだよ」

「——」

「どうせ、ひとりじゃできない仕事だ。いずれは、仲間を捜すつもりだったんだ——」

「仲間を?」

「どうだい、おれと手を組まねえかい?」

文成が言った。

3

「ちぇっ」

声を上げたのは、毒島獣太であった。

「それで、おめえは、その文成というのに裏切られたってわけなんだろうが」

「そうだ」

岩倉が答えた。

「それを、まだ根に持ってやがるのか——」

毒島がつぶやく。

「奪った金を、やつは、逃走中にひとりで持って逃げた。それを丹沢《たんざわ》に埋めたんだよ——」

毒島に向かって、岩倉が言う。

「で、文成は?」

冴子が訊いた。

「わかりません」

冴子に答える時だけ、岩倉の言葉が丁寧《ていねい》になる。

「わからないのですか?」

「久美子と文成とが、できていましてね——」

そう言ったときだけ、無表情だった岩倉の顔に、鬼の気配が動いた。

「わたしたちのことを、警察に密告した者がいましてね。わたしともうふたりの仲間だけ、なんとか逃げきったのですが、他の仲間は捕えられました。武藤と川口というのに、文成が連絡を取ってくるだろうと久美子の後を尾行させていたのですが、そのふたりはそのまま連絡を絶ったままです。互いに連絡を取り合える状態でもありませんでした——」

「川口というのは……」

冴子が訊いた時、岩倉の後方にいた男——川口がその時初めて口を開いた。

「自分の弟です」

低いかすれた声で言った。

「しばらく香港《ホンコン》で過ごし、日本にもどって、彼に連絡を取りました——」

川口に視線を走らせて、岩倉が言った。

「そう」

醒《さ》めた声で、短く御子神冴子が言った。

「いまだに、文成のことも、武藤や川口の弟のことも、わからないままだというのね」

「久美子のこともです」

岩倉が答えた。

「その文成と、鬼奈村典子を連れ去った大きな漢《おとこ》というのが同一人物だというのね」

「身長二メートルもある文成という男が、他にいるとは思えません」

「わかったわ」

冴子が言った時、ソファーに腰を埋めて足を組んでいた毒島が、また小さく舌を鳴らした。

「ちぇっ」

岩倉を見る。

「暗い男だなあ、おめえ——」

岩倉に向かって言った。岩倉は無言の視線を、毒島に向かって放った。

「女はよ、あれがうまい男のほうに行っちまうもんなんだ。上手《じょうず》に突っ込んでくれる男のほうがいいんだよ。おめえが下手《へた》だから、女なんかにそっぽを向かれるんだよ」

毒島の言葉を、岩倉は、黙ったまま平然と受けた。

ねっとりとからみつくような蛇の視線であった。

初めて文成と出会った時とは、異質のものが岩倉の顔に刻《きざ》まれている。

暗い、鬼の光を宿した眼であった。

岩倉の顔に憐《あわ》れむような眼差《まなざ》しを向け、毒島は立ち上がった。

「きちんと女とやっていなけりゃ、男ってのは覇気《はき》がなくなるぜ――」

岩倉に歩み寄り、ぽん、とその肩に掌を載せた。

「女だって、きちんと男に入れてもらってないやつは、つんけんするようになっちまうんだ」

冴子の方に向きなおり、にっと白い歯を見せた。

片手を上げる。

「じゃあな」

背を向けて、ドアを開ける。

「早苗を借りてくぜ。やられる決心がついたら、ホテルのほうへ電話をくれ――」

外へ出ながら、毒島は、ちらっと葵に盗《と》られた四百万の金のことを思った。

必ずあれも取り返してやる、と毒島は思った。

問題は、あの〝和歌紫〟の女から電話があるかどうかだ。

まあいい。


「おもしろくなってきやがったじゃねえか」

閉めたドア越しに、毒島のつぶやく声が響いてきた。

3章　文成《ふみなり》動く

1

毒島獣太は、女の尻を舐《な》めている。毒島も女も全裸であった。

女——早苗がベッドの上に立って、毒島の方に尻を向けている。

毒島は、床に立って、背後から早苗の腰を抱え込んで、尻に舌を這《は》わせているのである。

うっとりするような、いい尻だった。左右にも、後方にも、たっぷりと重く、きちんと張っている。針で突けば裂《さ》けてしまいそうな張りがあるのだ。

肌が白い。

それも、ただの白ではない。白は白だが、その皮膚の下に、淡い桃色が潜《ひそ》んでいるのである。

舌で強く舐め上げれば、そこだけ、その桃色が濃く浮いてくる。

尻の割れ目の線と、太腿の合わせ目の線とが重なるあたりは、もうたまらないほどであった。

その尻を眺め、触れ、舌を這わすだけで、射精しそうになってしまう。

毒島は、顔を離し、

「可愛いな、可愛いな——」

つぶやく。

左右の親指を、尻の頬肉の合わせ目深く差し込んで、それを左右に開く。

薄い茶色のすぼまりが、肉の奥に見える。

その茶色の中に、淡彩の筆が軽く触れていったような、淡いピンクがあるのだ。

生まれ立ての赤ん坊の肛門でさえ、これだけのものはあるまいと思われた。

舌先を軽く伸ばすと、まだ舌が触れないうちに、その蕾《つぼみ》がすぼまり、また、押し出されるように小さく盛り上がる。

もっと大きく尻の肉を開けば、そのすぐ下方にあるものまで見えてくるのだが、毒島は、そこが見えそうで見えないぎりぎりの力を入れていた。

「もう喰っちまいてえな、こいつをよ——」

毒島が、肛門を眺めながら言う。

尻に頬ずりをする。

「あたしのお尻、そんなに好き？」

早苗が、かすれた声で言う。

さっきからの刺激で、早苗もだいぶ昂《たか》まってきている。

「好きだな、たまんねえよ」

大きく尻の肉を割って、毒島は舌先を届かせた。

届いた途端に、ぴくんぴくんと早苗が尻を揺すった。

その舌をさらに伸ばすと、熱い下方の肉のぬめりに届いていた。

そのぬめりをすくい上げるように、そこから肛門までを、毒島は舐め上げた。

「ああ——」

早苗が、膝を折った。

もう立っていられないらしい。

両膝をベッドについていた。

四つん這いの姿勢になっていた。

尻の中に顔を潜《もぐ》り込ませて、毒島はたっぷりと唾液を載《の》せた舌で、そこをほじくった。

早苗が尻を振っていた。

「喰べて。早苗のお尻、喰べて——」

そう言った。

荒い呼吸に、熱い喘《あえ》ぎが混じっている。

毒島は、ベッドの上に上がり、早苗をうつ伏せにさせた。

後方から、その上にかぶさった。

尻と太腿の合わさっているあたりに、自分の、堅く強張《こわば》ったものを差し込んでいた。

穴に挿入しなくても、それだけで充分精射してしまいそうである。

尻の頬肉と、太腿の肉とが、毒島の強張りを締めつける。

毒島は激しく動いた。

反《そ》った毒島の強張りの背が、動くたびに、女の濡れた花びらの入口と裏の蕾をこすり上げる。

早苗が高い声を上げた。

「行くぜ！」

たっぷりと毒島は放っていた。

毒島が放ったあとも、女は小刻《こきざ》みに尻を揺すり立てた。

自分のそこを毒島の強張りにこすりつけ、早苗も達したらしかった。

ぐったりとなった早苗の耳元に、唇を寄せて、毒島が言った。

「慌《あわ》てることたあねえぜ、夜は長いんだ。これからたっぷり、数えきれねえほどいかしてやっからよ」


耳の穴に舌を差し込み、毒島が腰を動かした。

「あっ」

と、早苗が鋭い声を上げた。

まだ少しも衰えていない毒島の強張りの先端が、果液にまみれた秘肉の中に潜り込んだのである。

子宮に届くまで、それがいっきに貫《つらぬ》いてきた。

早苗は背を反らせ、二度目の頂《いただき》を迎えていた。

2

「なんでおれはこんなに好きなんだろうなあ——」

しみじみと毒島が言ったのは、ルームサービスの一番高いディナーセットを、半分ほど平《たい》らげてからであった。

シャブリのワインのボトルが、テーブルの上に載っている。

早苗はガウンを着ていたが、毒島は全裸であった。

「ま、根が正直なだけなんだろうけどよ――」

と、言って、小さく椅子《いす》の上で身体を上下させた。

低いテーブルの裏側に、何かが当たってこんこんと音を立てた。

「な――」

にっ、と毒島が微笑した。

まだ堅《かた》いままのそれで、毒島がテーブルの裏を叩いてみせたのである。

早苗が、微笑した。

美人ではないが、愛嬌《あいきょう》のある貌立《かおだ》ちをした女であった。

「どっちかといえばよ、ま、おめえはブスだな――」

眼の前の女に、はっきりブスと言いながら、この男の口調には屈託《くったく》がない。

「けどよ、おめえの尻は最高だ。そこらの尻なんぞは、下ろし金《がね》で擂《す》り下ろしてやりたくなっちまうぜ。尻のいい女も、顔のいい女も、おんなじだ――」

「ほめてくれてるのね」

早苗が言った。

「ほめてんだよ」

「うれしい」

「朝までに、もう四、五回はいけるぜ」

毒島は言った。

すでに三度は放っているはずなのに、毒島のそれは、まだ少しも硬度を失っていない。

「なあ、おい――」

毒島が、ワインを喉に流し込んでから言った。

「てめえらいったい、どういう連中なんだ?」

とん、とテーブルに空《から》になったグラスを置いて、早苗を見た。

「あの冴子って女、何者だい?」

早苗は答えなかった。

毒島の視線を避けるように眼を伏せた。

「訊《き》いても誰も答えやがらねえ。そこがおれは気に入らねえな。鬼道だとか、卑弥呼だとか、そんなことを言ってたがよ、てめえは、そんなことを知ってるのかい？」

「いくらかなら——」

早苗が言った。

「言えよ」

「ですが——」

「冴子が怒るか」

早苗がうなずいた。

「ちぇっ」

毒島はおもしろくなさそうに舌を鳴らした。

「おめえもよ、どうせ因果《いんが》を含められて来たんだろう？」

「因果を？」

「おれを見張ってろとでも、言われてるんだろうがよ」

「はい」

「どうせ、このホテルにも誰かが張り込んでるんだろうな」

「ええ」

「そんな手間をわざわざはぶいてやろうと、おめえを連れて来たってのに、気の利《き》かねえこった」

毒島が立ち上がった。

引き締まった皮膚の下で、筋肉がうねった。

窓に歩み寄って、閉めてあったカーテンを大きく左右に開いた。

都心の夜景が、眼下に広がっていた。

超高層ビルのホテルである。

壁ひとつ分が、そっくりそのまま窓になっている。

天井近くから、床近くまで、分厚いガラスが嵌《は》め込まれているのだった。

深い海のような闇が遥《はる》かに続いている。

その闇の底に、微細なガラス屑《くず》のように灯《あか》りが散らばっている。一見は、無秩序のように見える灯りも、よく見れば、それぞれに流れのようなものがある。

駅の周辺、ひとつの道路、それらに沿った無数の灯りが、交《まじ》わり合い、重なっているのである。どの灯りの下でも、それぞれ、人が生きて蠢《うごめ》いているはずなのだが、遠く硬質のガラスを隔《へだ》ててそれを見ていると、人の体温や体臭、汗の匂いまでは届いてこない。

ただ美しい。

「鬼道か――」

と、毒島はつぶやいた。

その毒島の背に、早苗が声をかけた。

「それは卑弥呼が持っていた力のことです」

毒島が早苗の方を振り返った。

「そういえば冴子もそんなことを言っていたな。なんとかいうのに書いてあったとよ――」

「『魏志倭人伝《ぎしわじんでん》』……」

「それだ。しかし、その鬼道が何だというのかってことさ」

「それが、よくわからないのです」

「わからねえ？」

「それを調べるために、冴子様は、あなたを、あの女に潜《もぐ》らせようとしたのですから」

「鬼奈村典子か」

「はい」

「わからねえな」

毒島が、夜景を背景にして振り返った。

「鬼道とは、民《たみ》を統《す》べる力――おそらくはそういうものだと思います」

「ほう」

「冴子様は、われわれの中では、その鬼道の血を一番濃く持っていらっしゃるのです」

「鬼奈村典子は？」

「たぶん、その血を、冴子様よりも強く持っている方のはずです」

早苗が言って立ち上がった。

ゆっくりと、毒島の方に近づいて来る。

途中で、ガウンを脱ぎ捨てていた。

毒島の前まで歩いて来ると、そこに膝をついた。

天を向いている毒島のそれに、両手の白い指をからめた。

根本《ねもと》からふたつ握って、まだたっぷりと余っていた。

それを下に押し下げて、自分の唇の高さに調節する。

小さく唇を開いた。

「いいのかい、おめえ——」

毒島が言った。

唇を半開きにしたまま、早苗が毒島を見上げた。

「——あんまりしゃべると、冴子に怒られるんじゃなかったのかい」

「今話したくらいのことまでなら、話してもいいと言われてきました」

「じゃ、まだ話してねえことがあるんだな」

早苗が、顔を下げて、毒島の強張りを口に含んでいた。

うなずいたのか、どうか、それを確認しようとする前に、早苗の舌が動き出していた。

3

闇の中に、小さく金属音が響いた。

ドアのノブが回り、ドアが開けられた。

廊下の天井に取り付けられた灯りが、部屋の中に差し込んできた。

わずかに、部屋が明るくなる。

部屋といっても、そこは、居間や寝室ではない。玄関である。

マンションの部屋に、ふたりの男が入って来たのだ。

川口志郎《しろう》と、西村春樹《にしむらはるき》である。

川口が先に入り、続いて西村が入って来た。

後から入って来た西村が、壁を探って灯りのスイッチを入れる。

玄関の天井にある灯りが点《つ》いた。

廊下からの灯りよりは、やや明るい程度である。

自然に閉まったドアに、西村が、後ろ手に鍵を掛けた。

窓が閉めきってあるらしく、部屋の空気がこもっている。

靴を脱いで、ふたりが上がる。

正面に短い廊下があり、左側がバスルームになっている。

廊下の奥にドアが見えている。

そのドアの向こうが、居間である。

ふたりとも、三十歳前後の顔つきをしていた。

川口のほうが、どちらかといえば痩《や》せ型で、西村のほうが体型はがっしりとしている。普通より身長の高い川口よりも、さらに西村のほうが身長がある。

服装はきちんとしているが、どちらもサラリーマンには見えない。

貌立《かおだ》ちは違っているのに、川口からも西村からも、どこか似たような雰囲気が漂《ただよ》っている。

眼からこめかみにかけて、常人にはないようなこわいものが、ぴりぴりと張っているのである。

極道筋のチンピラの中に、よくあるものとも違っていた。

眼の奥に、重い石のようなものを潜《ひそ》ませているのである。

ドアを開けて、ふたりは居間に入った。

川口が、壁に手を伸ばして灯りを点ける。

天井の灯りが点いたその瞬間、川口と西村は、息を呑んでいた。

西村のほうは、喉の奥で声を上げていた。

居間の中央に、テーブルと、ソファーが置いてあった。

テーブルをはさんで、ふたり掛けのソファーがふたつ、向かい合わせになっている。

その、こちらを向いたソファーの中央に、ひとりの巨大な男が、ソファーを大きく沈ませてすわっていたのである。

ふたり掛けのソファーが、ひとり掛けのようにしか見えなかった。

それだけの質量を、たったひとりのその男の肉体が有しているのである。

小さなテーブルのさらに上に、男のふたつの膝《ひざ》頭《がしら》が大きく突き出ている。

向かい側の椅子の方に、その木製のテーブルを押しやってすわっているのだが、そうして造った空間でも、なお、男には狭《せま》そうであった。

ゆったりとした麻のズボンを穿《は》いていた。

上半身には、ざっくりとした、麻のサマーセーターを着込んでいた。

そのセーターの袖《そで》を、肘《ひじ》まで引き上げている。

その、丸太のように太い両腕を、膝に近い脚の上に載せ、手首を、開いた両脚の間に落としている。

やや短めの髪をしていた。艶《つや》のある黒い髪だ。

無造作に手で撫《な》でつけただけのように見える。

眉も太く、そして唇も太い。

美男子《ハンサム》と、そう呼べなくもないだろうが、昏《くら》いものがその眼の中に宿っている。

ゆるいセーターを着ていてさえ、その内側に包まれている肉の量感が、外に漂い出て来ている。

すでに四月に入っているとはいえ、サマーセーター一枚では寒い。

その寒さを男はまるで感じてはいないらしい。

「よう」

と、短くその男が言った。

声までが太かった。

「誰だい、あんた?」

腰を落として、西村が言った。

何かの武術の心得があるらしい身のこなしであった。

その西村に、巨漢は、無造作な視線を向けていた。

「文成仙吉か――」

と、川口が圧《お》し殺した声で言った。

「ほう」

と、男――文成仙吉が眼を細くした。

「おれの名前をどこで知った？」

その質問に、川口は答えなかった。

「あんたが文成か――」

そう言った西村の身体から、殺気がうねり出た。

「ああ」

文成が答える。

ひどく落ち着いた声であった。

「どうやって、ここがわかった？」

「見張っていたんだよ。五日前、青山《あおやま》の屋敷を訪ねたろう？　その時にあとを尾行させてもらった。その折りにおじゃましてもよかったんだが、いろいろこっちも忙しくてね。日をあらためて、今日、ここで待たせてもらうことにしたのさ」

「部屋の鍵は？」

「手頃な針金一本で充分さ」

西村が、ゆっくりと文成の左手に回り込もうとしていた。

「鬼奈村典子を連れ去ったのは、おまえか」

川口が言った。

「そうだ」

回り込んでくる西村に、まるで気づかぬように、文成は川口に向かって言った。

「迂闊《うかつ》に飛び込むなよ、西村。この男は油断がならん」

川口が、文成の横手に回って足を止めた西村に言った。

西村は、答えなかった。

ぴりぴりとした殺気が、西村の肉から発せられている。

「鬼奈村典子はどこだ？」

川口が言った。

「言えねえな」

短く文成が言った。

「なにしに来た?」

「いろいろ、こっちも訊きたいことがあってね」

「なに?」

「青山のあの屋敷に住んでいる女、御子神冴子というんだろう」

文成の問いに、川口も西村も答えない。

「おたくらがいったいどういう人間か、どうして、鬼奈村典子を捕まえようとしているのか、そのあたりを聞かせてもらいたくてね」

「答えると思うか」

「聞き出す方法はいろいろと知っているさ。これでもね」

「あんた、鬼奈村典子とどこで知り合ったんだ。どういう関係なんだ」

「今のところは、まだ清い関係が続いてるよ——」


にっ、と文成が、唇の一方を吊り上げる。

「たちの悪い冗談《ジョーク》だ」

「無理に笑えとは言ってない」

「あの女は危険な女だ」

川口が、深く息を吸い込み、それを吐き出しながら言った。

「危険?」

「見たろう?」

「何をだ?」

「あんたも経験したんじゃないのか——」

「わからんな——」

「鬼道さ——」

「鬼道だと?」

「わからないなら、無理に教えてやる義理はこちらにはない」

「もっともな話だな」

文成がそう答えた時、文成の左側に立っていた西村が、大きく左足を踏み込んで来た。

床を蹴《け》って、西村の右足が跳《は》ね上がっていた。

「ふしゅっ」

鋭い呼気とともに、その足が、ソファーの背もたれから出ている文成の後頭部を襲っていた。

その足が、空《くう》を薙《な》いでいた。

文成が、首を右に振って、数ミリの差でその攻撃をよけたのである。

その攻撃をはずされても、西村はバランスを崩さなかった。

勢いのついた足をそのまま流して、身体を一回転させて後方に退《さ》がっている。

「やるじゃあねえか」

ゆったりと、文成が立ち上がった。

立ち上がった途端に、文成の肉体がさらに大きさを増したようであった。肉の中に満ちた威圧感が、倍近くに膨《ふく》れ上がっているのだ。

ぎろりと、身体の正面を川口に向けたまま、視線だけを西村に向けた。

「おれも、口よりは、こっちのほうが早くてよ……」

文成がつぶやいて、右の拳を握った。

巨大な拳であった。

「口のきけるやつは、ひとりいればいい」

つぶやいた。

後脚《あとあし》で立ち上がった羆《ひぐま》に匹敵する質量の体軀《たいく》が、じわりと動いた。

いや、西村には動いたように見えた。

実際には文成は動いていない。

西村に向かって、体内にたわめた気を、軽く当てただけであった。

それを、西村が、文成が自分に向かって動いたと錯覚したのである。

それを感じ取った瞬間に、西村は動いていた。

「やめろっ!」

川口が叫んだ時、すでに西村は、右の拳を文成に向かって叩きつけていた。

しゅっ
と、音を立てて文成の右拳が動いていた。

ソファーと、テーブルとの間の細い空間に、文成は立っているだけである。大きな動きはできない。軽く腰をひねって、右の拳を動かしただけである。

それだけの拳の動きが、川口には見えなかった。

川口は、文成のその拳の動きを耳で知った。その拳が空気を裂く音を、耳で聴《き》いたのである。

〃ぎじゅっ！〃

という不気味な音が、部屋に響いた。

文成の右拳が、自分に向かって飛んで来る西村の右拳を、宙で捕えたのである。

西村の右手の甲《こう》が、消失していた。

いや、消失したのではなく、前後に潰《つぶ》れてくしゃくしゃになっていたのである。

西村の右手首から、直接指が生《は》えていた。

握っていたはずの指がきれいにそろって伸び、指先が真下を向いていた。

指と手首との中間に、ぐしゃぐしゃに破裂した肉塊があった。

その肉塊から、折れた白い骨が、天井に向かって数本顔を出していた。

もとより、西村の拳も鍛《きた》えたものである。身体そのものも、常人よりは大きい。

しかし、それ以上に、文成のスケールが桁《けた》違いであったのだ。

数秒の間、信じられない眼つきで、西村は自分の手首を見つめていた。

眼玉を剝《む》いて、大きく口を開けていた。

息を吸い込むか、悲鳴として外に吐き出すか、その決定を肉体のほうが麻痺《まひ》して拒否しているのである。

「ひけくっ」

喉を鳴らして息を吸い込み、いきなり高い悲鳴が西村の唇から滑《すべ》り出て来た。

その悲鳴は、すぐに止《や》んでいた。

文成が、左の手刀《しゅとう》を、ひょいと西村の首の付け根に打ち下ろしたのである。

西村は、そのまま膝をつき、前のめりにぶっ倒れた。

尻を持ち上げた姿勢のまま、悶絶《もんぜつ》していた。

「さて」

と、文成が、川口に向きなおった。

「ゆっくりと話をしようじゃねえか」

太い唇の一方を吊り上げて、笑《え》みを浮かべた。

獰猛《どうもう》な笑みであった。

4

「何の話だ?」

と、川口が言った。

「さっきの続きだよ。鬼道だと?」

「――」

川口は、ぶすっとしたまま、唇をつぐんで答えない。

今しがた、文成の人間離れした技を見たばかりだというのに、不敵な落着きぶりであった。

「朝まで、たっぷりと時間はある。まともな身体でいるうちに吐いたほうがいい――」

「ふん」

平然と文成を眺めたまま、川口は、唇を結びなおした。

「いい面構《つらがま》えをしてるじゃねえか。黙っているぶんにゃ、ヤーさんだって素通りしてゆくぜ――」

文成は、巨体の重さを感じさせない動きで、ゆっくり川口の前まで歩み寄った。

左手を持ち上げる。

そこで初めて、川口は、文成が左手に黒い革手袋をしていることに気がついた。

文成は、軽く曲げた左手の人差し指を、川口の顎《あご》の下に差し込んだ。その顔を上向かせて、自分の顔がよく見えるようにした。

二メートルの上背《うわぜい》のある文成が、顔を落として、川口の顔前に自分の顔を持っていった。

左手の人差し指を顎の下に差し込んだまま、親指で川口の唇を割った。

手袋の革に包まれた親指の腹が、川口の下の前歯の先端を圧《お》した。

にいっ
と、文成が笑みを浮かべた。

「自分の歯の折れる音を聴いたことがあるかい?」

文成が訊いた。

「このまま力を込めれば、歯が折れる」

わかるだろう?

というように、文成は親指に力を込めた。

みしりと、歯が軋《きし》んだ。

川口はただ黙って、文成の眼を見つめていた。

「死んだか——」

と、川口がふいにつぶやいた。

文成の親指が、唇の中に潜り込んでいるため、明《めい》瞭《りょう》な発音ではなかったが、それでもその言葉の意味は聴き取れた。

「なに?」

文成が言った。

「満男《みつお》だよ」

川口がまた言った。

ゆっくりと、文成が、左手をはずした。

「何のことだ」

「川口満男を知っているか——」

一瞬、文成の顔にとまどいの色が浮かび、それがすぐに何事かを思い出した表情になった。

「ずいぶん懐《なつ》かしい名前を聴かされたな」

文成は思い出していた。

川口満男は、三年以上も前、一緒に東和銀行から現金一億円を強奪した、黒士軍のメンバーであった。

丹沢山中で、文成は川口満男を殺している。スコップで穴を掘り、山中に武藤の死体と共に埋めたのも文成であった。

「あんたの眼を見ていたら、満男は死んだろうと、そう思った」

「そのとおりだぜ――」

いくらか苦《にが》いものを吐き捨てるように、文成は言った。

「やはり、そうか――」

「おれが殺して埋めた」

「あんたと、女を追って丹沢に入ったというのは聴いていたんだが、それっきりだったからな。これで真相がわかったわけだ」

「何者だい、おめえ――」

「川口志郎――」

「――」

「川口満男はおれの弟だ」

「へえ」

文成が声を上げた。

「とんでもない場所で、とんでもない人間に会うものだな」

文成の肉の中に張りつめていた獣臭が、ふっと柔らかくなった。

その気配が、川口にも伝わった。

不思議そうな顔をしたのは、川口よりも、むしろ文成であった。

自分の肉の中で、牙《きば》を剝《む》いていたものが、ふいに萎《な》えたのである。

思いがけないものを自分の中に発見して、文成は微《かす》かな驚きさえ覚えていた。

「ちっ」

小さく舌を鳴らした。

「どうした」

川口が言った。

「気分が乗らなくなったんだよ」

文成は、ぼそりと言って、ソファーに腰を下ろした。ソファーが、文成の体重を受けて、軋《きし》み音を上げ、大きく沈んだ。

ふいに、蟠虎《はんこ》の顔が浮かんだ。

死ぬ寸前に、久美子の死体に倒れかかろうとした蟠虎の顔であった。

その時、蟠虎の顔は、すでに文成の顔を見てはいなかった。

手袋の下に隠れた、左手の、今はない小指と薬指に、痛みが走る。

あるかなしかの、微《かす》かな傷《いた》みである。

蟠虎に喰われた指の、幻痛であった。

昔ほどの傷みはない。

ないはずの指に、蜘蛛《くも》の糸がからんでいるようであった。

あの蟠虎が文成に残していったものである。

その存在しない指を、文成は手袋の上から揉《も》んだ。

すぐに、その微かな傷みは遠のいていった。

「あんたも革命をやってたのかい」

文成が訊いた。

川口が、立ったまま首を振った。

「おれは、弟とは違う」

「——」

「日本の古代史をやってたんだよ」

「へえ」

文成は、左手の幻の指を揉んでいた右手を離し、川口を見た。

「それが、どうして、御子神冴子とかいうのとくっついたんだ」

「言えない」

「また話が戻ったか——」

「続きをするか」

「迷ってるところだよ」

文成は言った。

この男が、あの川口の兄でなければ、躊躇《ちゅうちょ》することなく、この男の歯を折っていたろうと思った。

——しかし、

その張りつめていたものが今はない。

知らぬ間に自分が変貌してゆくのである。

変貌してからふいにそのことに気がつかされる。

それも、自分自身にだ。

「あんたが、そんなに優しい男だったとはな——」

川口が言った。

「へ」

文成は、太い唇に、小さな笑みを浮かべた。

「おれが優しくない男だと、誰に聴いたんだい？」

「あんたのよく知っている人間さ」

川口が言った。

その時、玄関のドアのノブが回る、微かな金属音が響いた。

「ぬうっ⁉」

文成の動きは素早かった。

巨体が、猫のしなやかさで跳ね上がり、右手で、川口の左腕の逆を取っていた。その時には、分厚い左手が、川口の口を塞《ふさ》いでいた。


ドアが閉まった。

ゆっくりと、足音が近づいて来た。

居間のドアが開いた。

男が、そこで立ち止まった。

入って来たその男が、まず気がついたのは、尻を持ち上げた姿勢で床に倒れている西村の姿であった。

そして、次に、男は、部屋の中央に立っているふたりの男にゆっくりと視線を向けた。

たっぷりと、一〇秒近くの間、川口の背後にいる巨漢とその男とは見つめ合った。

「文成……」

その男が、つぶやいた。

「岩倉か——」

文成が、ゆっくりと言った。

「文成——」

最初に発した声より、はっきりした声で、その男
——岩倉が言った。

「久しぶりだな」

文成が岩倉に向かって、笑ってみせた。

岩倉の知的な風貌が、どこか間《ま》の抜けたものになっている。

「やっと会えたな」

岩倉の顔が、ゆっくりと元に戻ってゆく。

興奮のための赤みが、頬のあたりに残っただけであった。

「おれのよく知っている人間と言った意味がこれでわかったよ」

文成が、川口に向かって言った。

しかし、川口は文成の手に口を塞がれていて答えることはできない。

「面《つら》が変わったな――」

文成が言った。

岩倉の顔には、以前にはなかった相《そう》が表われていた。

心のうちに、鬼を住まわせている者が持つ相であった。

鬼相である。

それは、かつて、文成自身が、持っていたものと同じものであった。文成が、蟠虎に対して抱き続けていた憎悪――いや憎悪という感情を表わす言葉で呼ぶのではまだ足《た》りない心の瘤《こぶ》。物質的な塊《かたまり》とさえ呼んでもいい憎しみを、この岩倉も己《おの》れの心に住まわせているのだ。

知的な風貌の中に、その鬼相があるだけ、岩倉の顔に表われているものは不気味であった。

「おまえが、こういう顔にしたんだよ、文成――」

岩倉が、どこかに嬉々とした響きさえ込めて言った。

「いい面《つら》になった」

文成が言う。

「あんたのことを、この川口から聴かされた時には、驚いたぜ。まさか、こんなに早くおまえと会える時が来るとは思ってもいなかった」

「おれも、まさか、おまえがあの川口の兄貴と、こういう知合いだったとは驚いたよ――」

「いや弟のほうじゃなく、この川口のほうと、おれは先に知り合ってたんだ。同じ大学の、学生だったんだよ。弟のほうとは、この川口を通じて知り合ったのさ――」

岩倉の声が震えている。

「興奮しているのかい」

「ああ、突然だったからな」

岩倉が、一歩、前に出た。

「変な動きはするなよ」

文成が言う。

「煙草《たばこ》を吸わせてくれないか――」

「いいぜ。ただし、ゆっくりとだ」

文成が言うと、岩倉はうなずいた。

ゆっくりとポケットの中に左手を入れ、シガレットケースを取り出して、中から煙草を取り出した。シガレットケースをポケットに戻し、その手をまたゆっくりと引き出してきた。手が、小さく震えている。

手が、ポケットの中で、もつれてしまっているようであった。

「へ」

と、岩倉が笑った。

「おかしいな。あんまり突然で、すっかり上がっちまってるみたいだ」

岩倉の手が、ゆっくりとポケットの中から出て来た。

ライターを握っていた。

銀色をした、ダンヒルの高級品であった。

岩倉は、二度、火を点けそこなった。

三度目にやっと火が点いた。

ライターをポケットにしまい、深々と最初の煙を吸い込んだ。

その煙を吐き出した。

岩倉の指の震えが止まっていた。

「やっと落ち着いたよ」

岩倉が言った。

もう一服、深く煙を吸い込んでから、岩倉は、長いままの煙草を〝く〟の字に折って、床に投げ捨てた。すぐにそれを足の裏で踏みつけて、足首をひねった。

絨緞《じゆうたん》の焼ける微かな臭いがした。

「武藤と川口は？」

落ち着いた声で、文成に訊いた。

「死んだよ」

ぼそりと文成が言った。

「おれと久美子が殺したんだ」

「そうか」

つぶやいて、岩倉は、文成を見つめた。

数秒間、見つめた。

「久美子は——」

ぽつりと言った。

「死んだ」

「死んだ？」

「おれの眼の前でだ」

〝あなたは、お馬鹿さんよ——〟

死ぬ前に、文成の腕の中で、そうつぶやいた久美子の顔が浮かんだ。

久美子は、文成は文成自身が思ってるような非情な男ではないと告げて、死んだのであった。

その久美子の屍体を、文成は狂ったように血の涙を流しながら犯し抜いた。

その血肉を、生《なま》のまま啖《くら》い、久美子の腹を割って蟠虎の種《たね》を宿した胎児まで取り出した。

それが遥《はる》かに遠いことのようであった。

「金《かね》は？」

「まだ三千万ほどは残ってる——」

「どこか、外国にでも逃げて、贅沢《ぜいたく》にやってるのかと思ってたがな」

「金か」

「その金を欲しかったんじゃないのかい」

「昔はな」

「今はどうなんだ?」

「昔ほどの興味はない――」

「金に興味がなくて、ここまでのこのこやって来たのか?」

「金?」

「おまえ、何も知らずに、あの鬼奈村典子とくっついているのか」

「ああ――」

「金じゃないのなら、何でここまでやって来た――」

「女のためかな、もしかしたら自分のためかもしれねえさ――」

「信じられないような台詞《せりふ》だ」

「おれだって信じられねえよ」

「ふん」

「信じてもらうつもりはないよ」

「何をしに来たんだ」

「あの女のことについて、いろいろと訊きに来たんだよ――」

「何をだ」

「いろいろさ。鬼道のことだとかね。精神《サイコ》ダイバーを使って、鬼奈村典子の中に潜らせようとしたらしいじゃないか――」

「知っているんなら、もう訊くことはないんだろう?」

「何のために、御子神冴子は、あの女の中にダイバーを潜らせようとしたんだ? それと鬼道の秘密とは何か関係があるのか――」

「知らないな――」

岩倉が言った。

文成を正面から、睨《にら》んだ。

「あんたに教えてやる義理はない」

「それはそうだな」

「どうした。拷問《ごうもん》でもして吐かせるか――」

「その気で乗り込んで来たんだが、その気はなくな部屋の中を回り込みながら、出口の方へ移動して行く。

「おれを殺していかないのか――」

岩倉が言った。

「今回のところは、やめておくさ――」

「三年前のおまえなら、おれを殺していくところだぞ」

「おまえの言うとおりさ」

川口を抱えながら、出口に向かって文成が後ずさって行く。

「後悔するぞ」

岩倉が言った。

「たぶんな」

文成がつぶやく。

「いつでも、おまえを殺せる機会があれば、おれはためらわないぞ」

岩倉の声が、石のように堅くなっている。

岩倉の気持ちは、文成にもわかっていた。それったよ」

「どうする?」

「帰るさ」

文成が言った。

「手ぶらでか――」

「ひとまずな」

文成が言うと、岩倉が微笑を浮かべた。

「変わったな、文成――」

「変わったか」

「昔のあんたのやり口を知っているからな。おれでも川口でも、ここから強引に連れ出しておけば、口を割らせるやり方はいろいろとあるだろうに――」

岩倉が言うと、文成が苦笑した。

「久美子にも同じようなことを言われたよ」

「久美子が?」

「ああ」

と、文成はうなずいた。

ゆっくりと、うなずきながら動き始めた。

が、刃《やいば》のように届いて来る。

丹沢山中で二度目に蟠虎と出会った時、自分を殺す機会《チャンス》がありながら、蟠虎が自分を殺さずに闇の中に去ったことを思い出していた。その時、文成は、丸腰で、林道に倒れた杉の大木を背に載せていたのである。

美空《びくう》の乗ったランドクルーザーを前に出すためであった。

「自分のおふくろの前だって、おれはおまえの心臓にナイフを突っ込んでやる」

岩倉が、
きりっ
と、歯を鳴らした。

「よく覚えとくぜ」

文成が言った。

文成に合わせて、岩倉も移動して行く。

玄関に文成は立っていた。

後ろ手に、文成がノブを回してドアを開けた。

「待て！」

岩倉が、行こうとする文成を呼び止めるように叫んでいた。

半開きの位置で、ドアの開くのが止まった。

文成と岩倉とが、互いの顔を見つめ合った。

「殺す——」

岩倉が言った。

文成は、その岩倉の顔をしばらく見つめ、

「おれの邪魔だけはするなよ。おれの邪魔をすれば、いつでも遠慮なくおめえの首をへし折ってやるぜ。次からはよ——」

言った。

どん
と、文成が川口の背を押した。

川口の身体が前につんのめって泳いだ。

「文成！」

岩倉が叫んだ。

文成の巨体がそこから消えていた。

ゆっくりと、ドアが閉まった。

「文成。今度は、おれの勝ちだぜ――」

閉まったドアに向かって、岩倉がつぶやいた。

「今のおまえなら、殺せるぞ――」

最後は、囁《ささや》くように言った。

5

つっ立っていた岩倉の肩を、横から川口が叩いた。

岩倉が、ようやく川口に気がついたように、彼に視線を向けた。

「今のが文成仙吉か――」

「ああ」

岩倉がうなずいた。

「たまらぬ男だな」

川口がつぶやいた。

どこがどうたまらないと言ったわけではない。

しかし、それでもその意味は岩倉に届いたらしい。

部屋には、文成が残していった獣臭のようなものが、まだ残っていた。

その臭いを確認しようとするように、川口は、鼻から、深く息を吸い込んだ。

「西村は？」

岩倉が言った。

「文成にたちまちやられたよ」

「空手をやると言ってたが、何段だった？」

「五段だと本人は言っていたよ。実戦派の空手のな」

岩倉は、西村の方にゆっくりと歩み寄った。

鼻のあたりに手をかざした。

「まだ生きているだろう」

川口が言った。

「ああ」

岩倉が、手をかざしたまま、うなずいた。

「そうか」

「まだ使えるな、この男——」

岩倉が言った。

「使える？」

「使える」

岩倉が立ち上がった。

「というと、やはりいたか——」

「いた。見張られてるよ、このマンションはな。わざと、おまえたちより遅れて帰って来たのがよかったな。少し離れた所に車が停まっているが、それがそうだ」

「氷室犬千代のほうの人間だな」

「ああ」

「やはりこの西村が内通者だったか」

そう言って、川口が西村を見た。

西村は、眼を閉じ、半分口を開けたまま、まだ意識を失っていた。

「すると、文成を、奴らに見られたな」

岩倉が言った。

「たぶん見られたろう」

「文成の所には、鬼奈村典子がいる」

「奴らが文成の後を尾行したと思うか——」

「したろうな。だが、あの文成という男、そうは楽な相手じゃない——」

そこまで言いかけて、岩倉は、口をつぐんだ。

「どうした」

「しかし、今の文成なら、どうだか——」

岩倉が言った。

岩倉は、複雑な表情をしていた。

6

毒島獣太は、満足しきった顔で、女——早苗の乳首をいじっていた。

早苗は、うっとりと眼を閉じている。

さんざ、毒島によっていかされたあとであった。

「可愛いな」

毒島は言った。

「もう少ししたら、シャワーを浴びて、飯《めし》を喰いに行こうぜ」

早苗は小さく眼を閉じたままうなずく。

ホテルの地下に、さまざまな洋食や和食の店があるのだ。

屋上に近い上階にも、レストランとバーがある。

「たっぷり喰って、また楽しくやろうじゃねえか」

毒島がそう言って、乳首を指先で軽くはじいた時であった。

電話が鳴った。

毒島が受話器を取ると、女の声が響いてきた。

「わたしよ」

あの女――〝和歌紫〟の葵の同僚の女の声であった。

「どうした」

「連絡があったわ」


「なに!?」

「葵ちゃんからよ。わたしに代わりにお給料をもらっておいてほしいんだって――」

4章　老獣

1

新宿でも、五指に入る超高層ビル。

地上二〇〇メートルになる最上階に近いあたりに、レストランやバーのある階があり、そこから下が客室になっている。

そして、四階あたりから一階にかけて、また、レストランやら焼肉の専門店、和食を食べさせる店、薬局、書店、カメラ店、床屋などのさまざまな店とフロントがある。

そして、地下二階までが、また食堂街になっている。

夜の、十時に近い時間であった。

地下の食堂街が、店を閉める時間である。

さまざまな人間たちが、店から吐き出され、エレベーターの方へと動いている。

きちんとスーツに身を包んだ男と、ドレスアップした女のふたり連れもいれば、ジーンズ姿の若い男女のカップルもいる。

意外なほど、若い人間の姿が多い。

学生としか、見えない者もいた。

高級ホテルの地下である。

簡単に食事するといっても、値の張るものが多い。街に出て食べれば安くすむものが、五割以上は高い。

倍近いもの、倍以上の値段のものもある。

むろん料理名だけで、内容まで簡単に比較はできないが、それでも、普通の給料をもらっている者が、そういつも足を運べる場所ではない。

一四〇〇円するラーメンを置いている店もあるのだ。

その人混みの中を、奇妙な老人が歩いていた。

皺《しわ》だらけの、小柄な老人であった。

小柄というだけでは、とりたてて奇妙というほどではないのだが、着ているものが奇妙なのであった。

それは、和服でもなく、洋服でもなかった。綿《めん》で出来た、黒い道服《どうふく》を着ているのだ。足に履《は》いている黒い靴も、俗に、カンフーシューズと呼ばれる靴のようであった。老人は、それを直接素足に履いている。

洗濯はしているらしいが、どことなく服全体が薄汚れている。汚れているのは、服だけではない。服から覗《のぞ》いている手足や顔の肌も、どこか垢《あか》じみていた。

そういつも風呂に入れるような生活をしていないらしい。

かといって、よく地下街に転がって寝ている浮浪者たちとは、歴然と区別がついた。

その老人の動きには、はりがあるのである。背筋は、腰からしっかり伸びていた。肩から首にかけてが、やや猫背ぎみに前屈《まえかが》みになっているだけであった。

死んだ魚が流されて行くように、人の渦《うず》の中を歩いているのではない。自分のリズムで足を運んでいた。

ぼうぼうと伸びた白髪が、見事なほどに白い。顎のあたりに、やはり白いものが生《は》えている。かなり長くなっているが、それは、どこも不精髭《ぶしょうひげ》のようであった。

エレベーターの方に向かう人の流れとは、どうやら別の方向に、老人は歩いていた。

かといって、何か、目的の場所がはっきりわかっているというふうでもない。

何かを捜《さが》しているようであった。

老人のすぐ前の、スッポンの料理を喰わせる店の中から、のれんを押し分けて、ひと組の男女が出て来た。

女のほうが、一瞬、老人とぶつかりそうになった。

その瞬間、老人の身体が、老人とは思えない身軽さで、ひょいと後方に退《さ》がっていた。

おおげさな動きではない。

女にぶつからない、必要最小限の動きである。

「へえ――」

女と並んで出て来た男が、その老人に眼をやった。

毒島獣太であった。

女のほうは早苗である。

「ほう」

老人も、毒島に眼をやって、小さく声を上げた。

そのまま、毒島と老人とは背を向け合った。

老人は、地下をぐるりと回りながら、トイレの方や、非常口のある隅の方へ足を運んでは、いちいち、その扉を開けてゆく。

地下の一番奥の方に、もうひとつトイレがあった。

手前の方に男子用の入口があり、奥の方に女子用の入口がある。

上から降りて来る階段の裏側で、そこにトイレがあることを示す矢印はどこにもない。

女子用トイレの入口の奥の壁に、壁と同じ色をしたドアがあった。

〝関係者以外、開閉ヲ禁ズ〟

の札が、ドアのノブに掛かっていた。

老人は、軽い足取りで、そのドアの方に歩いて行った。

ドアのノブに手を掛けて回してみる。

ドアは開かなかった。

老人は、懐《ふところ》に右手を差し込んで、一本の針金を取り出して、ドアの鍵穴に差し込んだ。

二度ほど針金を抜いて、小さく折り曲げた。

一分もしないうちに、金属音がして、ドアの鍵が開いていた。

周囲を、一瞬鋭い眼でうかがってから、老人は、ドアを手前に引いた。

ドアが開いた。

中は、真っ暗であった。

背で閉まりかけているドアに寄りかかって、老人は、ドアの開きを大きくして、外の灯《あか》りを呼び込んだ。

そこは、部屋、というよりは、四角い大きな箱のようなものであった。

眼の前を、コンクリートの壁が塞《ふさ》いでいた。

左右の壁と同じ色のペンキが塗ってあったが、左右の壁とは材質が違うことがひと目でわかる。

「ふむ」

老人は、ひとりでうなずいて、ドアに寄りかけていた背を離して、正面の壁の方に歩み寄った。

壁に手が触れたところでドアが閉まり、真の闇になった。

老人は、その壁の前に胡座《あぐら》をかいて、眼を閉じた。

その途端に、淡い、見えるか見えないかの淡い緑色の微光が老人を包んだ。いや、常人には見ることのできない、老人の肉体が放つ気の微光である。

三〇秒もしないうちに、老人の背後のドアが引き開けられた。

「おい、そこで何をしている?」

男の声が、老人の背に浴びせかけられた。

そこに、ガードマンの制服を着た男が立っていた。

背の高い男であった。

ドアの入口のほとんどを、その男の身体が塞いでいる。

「ちぇっ」

と、老人が背を向けたまま舌を鳴らすのがわかった。

「どうやって入った?」

男が言った。

「便所を捜しておったのだが――」

　ガードマンの顔を見ながら、そこまで言って、老人は頭を掻《か》いた。

「駄目か」

　つぶやいて、老人は、懐に手を入れて、あの針金を取り出した。

「こいつで開けて、入らせてもらった」

　言いながら、ひょい、と男の足元にその針金を投げた。

　床に当たって針金が音を立てた。

　ガードマンの男が、足元に眼をやった。

　その瞬間であった。

　音もなく老人の身体が動いていた。

　男が、老人の動きに気づくのよりも早く、老人の足が床を蹴っていた。

　老人の身体が床から跳《は》ね上がり、男の左肩と、入口の天井との間の、わずかな空間めがけて宙を飛んでいた。

　その狭い空間を、身体を丸めた老人の身体がすり抜けていた。

　すり抜ける瞬間に、とん、と軽く男の肩を蹴って、老人は飛ぶ角度を変えていた。

　ガードマンが気づいた時には、老人は女子トイレの前あたりに着地していた。

　着地した時には、もう老人は走り出していた。

「待て、おい――」

　ガードマンが後を追って、階段の下から出た時には、老人はすでに階段を中ほど以上まで駆け上がっていた。

　すぐに老人の姿は見えなくなった。

　猿のような老人であった。

2

　柔和な顔をした、白髪の老人の前で、氷室犬千代は、ソファーに腰を下ろしていた。

老人の背後には、暗い夜の闇が広がっていた。その闇の底に、夜景が見えている。

あらゆる色の宝石を、闇の底にぶちまけたようであった。

その背後の夜景を、すべて自分の支配下にしているような風格が、そのにこやかな老人のたたずまいの中にはあった。

老人は、和服を着て、ブランデーグラスを右手の中に抱えていた。

温かそうな、桃色の指の中で、グラスに囲まれたブランデーが、静かに揺れている。

老人は、視線を、そのブランデーの中に落としていた。

その姿を、テーブルの上にブランデーグラスを置いたまま、犬千代が眺めている。

「見つかりましたか、文成が――」

老人が、ブランデーを見つめながら言った。

池にピラニアを飼い、その池に生きた猫を放り込むのを楽しみにしている老人とは、とても思えなかった。

「ええ、ついさっき、連絡が入りました」

犬千代が、死んだ魚の眼を動かしもせず答えた。

「で？」

と、老人が、犬千代を見た。

「後を尾行《つ》けさせています。居場所《い》がわかれば、すぐに連絡が入ると思います」

「そうですか」

答えてから、老人はブランデーの芳香を楽しむように眼を閉じ、薄いピンク色をした唇にグラスを当てた。

舌の先で、ちろりと舐《な》めるようにして飲んだ。

「こちらもね。おもしろいことがありましてね――」

楽しそうな眼を犬千代に向けている。

「何か――」

「奇妙な爺いがひとり、先ほど、地下をうろついていたそうです」

「爺い？」

「最近、そのおかしな爺いのことは、ときどき耳にしています。この前も、変な爺いが、屋上に出る階段を捜していたという話を聴《き》きました」

「今のお話の人間と同じ――」

「たぶん同一人物でしょう」

言ってから、老人は、ふふ、と笑った。

どこかに、そっちのほうの興味があるのかと思えるような笑《え》みであった。

しかも、どこか、奇妙に凶々《まがまが》しい。

微笑されて見つめられると、ぞくりと鳥肌が立ちそうであった。

その老人の視線を、犬千代は平然と受けている。

「いよいよ、動き出してきたようですね――」

老人が言った。

「はい」

犬千代が答えた。


「裏のほうの闘《たたか》いになった時、こちらには、どういう武器がありますか？」

「心当たりがないわけではありませんが――」

「空海《くうかい》の四殺《しさつ》――」

「それも、そうです――」

「それは、完《かん》のほうがやっておるはずだったな」

「はい。白井《しらい》様と、兆二《ちょうじ》が――」

「村松《むらまつ》グループのほうはうまくいきそうですか」

「たぶん……」

「たぶんですか――」

「その前に、文成という男の動きが気になります」

「そうですね」

「それから毒島獣太という男――」

「はい」

「このふたり、味方にできるものなら、強力な武器となりましょうが、敵にまわすと厄介《やっかい》なものになるでしょう」

「いよいよとなれば、殺してしまえばいいでしょう」

「はい」

犬千代が答えると、にんまりと笑って、老人は立ち上がった。

ゆっくりと窓際まで歩《あゆ》み寄って、そこに立った。

夜景に眼をやっているらしかった。

しばらくして、老人が、犬千代を振り返った。

「そろそろ、次を考えなければなりませんね――」

楽しい遊びのことを思い出した子どものような声で言った。

「次？」

「次の、あれの餌《えさ》ですよ――」

老人が言った。

「だいぶ、気に入られたようですね」

犬千代が言った。

「うむ」

うなずいて、老人は眼を細めた。

ガラス窓の向こうには、夜の庭がある。

灌木《かんぼく》があり、松や欅《けやき》が植えられている。

そして、池があった。

ここが、新宿にある、高さ二〇〇メートルを超《こ》える高層ビルの屋上とはとても思えなかった。

常人の感覚とは桁《けた》違いの額の金がなければ、とてもこのような屋敷を造れるものではない。

老人と犬千代のいる部屋は、その屋敷の二階にあった。

暗い庭の向こう遥《はる》かに遠く、街の夜景が広がっている。

さまざまな色の光をちりばめた、星の海のようであった。

「あれが、何であるか、おまえにはわかりますか――」

老人が、背を向けたまま、犬千代に言った。

「今お話しのあれ、ですか」

「そう、先日おまえに見せてやったもののことです」

「わたしには、わかりかねます」

　犬千代が答えた。

「鬼さ――」

　老人が、外の夜景に向かって言った。

「鬼？」

「鬼の形をした穴よ」

「穴ですか？」

「人の肉体から噴《ふ》き出て来る力が通るための穴です――」

「その穴が、人を啖《くら》うのを見せていただきました」

「おう」

　言って、低く老人は笑った。

「鬼道とも関わりがあるやもしれぬと、そのようなことを言われていたような気がしますが――」

「おまえに捜させている鬼道も、あれも、同じ力による現象であろうと、わたしはそのように考えてるのですがね――」

「――」

「しかし、どちらもその根は深い。鬼道にしたってあれにしたって、まだまだその一部でしかないのではないかと、そういうふうにわたしは思っているのですよ」

「そうですか」

「しかし、精神《サイコ》ダイバーというのも、何やら妖《あや》しげで、おもしろそうですね」

「はい」

「現代ふうの衣《ころも》を着せた、陰陽師《おんみようじ》というところでしょう――」

「大まかにはそのようなところかと――」

「はてさて、不思議な巡《めぐ》り合わせで、こうなってきましたが、流れに乗るというのは、必要なことでしょう」

「はい」

「いずれは、〝ぱんしがる〟をこちらの手の内にと考えていたのですが、途中でそれが崩壊してしまったのでは、どうすることもできません――」

「――」

「まあ、いいでしょう。〝ぱんしがる〟を手に入れるのもたいへんな作業になったはずですから。手に入らぬものなら潰《つぶ》すというのが、わたしのやり方ですからね――」

「その必要がなくなりました……」

「〝ぱんしがる〟が、潰れましたからね」

「ええ」

「うちの伊羽《いば》の息子をあずけておいたのですが、殺されたのは残念でした」

「蟠虎というのが殺《や》ったそうですね」

「石橋輪仁王《いしばしわにおう》（『魔獣狩り』に登場する〝ぱんしがる〟の黒幕。別名・黒御所）がやらせたとかいうことらしいですね」

「ええ」

「それにしても、何があったのでしょうね、あそこで――」

「はい」

「九門鳳介という精神《サイコ》ダイバーがからんでいたそうですね」

「黒御所《くろごしょ》の屋敷で何があったか、その男が何か知っているはずでしょう」

「それにしても、石橋輪仁王がいなくなって、思わぬものが転がり込んで来ることになりました――」

「卑弥呼の鬼道ですか――」

「鬼道と、蓬莱山の黄金です」

「――」

「しかし、あの石橋輪仁王と石橋三輪《みわ》（『魔獣狩り』に登場する〝生命の光教団〟の女教祖。輪仁王の妹）が、どうして、蓬莱《ほうらい》山の黄金と結びついたのか、そこのところがまだ謎です……」

老人がつぶやいた。

「長生きはしなさい。犬千代――」

「はい」

「生きておれば、思わぬ楽しみにも出会うことがあるというものですよ」

電話のベルが鳴ったのは、老人がそう言った時であった。

老人は、窓の外を眺めたまま動かない。

電話に向かって動いたのは犬千代であった。

受話器を取った。

「氷室だ——」

魚の眼をした男は、電話の相手に、低く名を告げた。

「どうした?」

言って、犬千代は、しばらくうなずきながら、相手の話を聴いていた。

「わかった」

やがて、犬千代は、そう言って受話器を置いた。

「どうしました?」

その時には、老人が、窓から犬千代に向きなおっている。

「文成仙吉の居場所がわかったようです」

「ほう」

「横浜《よこはま》です」

言ってから、犬千代は、老人にその家の場所を告げた。

「鬼奈村典子は?」

「どうやら一緒のようですが——」

「西村という男の報告では、鏡も、たしか鬼奈村典子が持って出たらしいですね」

「はい」

「すると、鏡もそこにありますか——」

「おそらく……」

そう答えた犬千代の眼が、すっ、と小さくすぼめられた。

老人の背後を見ていた。

窓の方角だ。

「む——」

犬千代の視線に気づいて老人は、後方を振り返った。

「むう」

つぶやいた。

その窓に、部屋からの明かりに照らされて、ひとりの老人の顔が張りついていたからである。

小柄な、猿に似た風貌《ふうぼう》の老人であった。

「誰だ⁉」

言ったのは、犬千代であった。

その途端に、ふっ、と、そこから老人の顔が消えていた。

「待て――」

犬千代が窓に向かって走った。

窓を開けて、顔を出した。

顔を出した途端に、犬千代の背に、戦慄が疾《はし》り抜けていた。

「ちいいっ」

犬千代は、窓から部屋の中へ、顔を引きもどしていた。

その引きもどした顎のすぐ前の空間を、真下から天に向かって、疾り抜けたものがあった。

指先をそろえた、手であった。

ほんのわずかに、顔を引くタイミングが遅れたら、その手は、顎の外側ではなく内側――犬千代の喉を、真下から刺し貫いていたはずであった。

犬千代が、もう一度、顔を出した。

その時には、もう、攻撃はなかった。

下を見下ろした。

池の手前に、外燈がある。

その外燈の明かりと、部屋の灯りに照らされて、ひとりの老人が立っていた。

犬千代を見上げていた。

道服のようなものを身にまとった老人であった。

髪が白い。

「追います」

部屋の老人に向かって、犬千代は言った。

老人がうなずくのと、外の老人が背を向けるのと同時であった。

「逃がすか」

氷室が言った。

窓に足をかけ、身を乗り出していた。

飛び降りた。

犬千代の背に、再び戦慄が疾り抜けたのは、飛び降りたその瞬間であった。

背を向けたと思った老人が、向きを変えたのである。

変えて、動いた。

氷室の着地しようとしている場所へ向かってである。

ぞくりとした。

「ちいっ」

地に降り立つ寸前、まだ身体が宙にあるうちに、近づいて来る老人に向かって、氷室は空宙から蹴りを放っていた。

その蹴りが、空《くう》を蹴っていた。

老人が、そこに立ち止まっていた。

老人の眼の前に、犬千代は着地していた。

その瞬間に、老人の右足が、真横から犬千代の頭部めがけて飛んで来た。

強烈な蹴りであった。

左の肘《ひじ》で、犬千代は自分の頭部をかばった。

その肘に、鞭《むち》よりも鋭い老人の蹴りがぶち当たった。

ほう——

そういうような眼で、今、蹴りを放ったばかりの老人が、犬千代を見た。

小柄な老人であった。

犬千代は、魚の眼で、老人を見た。

死んで、濁った魚の眼だ。

どこかに半透明の膜がかかったようになっている。

「加減せなんでよかったか——」

老人は、独《ひと》り言《ごと》のように言って、右手の人差し指で、首のあたりを掻《か》いた。

「おまえ、どこから来た?」

犬千代が言った。

この屋敷は高層ビルの屋上にある。専用の階段とエレベーターを利用せねば、ここまでやっては来れない。

外部の人間が、どこからでも出入りできる場所ではない。

「さてな——」

老人は、にっ、と微笑した。

外燈の明かりでも、老人の顔に、深い皺《しわ》が刻《きざ》まれているのがわかる。

その皺の中に、鋭い光を放つ眼があった。

唇は微笑していても、その眼は笑ってはいなかった。

「何者だ?」

犬千代が問うと、答えるわけのないことを問うなとでも言うように、老人が白い歯を見せた。

「捕えて吐かせればよいではないか——」

老人が、ぼそりとつぶやいた。

「なるほど」

微笑もせず、表情を変えずに、犬千代がうなずいた。

うなずいて、一歩、前に出た。

しかし、犬千代と老人との距離は縮まってはいなかった。

犬千代が一歩出るのと同時に、老人が一歩退《さ》がっていたからである。

つ
と、犬千代が前に出る。

す
と、老人が後方に退がる。

それを繰り返しながら、両者の間に急速に膨《ふく》れ上がって来るものがあった。

どちらから、というものではない。

犬千代と老人との体内に、気《い》の圧力がたわめられてゆくのだ。

ふたりの肉体に、滴《したた》り落ちそうなほど、気《い》が満ちてゆく。

老人の後方は、池だ。

その池まで来て、老人の足が止まった。

犬千代も足を止める。

ふたりの間の夜気《やき》が、透明な力で張りつめた。

張りつめて、堅《かた》くなってゆく。

ちりちりと、音を立てそうなほどだ。

空気がささくれてゆくのがわかる。

夜気が、ガラス質の固形物と化していた。

その緊張に、わずかの刺激でも加えられると、たちまち大気に亀裂《きれつ》が入りそうであった。

ふたりの頭上で、欅《けやき》の梢《こずえ》が鳴っている。

天に、月が出ていた。

その月から、青い月光が降りて来る。

その月光の中で、ふたりの間に張りつめた大気が、月光と化合して、きらきらと光っているようであった。

老人の背後で、水面が騒《か》ぎ出した。

ふたりが、互いに交わし合っているものに、水中の魚——ピラニアが敏感に反応し始めたのだ。

ピラニアが、跳ねた。
小さく、水が鳴った。
それが、ふたりの間に満ちていた均衡《きんこう》を破った。
ふたりの間の大気が、無数のガラス屑《くず》と化して、砕け散った。
犬千代が、動いた。
予備動作のない、ふいの攻撃であった。
右手の人差し指を立て、それを、老人に向かって突き出していた。
文成の前で、ガラスのコップの縁《ふち》を、はじき割った指先である。
強烈な疾《はや》さであった。
しかし、その攻撃は、空《くう》を突いていた。
手応《てごた》えがなかった。
とん
と、踏まれていた。
前へ突き出した、自分の腕を、である。
老人が、宙に跳《と》んで、さらにそこから犬千代の腕を蹴ったのだ。

次の瞬間、犬千代は、風圧に似たものを、顔面に感じていた。

固形物と化した殺気であった。

殺気が叩きつけた。

その殺気のわずかに後を追って、老人の左足が、犬千代の顔面を襲ってきた。

「むん」

左の肘で、その蹴りを受けた。

とん
と、また当たった。

肘に、老人の足が、である。

強い衝撃ではない。

軽いショックだ。

老人の身体が、さらに高い、月光の宙空に舞っていた。

襲うとみせて、受けさせ、それを利用して、老人は高い宙に跳んだのである。

「しゃっ」

犬千代も地を蹴っていた。

老人に遅れて、宙に跳んだ。

老人が宙で静止し、下へ落ちるタイミングを狙《ねら》って、攻撃を仕掛けるためであった。

しかし——

老人の身体は、落ちてはこなかった。

ざっ
と、音がした。

老人が、宙で、欅の枝を摑《つか》んでいたのである。

老人の体重を受けて、枝が、ぐうっと下にたわんだ。

しかし、その下に下がるタイミングは、犬千代が予想したタイミングよりもわずかに遅かった。

中途半端な攻撃を仕掛けると、逆に上から攻撃を受ける。

「ちっ」

犬千代が、地に降りた。

その時には、老人の身体は、欅の枝からさらに遠くの宙に舞っていた。

月光の中を、老人の黒い影が飛んだ。

欅の枝の反動を利用したのである。

池の上だ。

池の向こう岸に生えた、松の枝に飛んだ。

しかし、どこへ逃げようと、所詮《しょせん》は、ここは高さ
猿のような老人であった。

しかし、どこへ逃げようと、所詮《しょせん》は、ここは高さ二〇〇メートルを超えるビルの屋上である。

逃げ場はない。

犬千代は、池の横を走って、向こう岸へ回り込もうとした。

走りながら、老人の飛び移った松を見た。

そこで、犬千代は、信じられない光景を見た。

松の枝から、老人が、さらに遠い、高い虚空《こくう》へ舞ったのである。

それは、屋上の手摺《てすり》の、さらに向こうの空間であった。

老人の身体が落ちた。

手摺の向こうに消えた。

どのような技があろうと、そこから下に落ちたら助かりようがない。

一五メートルまでなら、訓練によって、人は、飛び降りることもできる。あるいは、特種な人間であれば、二〇〇メートルは可能かもしれない。

しかし、この高さとなると、技とか、鍛練とかいうレベルを超えている。

着地した瞬間に、膝の関節ははずれ、大腿骨《だいたいこつ》が、肋《あばら》の中央を突き抜けて、肩から上へ突き出し、くしゃくしゃになって、人は死ぬ。

親が見ても誰だかわからなくなる。

ざあっ
と、松の枝が動いた。

ぬう⁉

犬千代は、その松の枝を見た。

その枝が、何かに引っ張られるように、大きく屋

上の外の空間に向かって曲がりながら伸びた。

見えた。

その枝の先から、黒い直線が屋上の手摺を通り、下方へと落ちている。

そうか。

老人は、松の枝に細いロープを引っかけ、そのロープにつかまって、夜の宙空に飛び出したのだ。

普通であれば、ロープが伸びきった瞬間に、手が、ロープからはずれる。

何メートルもの高さから下に落ちて、ロープが伸びきった時に、とてもそのロープを摑んでいられるものではないからだ。

手の皮が、一瞬にしてずる剝《む》けになり、手を放す――

しかし、それに、松の枝のたわみを利用すれば、たとえ、一〇メートル二〇メートル落ちようと、いきなり、ロープに力が加わることはない。

それならば、ロープを握っていられる。

だからといって、いきなりこのような真似《まね》ができるものではない。

初めから、松の枝に、ロープを結んでおいたのか、それとも、飛びついた時に結んだのか――

どちらにしろ、とてつもない老人であった。

犬千代は、走った。

ロープが、直線で張っている間は、まだ、老人の体重がそのロープにかかっているということになる。

ロープをナイフで切れば、老人はたちまち転落である。

犬千代が、そのロープにたどり着いた時、ふいに、ロープがゆるんだ。

たわんでいた松の枝が大きく跳ねて元にもどった。

「ぬ!?」

犬千代は、ロープのかかった手摺《てすり》を握り、そこから下を覗き込んだ。

一〇メートル下方で、ロープの先端が、風に吹かれて揺れていた。

そのロープの端のあたりに、非常階段があった。

老人は、その非常階段から、逃げたらしかった。

「むうう――」

犬千代は、地上二〇〇メートルの宙空で、風に揺れるそのロープを、しばらくの間、眺めていた。

5章　女王の復活

1

文成は、闇の中に、薄い香水の匂いを嗅《か》いでいた。

部屋のどこかに、一輪の、幽《かす》かな甘い芳香を放つ花が差してあるようだった。

灯《あか》りを点《つ》けるまでもなかった。

誰がいるのかはすでにわかっている。

家の前に停《と》めてあった車を見て、すぐに、誰が来ているのか気がついたのだ。自分の他に、この家の鍵を持っているのはひとりしかいない。

のっそりと、羆《ひぐま》のように、文成の黒い巨体がドアをくぐった。

家具など、何もない部屋であった。

ドアから入った正面に窓があり、左右は白い壁である。床には、絨緞《じゆうたん》が敷いてあるだけであった。

窓には、薄いレースのカーテンが掛かっている。

部屋の中よりは、夜の外のほうが明るかった。外から、部屋の中に青い微光が差し込んでいた。

その微光の中に、黒い影がうずくまっていた。

分厚い胸を、軽く膨《ふく》らませてから、文成は、そろりと息を吐き出した。

「涼子《りようこ》……」

吐き出すその息で言った。

数歩、文成が前に進んだ。

文成の体重を受けて、絨緞の下で、床が小さく軋《きし》む。

その音を懐《なつ》かしむように、黒い影は耳を澄ませているようだった。

文成が、黒い影の前に立った。

「待ってたわ——」

と、黒い影——北野《きたの》涼子が言った。

「なぜ、来た?」

立ったまま、文成は言った。

涼子は、すぐには答えなかった。

涼子を見下ろす文成の眼に、黒々と濡れて光るものが見えている。涼子の瞳であった。涼子が、床にすわったまま、文成を見上げているのだ。

「知らせたいことがあったの――」

涼子が言った。

「電話では済まない話か――」

文成が言う。

涼子は、文成を見上げながら、小さく首を振った。

「あなたに会いたかったのよ」

囁《ささや》くような声であった。

文成の眼に、涼子の顔が、ぼんやりと見えてきた。

すぐに闇に眼が馴染《なじ》むように出来上がってしまっているのである。


きちんと、化粧をしてある顔である。

何日か前に再会した時には、ほとんど素顔に近い状態で、涼子は文成に会っている。

いきなり、仕事中に文成から電話が入り、呼び出されたのである。

会わなかったのは一年足《た》らずの期間であったのに、もう数年も文成に会っていないような気がした。

十代の娘のように、毎日恋い焦《こ》がれていたわけではない。しかし、一日として、この巨漢のことを忘れていたわけでも、またなかった。

しかも、文成のことは、重い澱《おり》のように、涼子の肉の内部に残っていた。

文成は、涼子の中に、強烈な牙《きば》の跡《あと》を残して去って行った男であった。肌に傷を残さず、直接に肉や内臓の奥深くにその牙を立てられたようであった。

その牙の跡のほうがよく文成を覚えている。いや、肉体のほうが文成を忘れずにいるのである。

上に乗られた時の文成の巨軀《きよく》の重み。

両腕を回しても包みきれない、分厚い文成の肉の量感。

涼子の腕や脚や胸や、脚の間の秘めやかな肉の部分が、文成の身体を覚えているのである。

大きな掌《てのひら》で、むしり取られるほど乳房をつかまれたこともある。

文成が、人を殺す現場も、涼子は見ている。

強烈すぎる体験であった。

文成、鳳介、美空が、空海の即身仏《そくしんぶつ》をめぐって奇怪な男たちと繰り広げた闘いの一角に、涼子もまた身を置いていたのである。

ようやく、表面的には元の仕事にもどったものの、仕事に追われる日常は、どこか、現実味を欠いていた。

子どものように、自分の肉体をむさぼる文成を、涼子は知っている。この鬼のような巨漢が、自分を、少なくとも自分の肉体を必要としているのだという思いは、至福の高みへと涼子を導《みちび》いた。

文成は、不能であった。

直接的な肉の交《まじ》わりこそなかったものの、文成とは、そういう関係以上のものを結んだのだと涼子は思っていた。

しかし、もはや、二度と文成とは会えまいと思っていた涼子であった。

そこへ、しばらく前の夜に文成から突然、電話があったのだ。

文成と会い、涼子は、そこで初めて文成と交わった。はらわたがめくれ返るほど、文成とやった。存分に貫《つらぬ》かれ、歓喜の高みへと押し上げられた。

獣《けもの》の交わりだ。

文成は、強烈な獣臭を持った男であった。

「やはり、この家を利用したのはまずかったか——」

文成が、小さくつぶやいた。

文成が今、鬼奈村典子を匿《かくま》っているこの家は、涼子が借りているものである。

涼子の知合いのデザイナーが、住んでいた家であった。そのデザイナーは、今は家族と北海道でペンションをやっている。

小さな、木造二階建ての家であった。

わずかながらも、庭がある。

家の裏手は、寺の墓場になっていた。墓場の奥の方は、小さな雑木林になっていて、それほど高くない丘陵の斜面へと続いている。

横浜の緑《みどり》区にその家はあった。

東名高速が、遠くない所を走っており、横浜インターから高速に入れば、電車やバスを使うよりもよほど早く都心に入ることができる。

閑静な場所であった。

車を持っているなら、こっちの家で仕事をしたほうがいいと、そのデザイナーに言われ、借り受けたものである。

家賃はわずかなものであった。


いずれこちらに越さなくては、と思いながら、忙しさにまぎれて今日まで越さずにいたのである。

しばらく文成が身を置く場所にと、涼子がこの家を使うことを申し出たのである。

文成は、己《おの》れが歯痒《はがゆ》かった。

涼子を巻き込みたくないと言っておきながら、こうして、涼子をすでに巻き込んでしまっている。

〝三年前のおまえなら、おれを殺して行くところだぞ〟

しばらく前、別れ際《ぎわ》にそう言った岩倉の言葉が脳裏《のうり》に蘇《よみがえ》った。

知らぬ間に、己《おの》れが変わりつつあるのを文成は知った。

「どうしたの？」

文成の内部に生じた微妙な心の変化を、涼子が敏感に感じ取っていた。

「どうもしやしねえさ」

突っ立ったまま言った。

答えながら、文成は、三年前の自分ならこの女をどうしたろうかと思った。

涼子を利用するだけ利用し、その後に犯して殺す——身の安全のためにはそのくらいするかもしれなかった。いや、昔の自分だったら、このようなことに首を突っ込んだりはしない。

「昔の顔馴染みと、とんだところで顔を合わせちまっただけさ——」

言いながら、文成は、口数が多くなりかけている自分を意識した。

「顔馴染《なじ》み？」

「ああ」

短く文成は答えた。

おまえには関係がないと言いそうになったのをこらえた。

「まだ寝てるわよ、あの娘《こ》——」

涼子が言った。

「そうか、まだ眠ってるか——」

「わたしが来たことにも気がつかないでね」

「あれから、ほとんど、あの女は眠ったままだ——」

文成は答え、暗い天井に視線を上げた。

その天井の上、二階の部屋で、鬼奈村典子が眠っているのである。

モーテルで眠ってからこれまでの時間を、典子は、ほとんど眠って過ごした。

一日のうちで、起きているのは、ほんの五時間余りである。

食事の時と、風呂に入る時、用便の時に眼を覚《さ》ます。

起きている時も、典子の眼の焦点は定まってはいない。遠くを見るような眼で、文成を見る。

会話は、それなりにできるのだが、一方的に文成が質問をし、典子が答えるだけである。その質問にしても、同じことを何度もくどいくらいに問わなければ、答えようとはしない。

八千代《やちよ》という女の名前を、時折りつぶやく。

誰の名かと文成が問うと、姉の名だと、典子が答える。

ふいに、狂ったようにその姉の名を呼んで泣き出すこともあった。

「ほとんどって――」

「一日のうちの二〇時間近くってことだ」

「どうしたのかしら?」

「わからねえ。何かのショックということは考えられる」

「ショック?」

「ああ」

「どんなショックなの?」

涼子の質問には、文成は答えなかった。立ったまま、涼子を見下ろしている。

青山で、追われて来た典子を助けた時の光景はまだ覚えている。

文成は、典子を追って来た男たちを、その巨体の持つ膂力《りょりょく》で、おもいきり叩きのめした。いや、叩きのめすというよりは、文字どおり叩き潰《つぶ》したというほうが当たっているかもしれない。

血のしぶく闘いであった。

顔を潰し、骨を砕き、内臓をぶち抜く一撃を加えても、まだ男たちは立ち上がり、自分に向かって来たのだ。

途中からは、仲間の男たち同士で闘いだした。ものが憑《つ》いたようであった。

普通ならば、そのあたえられた傷や痛みのショックで死んでもおかしくないような人間が、なお、起き上がって向かって来るのである。

文成自身にも、その鬼が憑いていた。

酔ったように歓喜に身体を震わせることさえして、男たちの血肉を文成は潰し抜いた。まるで、黒いもので己れの肉体を内側から塗りつぶされたようであった。

人の肉体が、ひしゃげ、潰れていくのを、鬼奈村典子は眼の前で見ている。

それより少し前には、上野《うえの》で若い男たちに輪姦《まわ》されてもいた。

そういったショックで、典子がこのようになったとは考えられるかもしれない。しかし、単にそういうショック以上の、底の深いものを文成は感じ取っていた。

典子がどうなっているのか。

そう考えた時、文成の脳裏に、ひとりの男の顔が浮かんだ。

とぼけた表情をした、あの九門鳳介の顔であった。

精神《サイコ》ダイバーのあの男なら、あるいは、鬼奈村典子の現在の状態について、何かわかるかもしれなかった。

「あなたは、わたしの言っていることを少しも聴《き》いていないみたいね」

「そんなことないさ」

「わたしが邪魔?」

「邪魔だと言えば帰るかい」

「帰ると言えば、邪魔と言わない?」

涼子の言い方に、初めて文成は苦笑した。

「おれを困らせるな」

文成は言った。

言ってから、こういう言い方は、昔は自分はしなかったはずだと、文成は思った。

奇妙なことに、この女と話していると、なぜか気持ちが安らいでしまうようであった。

「あの女はな――」

と、文成は、話題を鬼奈村典子のことに変えていた。

「――誰かに姉を殺されているらしいな」

「姉がいたの?」

「八千代というらしい。その女のことを訊《たず》ねると、泣きながら、そのことを言うのさ――」

〝死んだ〟

〝殺した〟

〝殺された〟

〝どうして姉さんが殺されるの〟

〝死んだの〟

〝憎いわ〟

〝憎いわ〟

文成が姉のことを問いつめると、典子はそうつぶやくのである。

そういう言葉の合い間に、男を呪《のろ》う言葉を吐く。

「男を恨《うら》んでいるな、あの女——」

「男を？」

「もしかすると、男を受けつけないタイプの女なのかもしれねえ」

文成が言った後、わずかに沈黙があった。

文成が言った言葉の意味を、涼子は理解したようであった。

「同性愛者？」

「かもしれねえってことさ」


泣きながら姉のことをつぶやいている最中でも、典子は美しかった。

放心したような状態であるだけに、鬼気迫るものがあった。

涼子はうなずきながら、尻で文成の方ににじり寄った。

「でも、若くて、わけありの女を、こんな場所に独《ひと》りで残して行くのは感心できないわね——」

「夜になると、ほとんど眠りっ放しということがわかってるんでな」

「それにしても危ないわ——」

涼子の右腕が、文成の左脚にからんだ。

「何か言いたそうだな」

「ここにはもうひとりの人間が必要だっていうことよ」

文成の左脚にからんだ涼子の右手が、脚の内側を撫《な》でながら、そろそろと上に這《は》い上がってゆく。

「おめえのことかい」

「そうよ――」

眼だけは、下から文成を見つめたまま、囁くように言った。

その〝そうよ〟の〝よ〟の発音をした時の形を唇に残したまま、涼子は、その唇をズボンの上から文成の膝頭《ひざがしら》に押し当てた。

唇を離すと、口紅《ルージュ》の跡が、そこの布地に残った。

「わたし、もう、普通の生活にはもどれないような気がする――」

文成を見た。

文成は、上から涼子の顔を見つめていた。文成の顔に、傷《いた》ましいものを見るような表情が、一瞬、浮かんで消えた。

ゆっくりと文成は、腰を落としていった。

涼子の横にしゃがんだ。

涼子の、濡れた黒い瞳が近くなり、さっきよりも濃い香水の匂いが文成の鼻孔《びこう》に届いてきた。

文成は、黒い手袋を嵌《は》めたままの左手の人差し指を鉤《かぎ》形に曲げて、涼子の、白い形のよい顎の下に差し込んだ。

ゆっくりと唇を落としていった。

舌はからませずに、軽く乾いた唇を触れ合わせるだけの接吻であった。

すぐに唇が離れた。

ふたりとも、一度も眼を閉じなかった。

「さんざっぱら弄《もてあそ》ばれたあげくに、死ぬことになるかもしれねえぜ……」

低い声で、文成は言った。

指は、まだ涼子の顎の下に差し込まれたままであった。

「誰かに殺されるかもしれねえ。眠っている間に首を絞められてよ」

文成が言うと、涼子が、ごくりと音を立てて唾液を呑み込んだ。

「その時、おめえの首を絞めるのは、おれのこの指かもしれねえんだぜ」

囁くように文成が言った。

涼子の顎の下にあった文成の指が、涼子の白い喉に移動していた。親指、人差し指、中指の三本の指が、涼子の喉に喰い込んだ。

一瞬、力がこもったその指が、涼子の喉から離れた。

「あなたが殺してくれるんなら、苦しまずに死ぬことができそうね」

涼子の声は、微《かす》かに震えていた。

しかし、文成を見つめている眼はそらさなかった。

もう一度、文成の唇が下りてきた。

唇が重なった時、文成の、太い両腕が、涼子の身体を両側から包んでいた。細い涼子の身体が小さく震えていた。文成の力がこもると、涼子の身体が、一瞬、大きく震えた。

うっ
と、小さな呻《うめ》きを、文成の口の中に送り込んできた。

その震えが去ると、小さな震えも一緒に止《や》んでいた。

舌を滑《すべ》り込ませてきたのは、涼子のほうからであった。

2

まるで、初心《うぶ》な男が初めての女体を扱うように、文成は、涼子の身体から、身にまとっているものを脱がせていった。脱がすそばから、露《あら》わになったほの白い肌の上に唇を押し当ててゆく。

文成は、涼子を脱がしながら、自らも身につけたものを脱ぎ捨てていった。

ふたりが全裸になった時、涼子は、すでにおびただしく熱い果液を溢《あふ》れさせていた。

文成は、自分の体重を肘で支《ささ》えながら、横から、涼子の上に身体をかぶせていった。分厚い文成の胸の下で、涼子の乳房が形を変える。

下から、細い涼子の腕が、文成の身体に回されてきた。涼子の腕では、文成を包みきれなかった。

届かない涼子の右手と左手が、文成の背をもどかしげに這った。もっと自分の上に体重をあずけてこいと、その腕に力がこもる。

しかし、体重をあずければ、壊れてしまいそうな華奢《きゃしゃ》な身体であった。

涼子の身体が、他の女に比《くら》べて華奢《きゃしゃ》に出来ているわけではなかった。むしろ、標準よりは豊満な肢体《したい》をしているといってもいい。

文成の肉体のスケールが、常人よりも桁《けた》はずれに巨《おお》き過ぎるのだ。

文成の唇が、白い喉から耳にかけて這い上がってゆくと、涼子の唇から、肉がとろけるような声が洩《も》れる。

耳を吸い、噛み、ゆっくりとその唇が下がってゆく。

右手で涼子の左の乳房を包んでから、人差し指の先を乳首に当てる。

揉《も》み立てると、すぐに桜色の乳首が尖《とが》って上を向いた。

その乳首を、這い下りてきた唇が包み、舌がそれを弄《いら》う。

そこから、湯のような快美感が涼子の肉の中に広がってゆく。涼子の唇から洩れる声は、絶え間のないものになっていた。

文成の指が、乳房から這い下がり、淡い翳《かげ》りを過ぎて、うるみきった肉の花びらに届いていた。

そのうるみを花肉に広げながら、花びらの合わせめの上を指がさぐる。

指が、そこに触れると、涼子が尻を浮き上がらせた。突き上げた腰を、上で小刻《こきざ》みに動かすと、その尻が下に降りる。

下に降りた尻が、またすぐに浮き上がった。

「わたしにも、わたしにも——」

快美感を訴える声を上げながら、涼子が言う。

自分にも、文成のそれに奉仕をさせてほしいということらしかった。手を伸ばそうにも、涼子の手は文成のそこに届かないのだ。

ゆっくりと、文成が身体の位置を入れ換《か》えた。

仰向《あおむ》けになった文成の胸を、涼子が後ろ向きにまたぐ形になった。

身体を前に倒した涼子が、文成の堅《かた》くそそり立ったものを唇に含んだ。

文成の唇は、涼子には届かない。

文成の身体が大きすぎるのだ。

文成は、指を使っていた。

文成を唇に咥《くわ》えながら、二度、涼子は頂《いただき》をむかえていた。

3

家具も何もない部屋の絨緞の上に仰向けになったまま、文成は暗い天井を見上げていた。

文成は、二度、涼子の中に放《の》っていた。

涼子は、文成の右肩に頭を載せて、文成の胸に右腕を回していた。

呼吸に合わせて、文成の分厚い胸が上下している。その上下に合わせて、胸に載せた涼子の右腕も上下に動いていた。

涼子の好きな形であった。

涼子は、大きな、ゆったりとした海か山の量感を、そのまま腕の中に抱いているような気がしていた。

涼子の感じている安息が、そのまま、肌を通して文成の肉の中に流れ込んで来る。

文成は、自分が今、身の内に味わっている奇妙な安息について考えていた。

この安息が、一時のものであることはわかっていた。

自分がどういう人間かはわかっている。

人を殺した人間に、安息はない。

この涼子という女を、自分がどうにかしてやれるものでもなかった。

しょせんは修羅《しゅら》の中でしか生きられない人間である。どの方向へ足を踏み出そうとも、それは、同じ修羅の道であった。

しかし、今は、この奇妙な安息の中に身を置いておきたかった。

だが、文成はまだ知らなかった。

闇の中からもうひとりの修羅の仲間が、文成のすぐ身近に迫りつつあることを。

「知らせたいことがあったと、さっき言ってたな」

思い出したように文成はつぶやいた。

肩に頭を載せたまま、涼子がこくんとうなずいた。

「何だ？」

「鏡のこと——」

涼子は、右手の指先を、文成の胸に滑らせながら言った。

「鏡？」

「あの鬼奈村典子が持っていた銅鏡のことよ——」

「あの鏡か——」

鏡、というのは、青山で文成が典子を助けた折り、典子が、そのハンドバッグの中に入れていたものである。

「モーテルでね、あなたがお風呂に入っている間に、わたし、あの鏡をノートにスケッチしておいたの。おもしろいデザインだったから、少し気になって——」

「——」

「どこがどうとは、はっきりわからないんだけど、わたしがこれまで見たものとは違っているみたいだったから——」

「それで？」

文成は言った。

「わたしの仕事にも使えそうだったんだけど、その前に、ああいった鏡のことに詳《くわ》しい雑誌の編集者に見せたのよ。前に、一緒に仕事をしたことがある、白雲社《はくうんしゃ》という出版社で考古学関係の本を編集している高岡《たかおか》さんていう人――」

「――」

「その人が、どういうわけか、わたしのスケッチをおもしろがっちゃってね、どこでこの銅鏡を見たのかって訊《き》くのよ。雑誌に載ってる銅鏡をモデルにして自分で描《か》いたんだって言ったんだけど、うまく騙《だま》せなかったみたい――」

「で、どうしたんだ」

「それで、彼がスケッチのコピーを持って行ったのが昨日のこと。そうしたら、今日の夕方に電話があってね、明日会えないかって言うのよ――」

「――」

「結局、明日の昼に会うことにしたんだけど――」

「で?」

「それで、そこまでよ」


涼子がそこまで言った時、チン、と窓ガラスに小さな音がした。

ぴくん、と、文成の肉体が、涼子の腕の下で強張《こわば》った。

それは、気に留《と》めようとさえしなければ、気にならないほどの微《かす》かな音であった。

砂粒が、窓ガラスに当たる音だ。

誰かが、闇のどこからか、その砂粒を窓ガラスに向かって飛ばしてよこしたのである。

それは、もうひとりの修羅が、文成に向かって送ってよこした合図であった。

その合図の意味を、瞬時に文成は理解していた。

闇の中から、無数の殺気がひしひしとこの家を押し包んでいることに、その時、文成はようやく気づいたのであった。

4

「服を着るんだ」

文成は、低く涼子の耳に囁いて起き上がった。

涼子の腕の中から、山の量感が抜け出していた。

「何!?」

涼子が、頭を上げて、上半身を起こした文成に訊いた。

「お客さんだ」

文成は、外の闇に気配を凝《こ》らした。

ひそと静まり返った闇の中に、ぽっ、ぽっ、と、青い炎のように殺気がある。

ひとつやふたつではない。

——五人か!?

そこまで数えて、文成はやめた。

数を頭に入れておくと、その数に惑《まど》わされる。

少なくとも五人以上——多ければ十人くらい。

そう、お客の数を踏んだ。

ある数を超《こ》えれば、とても殺気だけで人の数など数えきれるものではないからだ。

気配を殺せる者が、その中に混じっていれば、意味がなくなる。

気配を殺している男の存在を、より完璧に隠すための、カムフラージュとして、残りの人間が殺気を隠さないということもある。

——尾行されたか？

と、文成は思った。

岩倉と川口に会って、その帰りに、後をつけられたのだ。

そうなら、なぜ、その尾行に自分は気づかなかったのか。

岩倉に久しぶりに会い、久美子のことを思い出した。

それで注意力が鈍っていたのだ。

「ちっ」

文成は、床の上に脱ぎ捨てていた下着とズボンを、左手でゆっくりと引き寄せた。

〝お客さん〟の意味を、涼子はすぐに理解した。

文成と同じように、床に脱いであったものを引き寄せて、身につけ始めている。

——しかし。

と、文成は、背を低くしたまま、服を身につけながら考えた。

窓ガラスに砂粒を投げつけたのは、誰なのか⁉

あれは、確かに、何者かが危険が迫っているぞと文成に教えるための合図であった。では、いったい誰が、自分にそれを教えてくれたのか。

今、外の闇の中から、ひしひしと迫って来る殺意を放っている者の中に、その何者かがいるのか⁉

それとも——

文成にはわからない。

文成は、服を身につけ終えると、頭を低くしたまま窓際《まどぎわ》に寄った。

レースのカーテン越しに、外をうかがった。

月の微光が、裏庭に注《そそ》いでいた。

人影は見えない。

裏庭のすぐ向こうが、墓場になっている。裏庭と墓場との境《さかい》に、胸くらいの高さまでの垣がある。

裏庭に生《は》えている欅《けやき》の梢《こずえ》が、微風に小さく揺らいでいるのがわかる。

人影は見えなかったが、殺気だけは、間違いなく、そこに満ちていた。

「ふん——」

獰猛《どうもう》な微笑が、文成の唇に浮いた。

文成の横に、涼子が身体を寄せてきた。

「誰なの？」

「わからねえ。しかし、ひとりやふたりという人数じゃない」

表には、文成の車と、涼子の車が停まっている。

その車に乗り込んで逃げ出すまでには、時間がかかる。相手も、それを見越して、車のそばに待ち伏せていよう。

逃げるにしろ、闘うにしろ、自分ひとりなら問題はない。

だが、涼子と、二階に眠っている鬼奈村典子がいる。

文成は、唇に微笑をへばりつかせたまま、左右の手に、手袋を嵌《は》めた。

「おれから離れるな」

低く言って、文成は、動いた。

その後に、涼子が続く。

部屋を出て、二階への階段を上ってゆく。

まず、鬼奈村典子を起こさねばならなかった。起きなければ、いざとなったら背負ってでも、相手と闘いながら逃げ出さねばならない。

「わたしが邪魔?」

涼子が文成の背に声をかける。

文成は答えなかった。ズボンのポケットから鞘《さや》に入れたままのハンティングナイフを取り出した。

二階に上りきった所で、後方を振り返り、そのナイフを涼子の手に握らせた。

「初めはそれを見せるんじゃねえぜ」

文成は言った。

「隠しておけ。見せていると、そのつもりで相手にされる。それよりも、隠しておいて、いざという時にいきなり使え。どこでもいい。刺せる所をおもいきり突くんだ。それで、ひとりくらいは動けなくすることができるだろう――」

涼子は、ナイフを手にして、緊張してうなずいた。

緊張してはいるが、文成の言っていることはきちんと理解しているらしい。

ゆっくりと、文成はまた歩き出した。

ぞくぞくと、首筋の毛が立ち上がってくる。

何か、電気が薄く張りついたようであった。

ぴりぴりした刺激が、皮膚と、脳の表面をさSくれさせる。

外から殺気を受けているだけにしては、自分の肉体の反応が、鋭敏すぎた。異常な反応を示しているといってもいい。

子ども《ガキ》のように、上がっちまってるのか——と、文成は思った。

文成は、ゆっくりと、ドアを開けた。

暗い部屋に、窓から月光が差している。

闇に慣れた文成の眼に、部屋の様子が見て取れた。

——む!?

文成は、小さく声を呑み込んでいた。

鬼奈村典子が、起き上がっていたのである。

ベッドの上に腰を落とし、両足を下についていた。

パジャマを着た身体の正面が、ドアの方を向いていた。

顔を、やや下に伏せている。

しかし、視線だけが上を向いている。

文成を見ていた。

その双眸《そうぼう》が、青白い燐光《りんこう》を放っているようであった。

その眼に射《い》すくめられた途端、文成の背に怖ぞ気が走り抜けた。

背の皮膚一枚下に、氷の刃を差し込まれたようであった。

——何だ!?

これは何だ。

文成の肉の奥で、黒い獣が身じろぎをした。

どくん

と、文成の血が音を立てた。

「起きてたのか」

文成は囁いた。

典子は、答えなかった。

ゆっくりと、文成が典子に歩み寄る。

典子の眼は、まだ文成を見ていた。

文成の全身の毛が立ち上がった。

典子に近づくと、皮膚のささくれがますます強くなってゆく。

文成の脳裏《のうり》に、典子を助けた青山での出来事がふいに浮かんだ。

血みどろの顔。

顔。

後方を振り向くと、涼子が、部屋に足を踏み入れようとしているところであった。涼子の眼が、熱を帯びて濡れて光っていた。

「入るんじゃない」

鋭く文成は言った。

涼子が足を止めた。

「入るな」

拒否を許さない鉄の声だった。

典子に涼子を近づけさせないほうがいいという配慮からであった。


文成の脳裏に浮かんでいたのは、あの晩、この典子の周囲で血みどろになって倒れていた男たちの姿だった。

文成の内部で、ぎりっと鉄に似たものが張りつめた。

涼子が、小さくうなずく。

文成は、ゆっくりと、典子に近づいた。

黒い眼が、じっと文成を見ていた。いや、文成の肉体を通り過ぎて、どこか遠い所をその視線は見ていた。

「来るわ……」

ふいに、典子が、そのふっくらとした唇で囁いた。

それまでの典子の声ではなかった。

かすれた、低い、嗄《しわが》れた老人の声であった。

「来る？」

背に張りついている寒いもののため、そう訊いた文成の声が微かに震えていた。

「来るわ」
典子が言った。
階下で、鋭い音が上がったのはその時であった。
ガラスの割れる音だ。
真下の部屋——それまで文成と涼子のいた部屋の窓ガラスが割られる音であった。
音は、一度だけであった。
床に落ちたガラスの破片の音を、絨緞が吸収してしまったらしい。
不気味な沈黙が、階下を満たした。
涼子を、部屋の外に置いておけない。
「来い」
文成が、涼子の腕を取って中へ引き入れた。
と、ふいに、小さな音が、闇の下方へ響いた。
何者かが、階段の一番下の段に足を掛ける音である。
涼子の耳にも、その音ははっきりと届いたらしい。
涼子が、文成の太い腕にしがみついた。
文成は、内側に開いていたドアを閉めた。
涼子とともに、文成は典子の横まで歩み寄った。
「立てるか」
典子の左手を取って、軽く引いた。典子は立ち上がらなかった。
「来るわ」
また言った。
二階の廊下の板を踏む音が響いた。
何者かが、ついに二階にたどり着いたのである。
足音が近づいて来る。
殺気が、濃くなった。
「ひとりか——」
文成はつぶやいた。
廊下の向こうから届いて来る殺気に、乱れはない。
緊張はしているが、怯《おび》えてはいなかった。
かなりの手練《てだ》れである。

文成は、ドアをロックした。

華奢《きゃしゃ》なドアであった。

女子高校生のささやかなプライバシーを守るくらいの役にしか立ちそうになかった。ノブを握っている文成が力を込めれば、それだけをドアからもぎ取ることができそうであった。

首筋から背にかけてのささくれが、強さを増していた。

指で、皮膚ごとむしり取ってしまいたいほどであった。

ドアの向こうで、殺気が止まった。

「いるんだろう?」

声が届いてきた。

落ち着いた声であった。

「ああ」

文成が、低く答えた。

「文成仙吉だな?」

と、同じ声が言った。

「表札を出しておいた覚えはねえんだがな」

文成が言うと、相手は、ふん、という低い含み笑いをしたようであった。

「この家は囲んだ。いくらおまえの腕が立つにしても、ふたりの女性を連れては逃げられぬぞ」

「へえ」

「ドアを開けて、女と一緒に、われわれの所へ来い」

「手土産《てみやげ》の用意がないんだ。明日、また出なおしてきてもらえるかい」

「いや、今日だ」

きっぱりと、声が言った。

「そうかい。ならば、入って来るかい?」

「ああ」

「来いよ」

そろりと文成が言った。

文成の唇が、引き攣《つ》れたようにめくれ上がっていた。

「行く」

声が言った。

言った途端に、殺気が消えた。

きりりと空気を圧するたまらない沈黙があった。

ふいに強烈なパワーがドアを叩きつけてきた。

ロックが吹っ飛んで、ドアがけたたましい音を立てて内側に開いた。

黒い影が動いた。

「ふん！」

文成の太い脚《あし》が、床を蹴って跳《は》ね上がっていた。

大人が、バットを両手に持ってフルスイングした以上のスピードと重さがあった。

その蹴りが、入り込んで来た黒い影のボディを、正面からぶち抜いていた。

硬《かた》い腹筋を、ぶっつり断《た》ち切って、内臓まで届く蹴りであった。

入って来たのと同じスピードで、黒い影が後方に吹っ飛んでいた。


「ぬう⁉」

文成は、声を上げていた。

黒い影が後方に飛んだ瞬間に、もうひとつの影が文成の脚をすり抜けて、部屋の中へ入り込んで来たのである。

「ふたりか！」

ひとりが気配を殺し、もうひとりが、それをカムフラージュするため、わざと殺気を殺さずに近づいて来たのである。

足音と呼吸さえも一緒に合わせていたのに違いなかった。

殺気の数を数えまいと思ったばかりなのに、うっかりその数を数えてしまったための油断を衝《つ》かれたのだ。

しかし、それにしても絶妙のタイミングであった。早いにしろ遅いにしろ、わずかでもそのタイミングがずれていたら、文成に行く手をはばまれていたに違いない。

文成の右手が、入り込んで来た二番目の影に向かって、空気を裂《さ》いた。

その影は、右腕で文成の攻撃を受けた。

不気味な音がした。

文成のパワーを受けきれずに、影の右腕が折れた音であった。

「くうっ」

影――男は、小さく呻《うめ》いただけだった。

一気にベッドまで入り込んでいた。

身を転じて、男に襲いかかろうとした文成が、途中で動きを止めた。

男が、鬼奈村典子の横に立って、左手に握ったものを、典子の白い喉元に突きつけていたのである。

しらとした金属光が、闇中に光を放った。

ナイフであった。

「動くな」

男が言った。

「ほう――」

文成が、部屋の中央に立ったままつぶやいた。

「いいのかい。その女は、そっちでも必要な女なんだろう――」

文成は、大きく足を踏み出した。

男の左手に力が籠《こも》った。

典子は、自分が今どのような状況に置かれているのか、気づいてもいないように、表情を変えなかった。

「そのナイフをどけて――」

その時、涼子の声が響いた。

文成の動きと、男の手の動きが止まった。

「わたしが人質を代わるわ」

やや震えを帯びた声で、涼子が言った。

「何!?」

男の答えを待たずに、涼子が、ゆっくりと歩き出した。

「涼子――」

文成が言った。

涼子は、固く唇を結んでいた。

下に下げた涼子の右手に、さっき文成が渡したナイフが握られていた。

「動くな、女――」

男が鋭い声で言った。

そう言ったばかりの男の顔が、急に変貌した。

すうっと、眼が吊り上がり、歯を剝《む》いた。

ほとんど同時に、男の顔に生じたのと同じ変化が、涼子の顔にも生じていた。

美しい涼子の眼尻が、ふいに吊り上がり、赤い唇が、きゅうっとめくれ上がった。

「しゃーっ」

涼子が、唇から不気味な呼気をほとばしらせた。

魔性《ましょう》の疾《はや》さで、男に向かって躍《おど》りかかった。

ナイフを大きく振りかぶっていた。

「ぎっ!」

男が、信じられない動きをした。

典子の喉に当てたナイフをどかして、涼子にそれを向けたのであった。

しかし、先に攻撃を仕掛けたぶん、わずかに涼子のほうが早かった。

男の胸に、深々と、涼子の右手に握られたハンティングナイフの鋭い刃が潜《もぐ》り込んでいた。

男の左手が宙に止まっていた。

男は、声を上げなかった。

きりきりと歯を嚙んでいた。

その軋り音が、不気味に部屋に響いていた。

続いて、文成は信じられないものを眼にしていた。

男の胸に潜《もぐ》り込んでいたナイフの刃を回して、涼子が男の胸の肉をこじったのである。

「げへっ!」

男がようやく呻いた。

宙に止まっていた男の左手が動いた。

しかし、その時には、文成が動いていた。

文成の右手が、男の、ナイフを握った左手首をつかんでいたのである。

文成のパワーに手首を捕えられ、なお男の手首は動こうとした。

男の腕で、また不気味な音がした。

肘関節の靭帯《じんたい》が破壊される音である。

文成のパワーに逆《さか》らって、なおも手を動かそうとしたため、その不自然な力の負荷《ふか》に、肘の靭帯が耐えられなかったのである。

文成の背に、ぞくりぞくりと、太い電流が走り抜ける。

歯を喰いしばって、文成は涼子の肩を引いた。

涼子が後方に退《さ》がった。

男の胸から、血のからんだ刃が滑り出てきた。

滑り出てきた途端に、そこから、太い血がびゅっと棒のように飛び出してきた。

その血の棒が、涼子の胸を突いた。

ぶっ
と、男が、その唇から赤いしぶきをぶちまけた。


そのしぶきが、ざっ、と涼子の顔面を叩いた。

血みどろの顔になった。

どっと、男の身体が涼子の足元にぶっ倒れた。

紐《ひも》でどこかから引っぱられるように、数度、びくんびくんと男の身体が痙攣《けいれん》し、すぐに動かなくなった。

男の身体の下から、床の上にじわじわと血の輪が広がった。

その血と、血に濡れたナイフを握った自分の右手とを、涼子は交互に見つめた。

「ひいっ」

涼子は、悲鳴に近い高い声を上げた。

文成に向きなおった。

吊り上がっていた涼子の眼が、半分、元に戻りかけている。

涼子は、夢中で右手を振った。

ナイフを放り投げようとしていた。しかし、涼子の手から、ナイフが離れない。

ナイフを振りかざしたまま、文成に向かってぶつかって来た。

涼子の右手首を文成の左手が捕まえた。

右手が、ナイフをそこからもぎ取った。

ナイフを床に放り投げると、その右手で文成は涼子の頬を叩いた。

涼子の顔が元にもどっていた。

しかし、その涼子の顔は、今度は別のもので引き攣《つ》れていた。

「殺したわ」

涼子が言った。

「殺したわ！　殺したわ！　殺したわ！」

呻くように言った。

「あなたと一緒よ！」

叫んだ。

叫んで文成にしがみついて来た。

涼子の身体が、がくがくと震えていた。

そうか、と、文成は思った。

ついに——

と、文成は唇を噛んだ。

殺したか——

文成が、人を殺すのをみた涼子が、ついに、今度は自らの手で、人を殺《あや》めたのである。

——

たまらなく悲痛な呻きを、全身の力で、文成は、肉の中に封じ込んだ。

この女にも、もはや、帰る道はなくなっていた。

文成と同じ、修羅へと続く道が残されているだけであった。

あの久美子とともに行こうとした同じ道に、久美子とはまったく違う別のタイプのこの女もまた、とうとう入り込んで来たのである。

「わかった」

と、文成は、ひどく優しい声で言った。

「わかったぜ。わかった」

涼子の震えを止めようと、その細い身に太い腕を回して、言った。

文成の太い声が、分厚い胸から直接涼子の胸に響く。

しかし、涼子の震えは止まらなかった。

文成の力をもってしても、涼子の身体の震えを止めることはできなかった。

「一緒だ。おめえの行く所へ、おれも行く――」

文成は囁いた。

乾いてはいるが、この文成とは思えぬほど優しい声であった。

たまらない哀しみに満ちた声であった。

「おれと一緒に、来い」

腕に力を込めた。

おそろしく無骨《ぶこつ》な表現ではあったが、それは、この男なりの、己れの心情の正直な告白であった。

涼子が、文成の胸に押しつけた顔で、うなずいた。

何度もうなずいた。


泣いていた。

文成の胸が、赤く染まっていた。

文成の腕の中で、涼子の背が丸まった。

涼子の身体が引き攣れた。

涼子が、文成の胸に、生温かいものを吐き出した。

涼子は、嘔吐《おうと》していた。

初めて、人を殺したことの反動が、涼子の肉体を、今、襲っているのである。

血臭の中に、酸《す》っぱい臭いが満ちた。

その臭いごと、文成は、涼子を抱き締めた。

典子の、不気味な声が響いたのは、その時であった。

「来るわ……」

嗄《しわが》れた声でつぶやいた。

その声を耳にした途端に、おさまりかけていた首筋のささくれが、全身に広がった。

ぴくりと、これまでの動きとはまったく別の痙攣が、胸の中の涼子の身体に跳ね上がった。

——またか。

文成は思う。

鬼奈村典子のそばにいる人間に生ずる、あの感覚が、また強まりかけていた。

文成の内部で、黒い獣が起き上がっていた。その黒い獣に、腕の中にいる涼子の内部の獣が呼応する。

その獣ごと、涼子の肉体を抱き潰してしまいたいという衝動が、文成の肉を貫いた。

ゆっくりと、その獣が育ってゆく。

家の周囲に満ちた殺気が、ひしひしと輪をせばめていた。

みしりと、と、階下に人の足音が響いた。

文成は、自分の喉からたまらない獣の咆哮《ほうこう》が滑《すべ》り出てきそうになるのを、唇を噛んでこらえた。

咆哮して、そのまま、その雄叫《おたけ》びに身をまかせてしまいたかった。

身も心も、その獣のままにとろかせてしまいたかった。

——ぬうっ⁉

文成は、涼子を抱いていた右手を上に振り上げた。

「ふひゅっ」

文成は、唇から鋭い呼気を吐いて、その手を涼子の首の付け根に打ち下ろした。

涼子の身体から、力が抜けた。

涼子の顔が、文成の胸の下に滑ってゆく。涼子の身体が、うつ伏せに床に崩れた。

獣になる前に、涼子を隠さねばならない。

文成が、涼子の身体を、ベッドの下に押し込んだ時、また、典子の声が響いた。

「来るわ」

凛《りん》、と、典子の瞳が青白く燃えていた。

すうっと、鬼奈村典子が闇の中に立ち上がった。

その双眸が、幽鬼のように、燐光《りんこう》を帯びて文成を見つめていた。

5

肉体が、赤くただれた熾火《おきび》と化していた。

熱い。

筋の一本ずつまでが、灼熱《しゃくねつ》した針金のようになっている。

最初にドアから入って来た男の頭部を、真横から、丸太のような右足で薙《な》いだ。

その男の首が、かくんと肩と水平になった。

首の骨を折られて、入って来た時と同じ表情のまま、その男は即死していた。

次に入って来た男の顔面に、パンチを叩き込んだ。

自分の拳《こぶし》で、人の肉体が破壊されてゆく感触が、太い電流となって、腕を疾《はし》り肉を貫いた。それが、はっきりとした快感を、文成の背骨から引きずり出していた。

顔面を砕かれた男は、右手に、匕首《あいくち》を握っていた。

その刃《やいば》が、文成の右腕を傷つけていた。

男は、文成の拳から、自分の顔面をその刃でかばおうとしたのである。その刃をくぐり抜けて、文成の拳が男の顔面を叩いたのだ。

その時に、腕の肉を浅くえぐられた。

痛みが疾り、続いてその痛みが疾り抜けた肉の通路をなぞるように、ぞくりとする快感が疾り抜けた。

その快感を追って、文成の肉の底から、黒い獣が咆哮を上げたのだ。

肉を引き裂くようにして、その肉食獣が文成の肉の中に躍《おど》り上がって来たのである。

文成が覚えているのは、そこまでであった。

文成が感じているのは、自分の肉体の発するたまらない温度であった。

熱い。

その熱さから逃れようと、文成は、身をよじった。声を上げた。

その度《たび》に、人の肉体が潰れてゆく。

「殺すのよ――」

女の声が響く。

「みんな殺すのよ」

鬼奈村典子が、高い声で言う。

文成の耳に届いて来るのは、その声だけであった。

文成に生じている異様な昂《たか》ぶりは、進入して来た男たちの間にも生じていた。

初めは、文成に向かって襲いかかって来た男たちが、自分たちでも闘いを始めていたのである。

きっかけは、とるに足らないことであった。

文成と闘っている最中に、互いの身体がぶつかり合ったというそれだけで、仲間同士が殺し合いを始めるのである。

その殺し合いを、典子が、燐光を放つ双眸で見つめていた。

その赤い唇に、たまらない微笑が浮かんでいた。

身体から、にょっきりと匕首《あいくち》の柄《え》を生やした男が、仲間の眼球を指でえぐり出す。瞼《まぶた》を、指でつかんで引きちぎる。

異様な光景であった。

普通ならば、肉体に刃物を差し込まれれば、痛みのため、それだけで人はショック死する。少なくとも、戦闘意欲を失う。

だが、殺すか、よほどの致命傷を与えない限り、男たちは何度でも立ち上がって来るのだ。

寝ころんでいる間《ま》に、人の肉体を破壊するという楽しいゲームに参加できなくなってしまうと思い込んでいるようであった。

鬼奈村典子は、嬉々とした表情を浮かべたまま、ゆっくりと窓に歩み寄った。

中天に月がある。

窓を開け放った。

窓の縁《ふち》に足を乗せた。

風が、典子の夜着の裾《すそ》を、ふわりと持ち上げる。

その風に乗るように、典子の身体が跳《と》んでいた。

跳ぶ、というよりは、一瞬、典子の身体は闇の宙空に浮いたように見えた。

文成は、その光景を視界の隅で捉《とら》えていた。

典子の姿が見えなくなった途端に、文成の肉体に、通常の感覚が、わずかに戻った。

すでに、敵の数はひとりになっていた。

胸から、にょっきりと不気味な角度で匕首の柄を突き出させている男であった。

白刃が、まだ肉の中に潜り込まずに半分以上も、残っている。

その男が、両手を上げて、赤くなった胸をさらけ出したまま、文成に向かって襲いかかって来た。

窓に消えた、典子の後を追おうとする動きとも見える。

典子が見ていないと、このゲームは少しも楽しくないと、典子の後を追う子どものようでもあった。

「ちいっ！」

文成の右足が、床を蹴って、男の胸から生えた、匕首の柄の尻を打った。

見えていた匕首の白刃が、男の胸の中へ潜り込んだ。

「ぐげえっ」

男が、大量の血の塊《かたまり》を吐き出した。

そのまま床の上にぶっ倒れて動かなくなった。

その背中が、数度持ち上がり、ひくつくのを文成は見ていた。

窓の外から、たまらない男の悲鳴が響いてきた。

下でも、楽しいゲームが始められたのであった。

その声が、かっ、と文成の脳を焼いた。

文成は、外へ飛び出そうとして、その衝動を、必死で抑《おさ》えた。

ベッドの下に押し込んだ涼子のことを思い出した

のである。この衝動が、典子を救おうというものなのか、それとも別のものなのか――

脚が震えた。

凄い血臭が、部屋に籠っていた。

文成は、舌の付け根に、血の甘みさえ覚えていた。

――来いよ。

と、下から悲鳴が文成を誘う。

――おいで。

――おいで。

男たちの呻く声が、文成の背骨を撫《な》で上げる。

「くうっ」

文成は、床を蹴って、窓に向かって走った。

文成には、典子の跳んだ窓のスペースでは小さすぎた。

文成は、窓に向かって、思いきり蹴りを入れた。

ガラスが割れ、窓から、窓枠が吹っ飛んでいた。

風が、文成の顔を叩いた。

文成は、下も見ずに、そのまま窓に向かって、巨体を躍らせていた。

6

草の上に落ちたガラスを踏み砕いて、文成が地に降り立った時、すでに悲鳴は止《や》んでいた。

とろりとした闇が文成を包んでいた。

一瞬、ゲームに参加しそこねた後悔が、苦《にが》く文成の胸を締めつける。

文成は、大きく息を吸い込み、それを吐いた。三度、それを繰り返した。

闇の中に、青い月光が満ちていた。

その闇の奥から低い呻き声が届いてくる。

植込みの先の墓場の方角からであった。

文成は身を沈めて走った。

植込みを跳び越えた。

柔らかいものを、足の下に踏んだ。

人の腹であった。

眼が失《な》くなった男が、眼窩《がんか》を血のプールにして、天を向いて仰向けに倒れていた。

文成の眼の前、墓石の間に、四人の人間が倒れていた。

そのうちのふたりが、まだ生きていて、声を上げていた。

その先に、鬼奈村典子がいた。

闇の中に、幽鬼のような鬼奈村典子が立っているのだった。

青い双眸が、文成を見つめていた。

分厚い文成の肉を貫いて、はらわたの底まで見透《みす》かす眼であった。

「典子……」

文成が言った途端に、すうっと、典子の眼に宿っていた光が遠のいた。

典子の眼が、文成を見た。

文成が、典子に歩み寄った。


文成が眼の前に立つと、すっと典子の眼が閉じた。典子の膝が崩れて、文成に向かって倒れかかってきた。

その身体を、文成は抱き止めた。

死人のように冷たい身体であった。

文成は、典子の身体を抱え、植込みを越えて、裏手の庭に戻ってきた。

欅《けやき》の下まで来た時、文成の足が止まった。

「待ってましたよ、文成さん——」

闇の中から声が聴こえてきた。

典子を抱えたまま、文成は腰を落として声の方向に視線を放った。

そこに、あの、氷室犬千代が立っていた。

犬千代は、濁った眼で、文成を見ていた。

「てめえか——」

文成は言った。

「お久しぶりですね」

「ふん」

と、一歩後方に退《さ》がった文成は、次の瞬間に唇を噛んでいた。

犬千代の後ろに、ひとりの男が立ち、その男が、文成と同じように、ひとりの女を腕に抱えていたからである。抱えられているのは、涼子であった。

「もてるんですねえ、文成さん――」

「――」

「この女、どういう女ですか――」

犬千代が文成に問うた。

きりりと、文成が歯を鳴らす音が響いた。

その音を耳にして、犬千代が、にいっと笑った。

「あなたの愛人？　そんなところですか――」

「その女を置いてゆけ」

低い声で文成は言った。

「できませんね、それは――」

「――」

「そちらの、鬼奈村典子とこの女と交換ということなら、考えてみてもよろしいのですがね」

「どっちかってのは気にいらねえ。欲しいのは両方だ」

「では、勝ったほうが、ふたりの女をいただくと、そういうことになりますね」

犬千代が、無表情な声で言った。

「なるほど……」

囁くようにつぶやいて、文成が、典子を草の上に置いた。

「やるかい」

立ち上がって、両腕を下に垂《た》らした。

文成の肉体の中に、ごりっと、強い殺気が膨《ふく》れ上がった。

「はい」

犬千代が、すっと眼を半眼《はんがん》にした。

「ぶきっちょなんでな。手加減ということができねえんだ。そのつもりで来い」

文成が、数歩、足を前に踏み出した。

動いた途端に、犬千代が発している気にぶつかった。

冷たい気であった。

殺気ではなかった。文成に対する、憎しみも恨みもない。

無表情な、気である。

犬千代がどのような攻撃を仕掛けてくるのか、見当のつけようがなかった。

向こうの間合《まあい》に入った瞬間に、手でも足でも、自由に自分に向かって跳ね飛んできそうであった。

しかし、文成は止まらなかった。

いっきにスピードを上げた。

「ぬうっ」

ふたりの肉体がぶつかり合った。

ぶつかり合いざま、文成は、左脚を犬千代に向かって放った。

横に跳んで、犬千代はその攻撃をかわした。

接触は、わずかに零《れい》コンマ二秒ほどであった。

文成の攻撃をかわしながら、犬千代は、後方に跳ぶ寸前に、ふたつの攻撃を繰り出してきた。

左手の拳を、文成の顔面に向かって突き出し、左へ逃げた文成の右の眼球に指による攻撃を加えてきたのである。

最初の攻撃がフェイントで、二度目の指による攻撃が狙《ねら》いであった。

奇妙な攻撃であった。右手の人差し指で、文成の眼球をはじこうとしてきたのである。

その攻撃を、文成は、スウェーバックでかわした。

眼球を、指先の起こした風圧が叩いた。

指の動きが見えなかった。

凄い疾《はや》さであった。

もし当たっていれば、眼球の表面を削《けず》り取られていたかもしれない。

前に、犬千代と初めて会った日に、文成は、この男が、指先ではじいてコップの縁を跳ね飛ばすのを見たことがある。

飛んで来たそのガラスの破片《かけら》を、文成はナイフで受けている。

また、ふたりは離れて睨《にら》み合った。

涼子を抱えた男が、後方に退がり始めている。

「ぬう」

追おうとする文成の前に、犬千代が出る。

「よほど大事な女と見ましたが――」

犬千代がそう言った時、遠くから、小さくサイレンの音が響いてきた。

パトカーのサイレンであった。

その音が近づいて来る。

涼子を抱いた男が、家の向こう側に姿を消した。

「これでおあずけですね」

犬千代が言った。

「待て！」

「こちらで預かった女と、鬼奈村典子となら、いつでも交換に応じますよ。その気になったら、いつかあなたと行った渋谷の店に、電話をしなさい――」

「――」

「誰かの邪魔さえ入らなければ、女はふたりともこちらの手に渡っていたはずでしたが」

「邪魔？」

「われわれの襲撃を、誰かがあなたに知らせたのですよ――」

犬千代は、そう言って頭上にちらりと視線を走らせた。

文成の脳裏に、窓ガラスにぶつかってきた小石のことが浮かんだ。

「では――」

犬千代が背を向けて疾り出した。

――涼子。

その後を文成が追おうとした時、ざっ、と頭上にかぶさっていた欅の梢が鳴った。

文成の脳天に、刃物の切っ先が潜り込んでくるような殺気が真上から落ちてきた。

バケツで冷水を浴びせられたような恐怖が文成の

身体を襲った。

半端《はんぱ》な殺気ではなかった。

その殺気で、そのまま弱い心臓なら停めることさえできそうなものであった。

文成は、おもいきり横に跳んでいた。

転がった。

転がる先に、黒い影が落ちてきた。

「ちいっ!」

文成は、仰向けになり、両足を縮《ちぢ》めて、落ちてきたその影に向かっておもいきり跳ね上げた。

跳ね上げたその足の裏に、とん、とその黒い影が降り立った。

突き上げてくる文成の足のスピードを、信じられないくらい見事に、膝と足首のバネをつかって殺していた。

「腕が落ちたか、文成――」

足の裏に立った人影が言った。

聴き覚えのある声であった。


月をバックに、猿に似た顔が、文成を見下ろしていた。

「猿翁《えんおう》!」

文成は小さく呻いた。

自分の足の裏に、あの獣師《じゆうし》猿翁(注・小社刊『魔獣狩り』に登場する獣師。人獣・蟠虎を造り上げた)が立って、にいっと笑みを浮かべていたのであった。

「わしが、知らせてやらなんだら、おぬしは、もっと手痛いめに遭《あ》っておったところだぞ」

猿翁が言った。

「――」

文成は言葉もなかった。

「ぬしの力を借りたくてな、やって来た」

「おれの」

「おぬしと、あの女が必要だ」

猿翁が、ふわりと草の上に降り立った。

文成はゆっくりと上半身を起こした。

「相手は、神明会《しんめいかい》――」

猿翁がつぶやいた。

ひとりの修羅が、もうひとりの修羅を、新たなる闘いのなかに呼ぶために、こうして姿を現わしたのであった。

転章　修羅《しゅら》の呼ぶ声

1

大きな男であった。

身長は、二〇〇センチに近い。

一九五センチは超《こ》えていると見える。

体重は、一八〇キログラムはあろう。

肥満体だ。

相撲《すもう》でいうアンコ型と呼ばれている体形に近い。

ゆるみきってぶよぶよという肉体ではないが、締まっているとは、お世辞にも言えない身体であった。

肉体の線が丸みを帯びている。

頭も、短い首も、肩も、胸も、尻も、脚の線も丸みを帯びている。

髪の短い男だった。

年齢は、二十代の半ばくらいに見える。

貌立《かおだ》ちのどこかに、まだ、少年の面影《おもかげ》を残していた。

眼は細い。

優しそうな眼であった。

その男の上から、しきりと桜の花びらが注《そそ》いでいた。

夜であった。

その闇の中を、風もないのに、桜の花びらが枝から離れ、ひそひそと舞い降りてくるのである。

すぐ向こうにある外燈の明かりが、男の頭上の桜と、落ちてくる花びらを、闇の中に浮き上がらせている。

——夜の公園。

小さな公園であった。

滑《すべ》り台がひとつと、砂場がひとつ。

砂場の横には、六本の古タイヤが並んで埋まっている。

あとはベンチがひとつ、あるだけである。

男の足元の地面にも、点々と桜の花びらは散っていた。

花びらは、広い男の背にも、肩にも、そして、髪の上にも散っていた。

そして、さらに、ひそひそと降り積もってゆく。

男の前には、ひとりの女が立っていた。

特別に小柄というわけではないが、この巨大な肉体の前に立つと、ことさら女の肉体が華奢《きゃしゃ》に見える。

濃い、紺のツーピースを着た女だった。

つい今しがたまで、桜の樹の下にあるベンチの上に、腰を下ろしていた女であった。

この巨漢の男がやって来て、それをむかえて、女が立ち上がったのである。

女——〝和歌紫〟の葵であった。

女の髪や、紺のツーピースの肩にも、やはり桜が積もっている。

「どうだった?」

女が、男に声をかけた。

「駄目だったよ、風子《ふうこ》——」

男が言った。

「駄目?」

「うん」

「どうしてなの?」

「あの金を返すか、警察に自首するか、そうしたほうがいいと言われたよ」

「あやめさんに?」

「ああ」

「でも、あやめさんは、代わりにお給料をもらっておいてくれるって——」

「あの時はまだ、四百万のことを知らなかったからだって言ってたな」

「毒島さんが来たのね」

「そうみたいだよ」

「毒島さん、警察には言ったのかしら――」

「まだみたいだよ」

「今からでも、返したら許してくれるかしら？」

「わからないよ。これから警察に言うつもりかもしれないし……」

男が言った。

男の口調には、どこか、朴訥《ぼくとつ》としたものがある。

「あれ、絶対にわけありのお金よ。もしかしたら、警察にも届けられないような事情のね――」

「でも、盗《と》ったことには変わりはないよ」

「そうね」

答えた女の視線も不安そうであった。

「なんで、持って来ちゃったんだよ、あの四百万――」

「だから、ついよ。毒島さんが落としたのを、わたしが何気なく拾って、そのまま――」

「おれは、金なんかいらなかったのに」

「――」

「おれは、風子ひとりがいてくれれば、それでいいんだ。風子と一緒で、ときどきあれができて、それだけで嬉しいんだ」

「ときどき？」

「毎晩か、本当は」

「昼間もよ」

「ああ」

男が言った。

女を見つめた。

「岳《がく》……」

女が、男の名前をつぶやいた。

「風子ォ」

男が、女を引き寄せた。

女が、自分から男の方へ身をあずけ、女の身体が、男の太い腕の中に包まれた。

「岳――」

「風子ォ」

唇を合わせた。

貪《むさぼ》るような接吻であった。
ふたりの顔が、唇を支点にして、左右に、互いに逆の方向へねじるように動く。
唇を離した。
しかし、まだ、ふたりの舌が触れ合っている。
互いの尖《とが》らせた舌先を、ちろちろといらい合っていた。
他に、人気《ひとけ》のない公園であった。
舌のからみ合いが深くなって、また唇が合わさった。
男の右手が、服の上から、女の左の乳房を握っていた。
それだけで、女は昂《たか》まっていた。
う……
と、甘い呼気を男の口の中に送り込んだ。
その呼気を、男が呑み込んで、さらに強く女の乳房を揉《も》み立てた。
女が、あわてて唇を離した。
「駄目……」
女が言った。
「どうして?」
「本気になっちゃう」
「いいさ」
男が、また唇を押し当てた。
女の右手が、男の股間に伸びた。
男のそこは、すでに堅《かた》くなっていた。
女の手が、ズボンの上から、その堅くなったものを、上下に撫《な》で上げる。
ふたりの横手から声がかかったのはその時であった。
「ご両人、楽しそうじゃねえか——」
男の声だ。
ふたりは唇を離して、その声の方角を見た。
外燈の明かりを横から受けて、そこにひとりの男が立っていた。
三つ揃《ぞろ》いの上下のスーツに、ぴっしりと身を包んだ男であった。

その男が、スーツの上着の前のボタンをはずし、ズボンのポケットに両手を突っ込んでそこに立っていたのである。

長身の男であった。

両足をゆるく開いていた。

赤い唇に、刃物の微笑を浮かべ、そこに小さく白い歯を見せて、ふたりを眺《なが》めていた。

「毒島さん——」

女が、その男の名をつぶやいた。

「この人が？」

男が言った。

毒島獣太は、ふたりが驚くのをたっぷり楽しんでから、ゆっくりと歩き出した。

「久しぶりじゃねえか、葵ちゃんよ」

ポケットに両手を突っ込んだまま、毒島がふたりに向かってゆっくりと歩き出した。

その毒島の上にも、桜の花びらは舞い落ちてゆく。

「どうしたい？」

毒島は言った。

「いいんだぜ、おれに遠慮しないで、続きをやったらどうだ」

毒島は、ふたりの横手、桜の樹《き》の根元にあるベンチに腰を下ろした。

そのまま、右脚を左脚の膝の上に載《の》せて、脚を組んだ。

長い脚であった。

わざとらしいポーズであったが、それなりに、妙にさまになっていた。

この男の動きやポーズは、どこかわざとらしいが、しかし、間違いなく美しい。

その上に、桜の花びらが降り注ぐ。

ふたりは、動かずに、毒島を見つめていた。

「やらねえのかい？」

毒島は言った。

「やらねえんなら、こっちの用事に入らせてもらうかな」

毒島は立ち上がった。

ゆっくりと、男の方へ歩み寄った。

「おめえが、伊藤岳央《いとうたけのり》かよ」

つぶやいた。

その毒島の眼が、男の顔を見る時に、やや見上げるかたちになる。

身長一九〇センチを超《こ》える毒島より、五センチほど男のほうが身長が高いのである。

そのことに気づいた途端、ふっと、毒島の眼に険《けわ》しいものが宿った。

「てめえ、身長はどのくらいあるんだ」

訊《き》いた。

「ぼ、ぼくですか」

「そうだよ」

「一九六センチくらいだと思います」

「なに!?」

毒島は言った。

この男、自分より身長の高い男には、自然に敵意をその胸のうちに秘めてしまうらしい。

男を上から下まで、舐《な》めるように見下ろしていった。

男の体形を眺め、そして、ようやく毒島は納得したらしかった。

「ま、おれのほうがハンサムだな」

つぶやいた。

「――」

「それに、肥満はいけねえ。肥満は病気だぜ、おめえ――」

拳《こぶし》で、男の腹をぽんと叩く。

その拳が、大きくはじかれていた。

奇妙な弾力を持った腹であった。

柔らかいくせに、どこかに強靱《きょうじん》なものが潜《ひそ》んでいた。

脂肪ではない、別のもの――強い繊維質のものが、その柔らかい腹の中に入っているようなのである。

「包茎だろう、おめえ——」

言った。

「毒島さん……」

女が、毒島に声をかけてきた。

「葵……」

毒島が、女を見た。

声をかけたきり、女は次の言葉を出せないでいた。

「青木《あおき》風子ってんだろ、本名はよ」

「どうしてここが——」

「へへ。ひとつ、教えといてやる。それは、敵は絶対に裏切らないってことだ——」

「——」

「裏切るのは、お友だちだ」

「あやめさんが——」

「そこの男の後をつけて来たんだよ」


「——」

「伊藤岳央——しかし、今、あんた、この男のことを岳《がく》って呼んでたよな。やっぱり、伊藤岳央は偽名だったってわけか」

「——」

「ところで、金はまだ持ってるんだろうな」

訊いた。

女——風子はうなずいた。

「いくら使ったんだ」

「三〇万円くらい」

「なら、ま、四十三回くらいだな」

「四十三回⁉」

「あんたが、おれとやらなきゃならないSEXの回数だよ。利子を含めてだ」

「——」

「使った分は、あんたの身体で払ってもらおうと思ってるのさ」

「ま、待ってください」

言ったのは、男——岳であった。

「何を待つんだ」

「彼女と、SEXをしないでください」

「なにい!?」

「あなたが、危険だからです」

きっぱりと、岳が言った。

「なんだと?」

「あなたが、彼女を抱けば、きっと、ぼくは、あなたを許さないと思います」

「許さねえだと?」

毒島の唇が、吊り上がった。

眼に、炎が燃えた。

「おもしれえ、上等じゃねえか。試してみようじゃねえか、今、ここでよ」

毒島が吐き捨てた。

「やめて……」

言ったのは、風子であった。

「やめてちょうだい、悪いのはわたしよ。お金は返すわ。だからやめて——」

「金を返すのは当たりめえだ。しかし、このガキが生意気なことを言ったというのはまた別の話だぜ——」

「いけません」

「なに!?」

「このひとは、危険なんです、本当に——」

「ほう」

毒島は言った。

「なら、あの〝和歌紫〟で、あんたが相手をした男は、みんなこの男にどうかされちまってるってわけか——」

「違います」

「どう違う」

「あの店でのことは別です」

「何が別なんだ」

「あれはお仕事です。それに、本番のSEXはあそこではありません」

「別口で、何かあったってわけか」

「はい」

風子がうなずいた。

今年の二月に、岳は、風子と一緒に飲んでいるところを、風子の昔の仲間にからかわれ、その男たちにさんざいたぶられたあげくに、逆にその男たちをやっつけている。

ただやっつけるのではなく、骨を折り、顔を潰《つぶ》し、相手の肉体のかなりの部分を破壊してしまったのだ。

それを風子は眼前で見ていた。

「いいさ、試してみるさ」

毒島は、風子の手を握った。

引いた。

「あの晩の続きだぜ。ちゃんとやろうじゃねえか。そうしなきゃ、そこのガキがやる気にならねえってんならな」

毒島が言った時、ふいに、岳が、その場に膝をついた。

両手を地面につき、頭を地面にこすりつけた。

「やめてください」

言った。

「おれ、弱虫だけど、本当は強いんス」

「なにい」

「強いんス。おれ、本当は強いんスよ。おれ、どうやれば、素手で人を殺せるか、知ってるんス」

「ほう……」

強烈な微笑が、その唇に浮いた。

毒島は言った。

「いいじゃねえか、その技を使ってみな」

毒島がそこまで言った時、女が、いきなり持っていたハンドバッグの中に右手を差し込んだ。

札束を摑《つか》み出した。

「てめえ、何をしやがる」

「返すわ」

言って、風子が、それをおもいきり、宙に放り投げた。

ばっ
と、大量の札束が宙に舞った。

「いつも持ってたの。これで全部」

「こ、この」

毒島は、あわてて、宙に舞った札束に手を伸ばした。

その瞬間であった。

「逃げるのよ！」

風子が言った。

風子と岳が、走り出した。

「ちいい！」

毒島は呻《うめ》いた。

ふたりの後を追えば、ここに四百万近い札束を散らかしたままにすることになる。

ふたりを追っている間に、もし、誰かが来たら、札を拾われ、もう二度とは取りもどすことはできないに違いない。


「糞《くそ》！」

喚《わめ》いて、毒島は、地面に腹這《ば》いになるようにして、散らかった札に手を伸ばした。

糞！

糞！

呻きながら、それを拾う。

おれの金だ。

おれの金だ。

糞。

「今度会ったら、四十三回、きっちりとやってやるぜ！」

女の背に声をあびせた。

「やりてえな――」

風子が、背を向けたまま、毒島の声色《こわいろ》を真似《まね》て言うのが、毒島の耳に届いてきた。

「畜生」

情けない顔で、毒島は、札に手を伸ばした。

くやしかった。

御子神冴子の顔。
早苗の尻。
風子の胸。
いろいろな映像が毒島の脳裏《のうり》に浮かんだ。
冴子は冷ややかな顔で毒島を見ていた。
早苗の尻はおいしそうに揺れていた。
風子の胸で、乳首が尖っていた。
そして、黄金。
糞！
やってやる。
と、毒島は思った。
金も女も、手に入るものは何でも欲しかった。
そのために、自分のあらゆる能力を全開にできる男であった。
やってやる。
毒島はそう思った。

2

暗く、そして、広い部屋であった。
板の面《おもて》が、しんと黒く澄んでいる。
調度品の何もない部屋であった。
板敷きの部屋だ。
部屋の周囲は、やはり板の壁で、窓がいくらか開いている。
大きな窓ではない。
その窓から、わずかな外光と、冷たい微風が入り込んでくる。
天井が高かった。
梁《はり》が剝《む》き出しになっている。
寺の本堂——そのような雰囲気の建物の内部らしい。
しかし、そこには何もない。
本尊も置いてなければ、護摩壇《ごまだん》もなく、一枚の絵すら掛かってはいない。

ただ、三人の人間だけがいる。

ひとりの人間が、部屋の中央に坐《ざ》し、その正面の壁際に、壁を背にしてふたりの人間がすわっているのである。

中央の板の上に坐しているのは、まだ青年であった。

結跏趺坐《けっかふざ》。

背筋がすっきりと伸びている。

上半身が、裸体であった。

ゆったりとした、黒いズボンを穿《は》いていた。

ウエストと足首のところで、そのズボンがぴったりと締まっている。

足首から先は、素足である。

肌が白い。

その白い内側に、血の赤を潜ませた白である。

抜けるように滑《なめ》らかな肌であった。

一度も陽《ひ》にさらしたことのないように見える。


ウエストを締めている布地の黒い色が、男の肌の白さを際立《きわだ》たせていた。

引き締まった肉体をした男であった。

無駄な肉がない。

しかし、痩《や》せているという印象はない。

むしろ、逞《たくま》しささえ漂《ただよ》わせている。

隆《りゅう》とした筋肉こそついてないが、しなやかそうなその肉体は、強靱《きょうじん》なバネを秘めていそうであった。

少女のようなたおやかな曲線と、しなやかな獣の逞しさとを合わせ持った肉体であった。

男は、眼を閉じていた。

唇は、血を含んだように紅《あか》い。

その紅い唇も、静かに閉じられていた。

鼻筋が通っていて、白い額に、ゆるいウエーブのかかった黒い髪がからんでいる。

その男を、正面から坐して眺めているふたりの男は、僧形《そうぎょう》をしていた。

ひとりは、老僧である。

濃い紫の法衣《ほうえ》を着ていた。

もうひとりの僧は、まだ若い。

若いとは言っても、三十歳くらいに見える。その若い僧は、黒い僧衣《そうえ》をまとっていた。

ふたりの僧の視線は、凝《じ》っと、中央の半裸の男に注がれていた。

——と。

ただ、凝っとすわっているだけであった、中央の青年の肉体に、変化が起こった。

わずかな変化だ。

微風に吹かれた澄んだ湖面に小波《さざなみ》が立つように、男の胸のあたりに、風が吹いたようであった。

白い肌の表面が、小さく動いた。

その肌の表面に、鋭利な気が動いたようであった。

「おお……」

それを見ていた、老僧の唇から、小さく声が洩《も》れた。

男の肌の上に、刃物で切りつけたような筋が疾《はし》った。

その筋が、男の、双《ふた》つの大胸筋のあたりに浮き上がる。

滑らかであった男の肌の上に、もこり、と、瘤《こぶ》のような肉が盛り上がった。

胸の肉だ。

次は肩の肉だ。

次は、腕の肉であった。

見ている間《ま》に、男の身体のあちこちで、似たような現象が起こっていた。

その現象の起こるスピードが、加速してゆく。

ふたりの男の眼の前で、ひとりの男の肉体が変貌してゆくのである。

急速——と、そう呼んでもいい変貌であった。

首にも、何本もの筋が浮く。

世界チャンピオンクラスのボディビルダーが、全身に力を込めて浮き上がらせたのと同じ筋肉が、男の肉体に浮き上がってくるのだ。

しかし、青年は、毛ほども力を込めているようには見えなかった。

「ゆけい」

老僧が、傍《かたわ》らの僧に向かって言った。

老僧の傍《そば》に坐していた僧が立ち上がった。

床の上を、半裸の青年に向かって疾《はし》り出した。

僧の右手が動いた。

その右手に、何かの金属を握っていた。

独鈷杵《どっこしょ》。

僧が右手に握っているのは、武器としても使用される、長さが二〇センチほどの密教の法具であった。

駆け寄った僧が、その独鈷杵で、青年の胸を、斜め上から突いた。

普通であれば、その鋭い金属の先端が、肉の中に潜り込むだけのスピードを秘めていた。しかし、その金属は、青年の胸に、浅く、一センチほど潜《もぐ》り込んだだけであった。

僧が後方に跳《と》んだ。

青年の胸から、不気味な角度で、独鈷杵が、生《は》えていた。

一センチほどしか潜っていない金属の先端を、強靱な筋肉がはさみつけているのである。

それは、しかし、一瞬であった。

すぐに、潜り込んだその金属が、肉の中から押し出された。

重い音を立てて、床に落ちた。

それまで、金属が潜り込んでいた肌の上には、赤い小さな点が、ぽつんと浮いているだけであった。

「むう……」

老僧が、小さく呻いた。

それまで眼を閉じていた半裸の青年が、静かに眼を開いた。

瞼《まぶた》の下から、大きな、やや灰色がかった黒い瞳が現われた。

青年の紅い唇に、微笑が浮いていた。
菩薩《ぼさつ》像の口許《くちもと》に浮いている、あの、あるかなしかの謎めいた微笑であった。
青年が、立ち上がった。
なよやかであった青年の肉体が、ごつい、金属の塊《かたまり》と化していた。
皮膚のすぐ下に、金属の塊を押し込んだように見える。
「円寂《えんじやく》様――」
若い僧が、後方の老僧を振り返った。
「やってみなさい」
老僧が言った。
「はい」
僧が頭を下げ、すぐに、半裸の青年に向きなおった。
腰を落とした。
構えた。
空手の構えではない。
両手を拳《こぶし》には握らない、掌《てのひら》での構えである。
中国拳法の何かであるらしい。
つ
つ
と、僧が、横に動いた。
奇妙なリズムであった。
僧の足運びには、わずかの乱れも逡巡《しゆんじゆん》もない。
横に動きながら、青年の横手に回り込んでゆく。
青年は、動かない。
軽く両足を開いて立ち、両手を前に下げている。
視線のみで、横に回り込んで来る僧の動きを追っている。
距離が縮《ちぢ》まっていた。
青年の真横に来た時、
つう――
と、僧が、青年に向かって動いた。
僧の右足が跳《は》ね上がった。
その足がたたまれて、膝が青年の水月《みぞおち》に突き刺さる。

その寸前に、青年が動いた。

自分の腹に向かって、飛んで来る攻撃を避けるための動きではなかった。

右手を前に出しながら上に持ち上げた。

持ち上げながら、腰を落とす。

鈍い音がして、膝が、青年の腹を叩いた。

鍛《きた》えていない腹であれば、周囲に胃液を吐き散らかして、のたうつほどの蹴りであった。

しかし、地に倒れたのは、青年ではなく、僧であった。

上に、持ち上げた青年の手が、すっと下に向かって落ちたのだ。

いくらも力を込めたようには見えなかった。

落としてゆく腰のスピードと、その手自身が落ちてゆくスピードとが、絶妙のタイミングで重なっている。

青年の掌が、僧の頭部を叩いた。

叩くというよりは、撫でたように見えた。

その瞬間に、ふわりと、僧の身体が沈んだ。

沈んで床に倒れた。

声も立てなかった。

僧は、眼を開いたまま、気を失っていた。

青年は、何ごともなかったようにそこに突っ立ったまま、静かに老僧を見つめていた。

「こんなところでしょうか」

その青年が言った。

「見事だ、美空……」

老僧——円寂が言った。

昨年の七月に、美空を通じて、盗まれた空海の即身仏を捜《さが》し出すため、九門鳳介にある男への精神《サイコ》ダイビングを依頼したのが、この円寂であった。

何かの憑《つ》きものが落ちるように、美空の肉体に浮いていた、筋肉の瘤が消えていった。

「それが金剛拳《こんごうけん》か——」

円寂が言った。

「その一部です」

美空が言った。

「己《おの》れの肉体を、鋼鉄の堅さを持ったものに変える——なまなかな技ではない」

「——」

「ぬしは、それを有堂仁《うどうじん》から学んだか——」

「いえ」

「違うのか」

「学んだというよりは、盗ませてもらいました」

「有堂仁は、それを知らなんだか？」

「おそらく、知っていたと思います」

「知っていながら、ぬしがそれを盗むのを黙っていたか——」

「たぶん」

「今、一部と言ったが、それはどのような意味だ」

「わたしのは、完璧なものではないからです——」

「他に、まだ、何かがあると——」

「はい」

「それは、どのようなものだ？」

「わかりません」

「うむ」

「それに、わたしのは、少し時間がかかります。今ので、七分余りもかかったでしょうか——」

「有堂仁ならば、どのくらいの時間であのようになる……」

「本気でかかれば、一分から二分の間くらいかと——」

「ぬしが、本気になればどうだ」

「今のが本気ですよ。しかし——」

「しかし？」

「しばらくの時間をいただければ、二分か三分は、時間を縮めることは可能かと——」

「ふむ」

「有堂仁が金剛化した時には、拳銃の銃弾ですら、心臓までは届かなかったと聴《き》きおよんでいます」

「ぬしはどうだ」

円寂が言うと、美空は、にっと唇を吊り上げた。

「実験してみる気はありませんよ」

「金剛拳か。しかし、よく、その一部にしろ盗めたものよ」

「わたしの肉体は、生まれつき特別ですから——」

「そうであったな」

円寂は言った。

美空の言う特別というのは、美空の肉体に生まれつき備《そな》わっている、痛みを感じないという特異体質のことである。

——無痛症《むつうしょう》。

何千万人かにひとりの割合で存在する、痛覚のない体質を、そう呼ぶ。

その無痛症と美空の持つ天性の才が、この、密教界の異端児を生んだのである。

「この体質があればこそ、金剛拳を盗めもしたのですが、逆にその一部しか盗めなかったということです」


美空は、ゆっくりと円寂の前まで歩いてゆき、その前の床にすわった。

桜は、すでに散り終えていた。

開いた窓から、高野《こうや》の山に萌《も》え出した新緑の匂いが入り込んでくる。

「じきに一年になるか——」

円寂がつぶやいた。

「はい」

「御大師《おだいし》様が、この高野の地より盗まれたのが、昨年の六月であった……」

「——」

「そしてまた、今年も、厄介《やっかい》な問題が持ち上がった——」

「空海の〝四殺《しさつ》〟——」

「うむ」

〝四殺〟というのは、空海が、奈良《なら》時代に唐《とう》からこの日本に、密教とともに持ち帰って来たものである。

空海の持ち帰った密教が、時の朝廷に重くもちいられたのは、その呪的《じゅてき》な要素によるところが大きい。

政敵を倒したり、また、政敵から身を守り、国家を維持してゆくために、そういう呪法を朝廷が求めたのである。

また、自分たちが殺した政敵などの怨霊《おんりょう》から、自分たちの身を守るための法も、彼らは欲していたのである。

〝四殺〟は、その、もっとも具体的な道具であった。

呪詛《ずそ》よりも、確実に相手を倒し、殺すための道具、それが〝四殺〟である。

飛狗《ひく》。

餓蟇《がこ》。

外法炉《げほうろ》。

金剛拳《こんごうけん》。

その四っつが〝四殺〟である。


その法は、それぞれ、全国の真言宗《しんごん》の寺に、ひとつずつ封印されていた。

空海が自《みずか》ら、それらの法を封じたのである。

それを、最近、狙《ねら》い始めている者がいるのである。

孔雀明王《くじゃくみょうおう》美空は、それらの〝四殺〟のすべてを、この世から消し去る使命を高野山から帯びたのであった。

「その〝四殺〟を狙っている者の正体が、未《いま》だに不明なのだが、少し、わかったことがある」

円寂は言った。

「ほう」

「あの、神明会が、どうやら関わっているらしい」

「これはまた、ずいぶん懐《なつ》かしい名前を耳にしたものですね」

美空は言った。

空海の即身仏を盗んだのは、〝ぱんしがる〟と呼ばれる宗教団体であった。

その〝ぱんしがる〟と一緒に行動していたのが、神明会であった。

——神明会。

日本の裏の世界を二分する、広域暴力団の組織である。

「ついでに、懐かしい名前を、もうひとつ聴かせておこうか」

「何でしょう」

「飛狗法の寿海《じゅかい》のことだが——」

「行方《ゆくえ》がわかったのですか」

「いや、わかったわけではない。寿海の立ち寄るかもしれない場所の見当が、ひとつふたつ、ついたということだ」

「どこです?」

「小田原《おだわら》だ」

円寂が言った。

「ははあ——」

美空は円寂を見た。

「寿海だが、若い頃に、玄道《げんどう》の修行に手を染めていた時期があることが、わかった」

「玄道ですか」

玄道——すなわち、仙道《せんどう》のことである。

「その時、寿海と関わりを持っていた人物のひとりが——」

「——」

「小田原の佐久間玄斎《さくまげんさい》——」

円寂は言った。

「なるほど」

美空はうなずいた。

精神《サイコ》ダイバー九門鳳介が居候《いそうろう》のように出入りしているのが、その小田原の佐久間玄斎のところであった。

美空自身も、何度か、その老人と顔を合わせている。

飄々《ひょうひょう》とした、捉《とら》えどころのない人物であった。

「前にも言ったが、今回の件は、なかなか奥が深そうな気がしてならぬ――」

円寂はしみじみとした口調で言った。

静かに、美空はうなずいた。

美空の口許には、あの不思議な笑《え》みが浮いていた。

美空は、あの、九門鳳介のとぼけた顔を、思い出していた。

3

――海と話ができぬものか。

九門鳳介は、そんなことを考えていた。

考えているとはいっても、それは、頭の隅でで、ある。

頭全体は、空白だ。

その空白の中に、海と、空の広さがある。

ただ、ある。

ものがただそこに在《あ》るというような、それだけの単純な在り方だ。

自分自身が、風景の一部になってしまったようである。

その風景の中に、石や流木が転がっているような、そんな感じで、鳳介は海のことを思っている。

海や、空だけではない。

大気や風までもが、鳳介の内部に流れ込んできている。

――海と話ができぬものか。

砂浜に転がっている小石のように、鳳介はそんなことを考えている。

――小田原。

場所は、荒久《あらく》海岸である。

鳳介は、砂浜に寝転がっている。

広い砂浜であった。

昼である。

午後の陽差《ひざ》しが、砂浜いっぱいに注いでいる。

四月下旬の陽差しだ。

陽差しが暖かい分だけ、海からの風が熱を奪ってゆく。

海と空の広さを、肉体の中《うち》に宿しながら、うっとりと眠くなるような気分を、鳳介は楽しんでいる。

素足の踵《かかと》に、砂が当たっている。

ぼろぼろのジーンズに、Tシャツを着ているだけであった。

顔には、不精髭《ぶしょうひげ》が伸びかけている。

三日分の不精髭だ。

三日前に、東京から小田原にもどって来たばかりであった。

屋久島《やくしま》で、楽しい日々を過ごしていたところへ、若尾《わかお》という男が、わざわざ鳳介を呼びに来たのである。

村松グループの総帥《そうすい》である、村松重造《じゅうぞう》(『魔獣狩り外伝　聖母隠陀羅編』)の屋敷に、奇妙な現象が起こっているのだという。

木や、家が、まるで別のものに見え、その屋敷に進入した人間たちは、互いに、仲間が異形《いぎょう》のものに変貌するのを見た。

その屋敷の中に、村松重造の娘が閉じ込められたままになっているのだという。その娘を、その異様な屋敷の中から助け出してくれという依頼であった。

そこで、村松重造の所へ出向いたのが、五日ほど前であった。

村松重造の屋敷に精神《サイコ》ダイビングをしたその翌日には、もう小田原の土を踏んでいた。

「相変わらず、むさくるしい男だの――」

帰ったら、佐久間玄斎にそう言われて、髭を剃《そ》った。

それきり、剃ってはいない。

眼を閉じている。

閉じた瞼にも、陽と風は当たっている。

鳳介は、〝おやじ〟のことを想《おも》った。

屋久島の巨大杉の〝おやじ〟である。

鳳介は、その〝おやじ〟と、屋久島で楽しい蜜月の月日を過ごしていたのだった。

その〝おやじ〟とは、対話とまではいかないが、その意志を知覚できる程度までは、つき合いが可能であった。

樹の持つ意志——

それは、難解であった。

いや、極《きわ》めて単純であり、それが単純すぎるために、わかりにくいのだ。

しかし、いったん、そこを通り過ぎてしまえば、樹との同化は、ゆるやかで、そして、自己を宇宙に溶け込ませてゆくような酩酊《めいてい》感があった。

樹の持つ意識——それを、可能な限り、人間の持つ言葉で表現するなら、それは、

〝私は私である——〟

という意志に近い。

充分ではないが、表現するとなれば、そうなる。

〝私は私である〟ということは、単純に〝在る〟ということと同じであり、〝神〟という言葉の持つ意味あいさえ含んでいた。

——それと似てはいるだろう。

と、鳳介は思っている。

もし、海に意識があったとしてのことだ。

しかし、と、鳳介は想う。

海に意識があるとして、それは、神とどのくらいの距離を持ったものなのであろうか。宇宙とどのくらいの距離を持ったものなのであろうか。

海の意識は、樹の意識よりも、ほんのわずかに宇宙に近いような気がする。

しかし、それは、気がするだけだ。

案外に同じであるかもしれないし、まるで見当違いのものであるかもしれない。

鳳介の頭の隅に、小石がひとつ増えた。

混乱という小石である。

しかし、鳳介はその混乱を楽しんでいる。

——どうするか。

と、鳳介は想う。

海と話をする時にである。

樹《おやじ》の意志に触れていると、その遥《はる》か彼方《かなた》に、鳳介は、山の存在を微《かす》かに感ずることができた。

鳳介が、樹《おやじ》と接触している程度には、樹《おやじ》も山に触れているらしかった。

問題は、鳳介が接触可能なもので、海と関わりを持っているものがあるかどうかである。

——しかし。

と、また、鳳介は想う。

海と、そういう接触が可能であるのなら、川とも、そういう接触が可能なはずである。雲や石とも、そういう接触が可能なはずである。そこまでゆくと、もはや鳳介の理解を超えそうであった。

だが、どれと接触をするにしても、その先に見えてくるのは、宇宙の気配である。

考えてみれば、ひどく当たり前の話であった。

この世のあらゆるものは、宇宙の一部である。

その一部であるものの内部を覗《のぞ》けば、宇宙の気配に触れずにはすまないことになる。

となると——

人間——つまりこの自分も宇宙の一部である。

自分で自分と接触しながら、宇宙に手を伸ばし、逆にそこから海の意志に触れるということのほうが、可能性としてはありそうであった。

——ふふん。

鳳介の唇に微笑が浮かぶ。

いったい、ものとは何であろうかと想う。

存在とは何なのだろうと思う。

——わかるわけはない。

そう思っている。

わかるわけがないから、考えている。

わかるわけのないもののことを考えるのは、楽しい。

眼を閉じたまま、鳳介は微笑している。

すでに半分、眠っている。

半分眠りかけている鳳介のなかに、海と空がある。風が吹いている。

その風景の中に転がっている小石の数が、いつの間にか、五つか六っつくらいに増えている。

鳳介は、背で、海を数えていた。

背で、海を聴いていた。

肌で、空と風を見ていた。

背中の底に、海のうねりや轟《とどろ》きが響いてくる。

子守唄のようであった。

そのうねりで、波の数や大きさまでがわかりそうである。

鳳介は、いつの間にか、鼾《いびき》をかき始めていた。

その鼾が自分の耳に届いたのか、眠りながら、右手の小指で、耳の穴を掻《か》き、その同じ指で、鼻糞をほじっている。

鳳介の足の先には、青い海が広がっている。

相模《さがみ》湾であった。

白い漁船が、その上にいくつか浮いている。


鳳介の横手には、早川《はやかわ》が海へ注いでいる。

すでに、鮎《あゆ》の溯上《そじょう》の始まっている川だ。

その水のせせらぎまでも、鳳介の耳に聴こえている。

群れているカモメ——

西方には、箱根《はこね》外輪山が見え、その上に雲が浮き、さらにその上は、青い四月の天だ。

砂浜の上には、何人かの釣り人がいる。

遠く、南には、伊豆大島《いずおおしま》が幽《かす》んでいる。

東の海岸線を眼でたどってゆくと、三浦《みうら》半島や、江《え》ノ島《しま》まで見えていた。

その風景の中に、ぽつんと鳳介が転がっている。

鳳介は、夢を見ていた。

自分が、海のうねりになった夢である。

波だ。

波は移動はするが、水そのものは、その場所から動かない。

言わば、波というのは、ひとつの純粋なエネルギーである。

鳳介は、海のうねりのリズムを持ったエネルギーになっていた。

鼾をかき、時折り鼻糞をほじることのあるエネルギーだ。

ふと、鳳介は眼覚めていた。

眼覚めたのは意志の半分である。

残りの半分は、まだ眠りながら鼾をかいている。

何者かが、自分を見ているのである。

すぐ近くであった。

その気配がある。

——誰か!?

玄斎とは違うようであった。

玄斎であれば、たいていは、気配を殺して近づいて来る。近づいて来て、いきなり、鳳介を杖《つえ》で叩いたりする。

その気になって玄斎が気配を殺せば、今の状態の鳳介にはとてもわかるものではない。

だから、気配があるということは玄斎ではないということになる。

そんなことを、鳳介は、醒《さ》めかけた意識の半分で、ぼんやりと思っている。

しかし、わざと、玄斎が気配を殺さずに来たということも考えられる。

うつらうつらとそんなことを考えているうちに、半分以上の意識が醒めた。

醒めはしたが、まだ眼は開けない。

気分がよかった。

眼を開けたら、本当に眼が醒めてしまう。

本当に眼を醒ましてしまうのはもったいない。

相手が玄斎なら、殴られてやろうと思っている。

その時、ふいに鳳介は気づいた。

その気配が、どうやら、人のものではないらしいことにである。

眼を開いた。

眩《まぶ》しい陽差しが、眼の中にこじ入って来た。

眼をつぶり、鳳介は、眼を開けてしまったことを後悔した。

本当に眼が醒めてしまったからである。

「ちぇ――」

鳳介はつぶやいた。

眼をこすりながら、上半身を起こした。

「ほう……」

眼を開けて、鳳介は、小さく声に出していた。

「犬か」

言った。

鳳介の前――海に向かって投げ出した足の先に立っていたのは、一頭の犬であった。

黒い犬であった。

漆黒《しっこく》の体毛を持っていた。

大きな犬だ。

その犬が、黄みと青みを帯びた双眸《そうぼう》で、鳳介を見つめていたのである。

「ふうん……」

鳳介は、ごりごりと頭を掻いた。

――なぜ、この犬の気配を人のものと間違えたのかと思った。

手を伸ばせば届く距離であった。

眼を見た。

不思議な光を帯びた眼であった。

獣の眼でありながら、獣の眼ではない。

人の眼だ。

驚くほど、知的な光を、その奥に宿した眼であった。

「へえ……」

鳳介が声を上げた途端に、すっと、犬の眼から、その光が消えた。

まるで、鳳介が、犬の眼に宿った知的な光に気づいたことを、犬が気づき、それを隠したようであった。

「おい」

鳳介は、犬に右手を伸ばした。

途端に、犬が、唇をめくり上げた。

低く唸《うな》った。

白い牙が覗いた。

獣の眼になった。

瞳の中に、禍々《まがまが》しい、青い炎がふわっと点《とも》った。

その犬の鼻面《はなづら》を、鳳介は、伸ばした右手でぽんと叩いた。

さらに、犬が唸った。

「馬鹿——」

また叩いた。

犬が、唸るのをやめた。

奇妙な眼で、鳳介を見ていた。

「いい犬だな、おめえ、よ——」

鳳介は言って、眼を細めた。

黒い体毛が汚れていて、痩せてもいる。一見はみすぼらしそうであったが、不思議な風格のようなものを、その犬は、その身体の周囲にまとわりつかせていた。

その風格のようなものを指して、鳳介は、いい犬と言ったらしかった。

犬の眼から、禍々しい光が消え、ただの獣の眼になった。

すっと、犬が、顔をそらせ、鳳介の前から立ち去ろうとした。

「待てよ」

鳳介が言うと、立ち去りかけた犬の足が止まった。

鳳介を振り返って、また、低く唸った。

「馬鹿、わざと唸ってみせたって、わかるぜ——」

鳳介は、砂の上に胡座《あぐら》をかいて、犬を見た。

鳳介を振り返って見つめている犬と、しばらく見つめ合った。

鳳介は、身を乗り出し、砂の上に両手をついた。

犬ににじり寄った。

自然に四つん這いになった。

犬と同じ高さで、顔を突き合わせた。

「どこの犬だ、おめえ、よ」

言った。

犬の頭に右手を伸ばした。

頭を撫でた。


う……


と、犬が唸りかけた。

しかし、犬は逃げなかった。

鳳介に頭を撫でられるままにされている。

「ほほう」

その時、鳳介の背後で、声が上がった。

男の声であった。

犬の頭に手を載せたまま、四つん這いの姿勢で、鳳介は後方を見た。

そこに、僧形《そうぎょう》の老人が立っていた。

頭の、きれいに禿《は》げ上がった老人であった。剃髪《ていはつ》して、髪がないのとは違う。


耳の周囲に、わずかに白髪がからんでいる。

顎に生えた鬚《ひげ》もまた、白い。

貧相な鬚であった。

埃《ほこり》にまみれた脚絆《きゃはん》を巻き、草鞋《わらじ》を履《は》いている。

着ている黒い僧衣《そうえ》もぼろぼろであった。

だいぶ長い間、それらを洗ってはいないらしい。

僧衣のあちこちに、継《つ》ぎがあたっている。

乞食《こじき》坊主という言い方があるが、乞食がたまたま坊主の格好をしているようにも見える。

痩せた老人であった。

体重よりも、身にまとった僧衣や垢《あか》や汚れのほうが重いかもしれない。

その老人が、錫杖《しゃくじょう》を右手に握って、静かにそこに突っ立って、鳳介を眺めているのであった。

汚れてはいるが、そのたたずまいのどこかに、花の香《か》に似た品《ひん》のようなものが感じられた。

「これは珍しい」

老人はつぶやいた。

鳳介は、砂の上に胡座をかき、僧形の老人を見上げ、微笑した。

その視線をさらに上へ上げ、蒼《あお》い天へ向けた。

「いい天気じゃねえか、爺《じい》さん、よ――」

鳳介は言った。

箱根外輪山から離れた、一片の白い雲が、西風に吹かれ、悠々と高い天の中を東へ動いていた。

鳳介は、鼻糞をほじっていた。


「その犬、めったなことでは、他人の手が自分の身体に触れるのを許すものではない」

不思議そうな眼で、鳳介を見ていた。

「ふふん」

鳳介は、その老人を見つめたまま、うなずくともなく、小さく微笑した。

「夜血《やち》よ、その男が気に入ったか――」

老人が言った。

寿海――

それがその老人の名であった。

空海の〝四殺〟のうちのひとつ、飛狗法《ひくほう》を知る、この世でただ独《ひと》りの人間であった。

寿海は、九門鳳介を、新たなる修羅《しゅら》の世界へと導く運命を背負って、そこに立ったのであった。

その運命の中で、九門鳳介は、再び、文成仙吉や美空と出会ってゆくことになるのだが、この時の鳳介は、まだ、そのことを知らない。

「へへ――」

あとがき（新書判・上巻初版より）

ついに、ここに、文成仙吉《ふみなりせんきち》が復活する。

この物語は、『魔獣狩り』三部作が完結する以前に書き始められたものである。

『魔獣狩り』が完結した後も、この物語は書き続けられ、そして、ここにようやく、上下二巻の本として、あなたの手元に届けられることになった。

本編は、『魔獣狩り』が完結して、およそ半年余りの時が過ぎ去ったあたりから始められている。

九門鳳介《くもんほうすけ》は、この頃、まだ屋久島《やくしま》で巨大樹〝おやじ〟と楽しい対話をしている最中だ。

美空《びくう》は、空海《くうかい》の〝四殺《しさつ》〟と、単独で闘《たたか》っている時期である。

それらは、『魔獣狩り外伝（聖母隠陀羅編……編集部）』、『美空曼陀羅《まんだら》』に詳しい。

本編を含めて、それらのどの物語も、やがて、書き始められることになる『新・魔獣狩り』のプロローグとなるべき話である。

いや、そういうつもりで書き継《つ》いできたのだが、じつはすでに、その『新・魔獣狩り』の物語は始められてしまっていることに気がついた。

そのことがわかったのは、この文成仙吉の物語に、手を加えている時であった。

本来であれば、文成、美空、鳳介の三人が、それぞれ別の事件に遭遇し、その後に再び『新・魔獣狩り』において出会うことになるはずであった。

しかし、話を書き進めているうちに、三人が別々に出会っているはずの事件が複雑に絡み始め、すでに、ひとつの物語として、互いに作用を与え始めている。

『魔獣狩り外伝』

『美空曼陀羅』

『魍魎《もうりよう》の女王』

この三編を抜きにしては、すでに『新・魔獣狩り』は考えられなくなってきているのである。

これが、物語の持つ勢いというものであろう。

こうして書き綴《つづ》られてきた物語を改めて考えてみると、やはり、あの『魔獣狩り』という物語は、文成仙吉の物語であったのではないかと、ぼくは思う。

いや、わかっている。

九門鳳介。

美空。

文成仙吉。

この三人の個性、パワーが、この物語を生み出したのだ。

この三人の誰もが好きだし、誰にも愛着がある。しかし、そういうこととは別に、もし、文成仙吉という男がいなかったら、『魔獣狩り』という物語の持っているダイナミズムが、かなりのところ、抜け落ちてしまうのではないか。

そう思う。

かつて、ぼくは、『魔獣狩り〈鬼哭《きこく》編〉』のあとがきにこう書いた。

文成仙吉によって始められたこの物語は、文成仙吉によって締めくくられることになった。

ならば——

新たなる次の物語もまた、文成仙吉によって始められるのが、自然であろう。

そして、それは、そのとおりになった。

『新・魔獣狩り』の扉は、本編の文成仙吉によって、これで大きく開け放たれたのだ。

あとは、勢いのままだ。

昭和六十二年六月五日　小田原にて

夢枕《ゆめまくら》 獏《ばく》

あとがき（新書判・下巻初版より）

1

これで、ようやく、『新・魔獣狩り』のための、長い、長大な準備が終わったことになる。

ついに、ここまできた。

気がついてみれば、『魔獣狩り』第三巻が終了してから、約三年の月日が過ぎ去ったことになる。

めったやたらと、ただひたすらに原稿を書きまくってきた、嵐の三年間であった。

思えば、それは、この精神《サイコ》ダイバー・シリーズを世に送り出したことによって始まった日々である。襲って来る注文を、むんむん歯を喰いしばりながらやっているうちに過ぎ去った三年間であった。

先のことはわからず、ただただ書きまくった。

自分には何ができるのか、自分には何が書けるのか、その体力を夢枕獏という作家がどれだけ秘めているのかを、書くことによって知ろうとした日々であった。

それを知るための手段は、書くことであった。

得た答もまた、書くことであった。

とにかくそこに尽きるような気がする。

書くからもの書きなのだ。

書かないもの書きなんぞ、この世にはいやしないのである。

だから書く。

昔から、他にやり方は知らない。

書いて、書き続けるというのが、ぼくの望みである。

売れないころから書いてきた。

売れても書く。

売れなくなっても書く。

とにかく書く。

それがぼくの答だ。

だから、もう平気だ。

あとは、何を書くか、どう書いてゆくかという、問題のみである。

細《こま》かい問題はいろいろとあるのだが、もうそこに尽きるような気がする。

恥ずかしながら、流行作家とかいう現象になり果ててしまった夢枕獏について、嘆いておられる方も、ぼくは何人か知っているし、厳しい手紙もいただいたりした。

ああ、勘弁してください。

ぼくはそういうもの書きであったということであるし、日々、ひいこら仕事に追われまくっていると、遠くのものはよく見えてくるのに、近くのものが見えなくなってしまうのですよ。

現場には現場の事情がある。

その事情という事実のなかで、おれはおれをやってゆくしかないのだ。

とにかく。

とにかくだ。

ぼくの書いたものが結論なのだ。

ぼくの書いたものが手紙を書いてくださったあなたへの結論であり、ぼく自身への結論なのだ。

ただ、どちらにしろ、はっきり言えるのは、これで終わりではないということだ。

終わりではない。

この物語が、まだまだ終わらないように、ぼくのいる場所も、ここが最後の場所ではないのだ。ぼくはまだ動いて、動きつづけているもの書きである。その時期その時期で違う場所へ動き、同時に、いろいろな場所に、足を乗せていたりもするのだよ。ぼくは間違いなく、エロスやらバイオレンスやらオカルトやらで売ってきたもの書きだし、そういうものを、嫌いで無理矢理に書いてきたわけでもない。勢いにまかせて、書きまくった時もあるし、どうやっても書けずに逃げ出してしまいたくなった時もある。

そうやって、書いてきた。

むろん、オカルトやバイオレンスでないものも書いてきたし、メルヘンだってやってる。自分では気に入っている将棋《しょうぎ》の小説だって書いてきたのである。

それらの全部をひっくるめて、おれは夢枕獏というもの書きをやっているのである。

そして、節目《ふしめ》だ。

『新・魔獣狩り』へ続くための、すべての物語を書き終え、『キマイラ・シリーズ』でひとつの場所へたどり着き、『上弦《じょうげん》の月を喰べる獅子』を書き上げてしまうことになる、今年が節目なのだ。

現在の夢枕獏の現状の半分を持続しながら、この節目からもうひとつ向こうへくぐり抜けてやろうと、おれは思っているのだ。

ああ、そうだった。

この物語について、もう少し書いておくべきことがあったのだった。

つい、この三年間のことなど振り返ったりしたものだから、あたふたと恥ずかしいことなど、筆が滑《すべ》って書いてしまったのだった。

おれだって、本が売れてしまうというとんでもないことになって、逆上してやってきた三年間だったのだよ。

恥ずかしいよなあ。

いやいや、また話が変わってしまった。

この物語のことだ。

この『魍魎《もうりょう》の女王(下)』において、再び、ようやくに、文成仙吉《ふみなりせんきち》とあの猿翁《えんおう》が出会いを遂げたことになる。

この出会いの意味は大きい。

おそらく、この文成仙吉という男が、どれだけのパワーを秘めているのかが、この後の物語の運命を握っているはずである。

もし、『魔獣狩り』三部作という物語によって生まれた、伝奇小説というもののあるイメージが存在するとするなら、次巻からスタートする『新・魔獣狩り』において、ぼくは、そのイメージをひっくり返してみたいのだ。

それも、力でひっくり返してみたいのだ。

それが、ぼくの望みである。

いい風よ、吹け。

昭和六十二年八月七日　小田原にて

2

そうだったよ。

書くことは、まだ、あるのだった。

おれは、この夏に、アラスカに行ってしまったのだった。

出かけたのは、七月二十四日である。

すでに、六月中頃から、単独でユーコン河を下っている、野田知佑《のだともすけ》さんと、ユーコン河の途中で会うためである。

その出かけるぎりぎりまでやっていたのが、本書の原稿であった。出かけるぎりぎりの空港の中までその仕事をやり続け、飛行機の中でもやり、そして、帰りの飛行機の中でもやり、帰ってからも、毎日やり続けたのだった。

十五日間の、アラスカ行きであった。

ぼくが、野田さんと会ったのは、アラスカのどまんなかのあたり――ユーコン河の河岸にある、ガレナという小さな町であった。

ぼくは、その街に、二〇人乗りの小さな飛行機に乗って、降り立った。アンカレッジから、およそ二時間のフライトである。

その街――つまり、ガレナだけでなく、アラスカの多くの街がそうなのだが――へゆくには、飛行機を使用するか、船を利用するか、そのどちらかの方法しかないのだ。

車ではゆけない。

道がないのである。

飛行機で二時間かかる距離を、テントと食料と銃をかついで延々、大湿原を越え、川を渡り、湖をまわり、氷河を越え、雪の山々を越えてゆく方法もないわけではないのだろうが、途中でグリズリーのエサになるか、迷って死ぬか、そんなところが関《せき》の山《やま》だ。

船でゆくにしても、いったんは、ユーコン河沿いのどこかの街に、やはりセスナで飛んでから、ということになる。

飛行機でゆくのがベストなのである。

バスか、タクシーに乗る感覚で、飛行機に乗るのである。

ガレナで、野田さんと会い、ぼくは、五泊六日を、野田さんと一緒にテントで寝泊まりしながら、ユーコン河を下ったのである。

ユーコン河は、カナダのホワイトホースから流れ始め、何千キロかを下って、アラスカのベーリング海へ注《そそ》いでいる川である。

その川の曲がりくねり方たるや、丸めた糸屑《いとくず》のようである。

広く、太い、茶色に濁った水が、悠々と流れてゆく。

その上を、ぼくは、野田さんにくっついて、独《ひと》り乗りのカヤックを漕《こ》ぎながら下ったのである。

恐ろしくて、ぼく独りではとてもやれるものではない。

川幅は、二〇〇〇メートルから五〇〇〇メートルにもなり、もし、川の真ん中で沈《ちん》をしたら、少なくとも一〇〇〇メートルを泳いで岸までたどり着かねばならない。

それは、まず無理だ。

水が冷たすぎて、死んでしまう。

五分から十分くらいで死んでしまうのではないか。現に、この年も、すでに九人ものインディアンが、酔っぱらって船を運転し、流木などにぶつかって河へ落ち、死んでいるのである。

ビギナーのぼくには、本当に怖かった。

もうひとつ、恐ろしかったのが、グリズリーである。

なにしろ、身長が、立ち上がった時で三メートルを超《こ》えるやつがいるのである。

夜、最初の晩は、ぼくはびくびくしながら眠った。

まったく、夜の森の中ではじつにさまざまな音がするのである。

樹の軋《きし》む音。

風の音。

小動物の動く音。

それらのあらゆる物音が、グリズリーが、足音を忍ばせて近づいて来る物音に聴《き》こえるのである。

ベアバスターという、四四口径のマグナムを野田さんは持っていたのだが、それでも、初めて、そういう猛獣のいるかもしれない場所にテントを張り、そこに眠った晩はおれは怖かったのである。

なにしろ、テントの周囲の水辺の砂の上には、熊やら狼やら、ムースやら、無数の獣の足跡がいっぱいついているのである。

しみじみと、おれは怖かったよ。

恐ろしく真剣に怖かった。

こういう夜もあったのかと、さやさやという風の音にも驚きながら、おれは、新鮮な恐怖を自分の裡《うち》に発見していたのである。

現代社会の中では、すでに失《う》せている感覚である。

水の上もよかった。

高い空と雲を見ながら、白夜《びゃくや》の中を、流れとともに、下ってゆくのは最高であった。広い天と水との間に向かって、果てしなく自分の力と水の流れとで下ってゆくという感覚は、ぼくを酩酊《めいてい》状態にした。

〝ざまあみろ〟

と、何がざまあみろだかわからないのだがそんな気分になる。

ざまあみろ。

こんなに最高だぞ。

インディアンの家族の船と、水の上で出会い、そのまま船とカヤックを寄せ合い、川を下りながら、野田さんはカヤックの上でギターを弾《ひ》き、日本の歌を唄ったりした。

川の上の空気は、いつも動いている。

風だ。

風のエネルギーは、そのまま波のエネルギーだ。

わずかながら、風も強まり、雨も降り、高くなった波を越えてカヤックを漕いでゆくのは、スリルがあった。

慣れてしまえば、楽な風や波なのであろうが、初心者としては、やはり心臓が速くなってしまうのだ。

ガレナからヌラトまで、おそらく一〇〇キロに満たない距離だと思うが、その間を、カヌーで下った日本人としては、八番目くらいの人間になったのではないかと思う。

いい旅であった。

そしてその旅のあと、人間という生きものは、もはやどのような生き方をしてもいいのだという、そんな当たり前のことが、ころんと、おれの中に転がっていたのだった。

この旅での最高の収穫というのは、そんな当たり前のことの発見であったような気がする。

どのような生き方をしてもいいのなら、小説だって、文章だって、どのような書き方をしたっていいのだ。

だから、おれは、まだまだやれる。

いい話を書きてえな。

そう思う。
いい旅だった。

昭和六十二年八月九日　金沢にて

夢枕《ゆめまくら》　獏《ばく》

（本書は「魍魎の女王」と題し、『コミック・ノストラダムス』に昭和五十九年五月号から昭和六十年一月号までと『マガジン・ノン』《いずれも小社刊》に昭和六十年三月号から昭和六十年十一月号まで連載され、昭和六十二年七、八月、小社ノン・ノベルから新書判で、さらに平成八年四月、祥伝社文庫で刊行されたものです）

ノン・ノベル百字書評

キリトリ線

なぜ本書をお買いになりましたか（新聞、雑誌名を記入するか、あるいは○をつけてください）

□ （　　　　　　　　　　　　）の広告を見て
□ （　　　　　　　　　　　　）の書評を見て
□ 知人のすすめで　　□ タイトルに惹かれて
□ カバーがよかったから　　□ 内容が面白そうだから
□ 好きな作家だから　　□ 好きな分野の本だから

いつもどんな本を好んで読まれますか（あてはまるものに○をつけてください）

●**小説**　推理　伝奇　アクション　官能　冒険　ユーモア　時代・歴史　恋愛　ホラー　その他（具体的に　　　　　　）

●**小説以外**　エッセイ　手記　実用書　評伝　ビジネス書　歴史読物　ルポ　その他（具体的に　　　　　　）

その他この本についてご意見がありましたらお書きください

最近、印象に残った本をお書きください		ノン・ノベルで読みたい作家をお書きください	

1カ月に何冊本を読みますか	冊	1カ月に本代をいくら使いますか	円	よく読む雑誌は何ですか	

住所					
氏名		職業		年齢	

あなたにお願い

この本をお読みになって、どんな感想をお持ちでしょうか。

この「百字書評」とアンケートを私までいただけたらありがたく存じます。個人名を識別できない形で処理したうえで、今後の企画の参考にさせていただくほか、作者に提供することがあります。

あなたの「百字書評」は新聞・雑誌などを通じて紹介させていただくことがあります。その場合はお礼として、特製図書カードを差しあげます。

前ページの原稿用紙（コピーしたものでも構いません）に書評をお書きのうえ、このページを切り取り、左記へお送りください。祥伝社ホームページからも書き込めます。

〒一〇一―八七〇一
東京都千代田区神田神保町三―六―五
九段尚学ビル　祥伝社
ノン・ノベル編集長　辻　浩明
☎〇三（三二六五）二〇八〇
http://www.shodensha.co.jp/bookreview/

NON NOVEL

「ノン・ノベル」創刊にあたって

「ノン・ブック」が生まれてから二年一カ月、ここに姉妹シリーズ「ノン・ノベル」を世に問います。

「ノン・ブック」は既成の価値に〝否定《ノン》〟を発し、人間の明日をささえる新しい喜びを模索するノンフィクションのシリーズです。

「ノン・ノベル」もまた、小説《フィクション》を通して、新しい価値を探っていきたい。小説の〝おもしろさ〟とは、世の動きにつれてつねに変化し、新しく発見されてゆくものだと思います。

わが「ノン・ノベル」は、この新しい〝おもしろさ〟発見の営みに全力を傾けます。

ぜひ、あなたのご感想、ご批判をお寄せください。

昭和四十八年一月十五日

NON・NOVEL編集部

NON・NOVEL—881

長編超伝奇小説　新《しん》・魔獣狩《まじゅうが》り序曲《じょきょく》　新装版《しんそうばん》　魍魎《もうりょう》の女王《じょおう》

平成22年9月10日　初版第1刷発行

著者　夢《ゆめ》枕《まくら》　獏《ばく》

発行者　竹内和芳

発行所　祥《しょう》伝《でん》社《しゃ》

〒101—8701

東京都千代田区神田神保町 3-6-5

☎03(3265)2081(販売部)

☎03(3265)2080(編集部)

☎03(3265)3622(業務部)

印刷　堀内印刷

製本　積信堂

ISBN978-4-396-20881-3 C0293

NON NOVEL

長編新伝奇小説　ソウルドロップの幽体研究　上遠野《かどの》浩平

長編新伝奇小説　メモリアノイズの流転現象　上遠野浩平

長編新伝奇小説　メイズプリズンの迷宮回帰　上遠野浩平

長編新伝奇小説　トポロシャドゥの喪失証明　上遠野浩平

長編伝奇小説　クリプトマスクの擬死工作　上遠野浩平

猫子爵冒険譚シリーズ　血文字GJ《ジー・ジェイ》〈二巻刊行中〉　赤城《あかぎ》毅《つよし》

長編新伝奇小説　魔大陸の鷹　完全版　赤城　毅

魔大陸の鷹シリーズ　熱沙奇巌城《ねっさきがんじょう》〈全三巻〉　赤城　毅

長編冒険スリラー　オフィス・ファントム〈全三巻〉　赤城　毅

長編新伝奇小説　有翼騎士団　完全版　赤城　毅

長編新世紀《ミレニアム》ホラー　レイミ　聖女再臨　戸梶圭太《とかじけいた》

長編時代伝奇小説　真田三妖伝《さなださんようでん》〈全三巻〉　朝松　健

長編エンターテインメント　麦酒《ビール》アンタッチャブル　山之口洋《やまのぐちよう》

長編本格推理　羊の秘《ひ》　霞《かすみ》　流一《りゅういち》

長編ミステリー　警官倶楽部　大倉崇裕

天才・龍之介がゆく！シリーズ〈十一巻刊行中〉　殺意は砂糖の右側に　柄刀《つかとう》　一《はじめ》

長編極道小説　女喰《ぐ》い〈十八巻刊行中〉　広山義慶

長編求道小説　破戒坊《はかいぼう》　広山義慶

長編求道小説　悶絶禅師《もんぜつぜんじ》　広山義慶

長編悪党サラリーマン小説　裏社員〈凌虐《りょうぎゃく》〉　南　英男

長編クライム・サスペンス　嵌《は》められた街　南　英男

長編クライム・サスペンス　理不尽《りふじん》　南　英男

長編ハード・ピカレスク　毒蜜　裏始末　南　英男

ハード・ピカレスク小説　毒蜜　柔肌《やわはだ》の罠　南　英男

エロティック・サスペンス　たそがれ不倫探偵物語　小川竜生

長編情愛小説　性懲《しょうこ》り　神崎京介

情愛小説　大人の性徴期　神崎京介

長編超級《メガ》サスペンス　ゼウスZEUS人類最悪の敵　大石英司

長編ハード・バイオレンス　跡目《あとめ》　伝説の男・九州極道戦争　大下英治

長編冒険ファンタジー　少女大陸　太陽の刃《やいば》、海の夢　柴田よしき

ホラー・アンソロジー　紅《あか》と蒼《あお》の恐怖　菊地秀行他

推理アンソロジー　まほろ市の殺人　有栖川有栖他